奔流不息

——致母亲

黄军 著

SPM 南方传媒 | 广东人民出版社
·广州·

图书在版编目（CIP）数据

奔流不息：致母亲 / 黄军著. —广州：广东人民出版社，2024.1

ISBN 978-7-218-16918-7

Ⅰ.①奔… Ⅱ.①黄… Ⅲ.①叙事散文—中国—当代 Ⅳ.①I267

中国国家版本馆 CIP 数据核字（2023）第 175395 号

BENLIU BUXI——ZHI MUQIN

奔流不息——致母亲

黄　军　著

出 版 人：肖风华

责任编辑：李力夫
责任技编：吴彦斌　周星奎
装帧设计：徐　奎

出版发行：广东人民出版社
地　　址：广东省广州市越秀区大沙头四马路 10 号（邮政编码：510199）
电　　话：（020）85716809（总编室）
传　　真：（020）83289585
网　　址：http://www.gdpph.com
印　　刷：三河市中晟雅豪印务有限公司
开　　本：710mm×1000mm　1/16
印　　张：20　　**字　　数：**222 千
版　　次：2024 年 1 月第 1 版
印　　次：2024 年 1 月第 1 次印刷
定　　价：58.00 元

如发现印装质量问题，影响阅读，请与出版社（020-85716849）联系调换。
售书热线：（020）87716172

我想回忆全部跟母亲相关的细节，一分一秒，一丝一毫，一点一滴都不遗忘，就像那穿过竹林的风声，就像那从南玉项链上折射出的光芒。

这是母亲的声音，母亲的光芒。

在这声音和光芒中，我听到母亲说：“往大路走，往多人行的地方去。”

序

蒋述卓

在今年深圳文博会期间，我与黄军第一次见面，她跟我聊起了她的写作与她的职业，在说到她的写作动机时，她说这源自她对文学的坚持和对生命价值的追求，提到这主要是受她母亲的影响。一提到她母亲，她就两眼发光，话语顿时滔滔不绝，容不得你有任何插话，直到她说到她母亲在医院的最后时光，两眼充满泪水就要立刻涌出时，她才控制住她的情绪，收起她的话头。这是我在读到她的这部长篇散文《奔流不息》之前就已经熟悉了她所要描写的母亲的一切。

相较于她的长篇小说《九重葛》来说，文学与生活的关系在《奔流不息》中显得更加直接而亲切。《九重葛》写的是她在银行业的生活，职场中的明争暗斗，业务中的争强好胜，上下级的复杂关系，人际关系中的善良丑恶，让她决意要通过文学去抒写，也宣泄她多年淤积的情绪，当然也是要展现深圳改革开放过程中的人与事业、人与城市的成长。《九重葛》出版时她用的是笔名，书出来后不敢宣传，也不敢送给自己的同事，唯恐引起某些不必要的纠葛。其实，她是多虑了，生活进入文学是经过了加工改造了，只要不是蓄意做人身攻击，尽可以大胆去写。文学有生活作为基础，书写出来得到传播，能让人觉得这就是我们身边的生活与人以及美，又有什么不好呢?《平凡的世界》《人生》《人世间》不就是贴近生活才更吸引读者吗?

读完《奔流不息》，黄军所写的母亲感人至深。虽然她作为少年革命者、军嫂、退休干部有其独特的经历，但她一生所做的事、一生对家庭的奉献、一生所积累的品德，也是我们身边诸多的母亲也会拥有的。父爱如山，母爱如海，这是我们每一个家庭、每一个子女都会有此体会的。作者所写的母亲能干、勇敢、智慧、助人、心地善良、爱家如命、无私奉献等，就是我们千千万万个母亲的缩影。《奔流不息》将我们对母亲的情感和歌颂，通过文学的叙述在她母亲梁卓先的形象上更集中地表达出来了。

我这样说，并不是说黄军将她母亲的形象太拔高了，相反，她恰恰是从生活出发将她母亲写得太真实了。每个孩子都会仰视母亲，从小就会将母亲看作神，在孩子们的眼中，母亲为了孩子、为了家庭，没有什么做不到、做不出的。作者用信宜的竹、玉去比喻母亲的美德，那是很自然的事，因为正是那里的大山养育了母亲、润养了母亲。作者在书中并不是要写一个好人好事，而是要写出天下母爱的伟大和亲情的温润，正如作家彭学明所写的影响甚大的长篇散文《娘》一样，重在以情动人，以文化人。文学之所以能以个人的经历入文，就在于文学的普遍性、共同性和超越性。

在写法上，作者通过物件和景色写人，睹物思人，见景思人，自然地带出父母亲的一生，写出红色土地、红色家族的背景，父母亲的奇特爱情以及母亲对人对己、做人做事的诸多言行举止，恰切地烘托出女儿对母亲的崇拜和热爱之情。文学的感染力还在于细节的刻画，作者在书中很重视这些动人细节叙述，比如，她父亲追求她母亲时给她写信，她不识字，就描摹出字样去问人，证实是求爱信后将一封封信塞进房子里的墙缝里去，等到她识字后再读。比如当她得知丈夫还有另一个九岁的女儿时，刚烈的她竟然要去离婚甚至自杀，但知道真相后又能包容一切。还有就是浓墨重彩地写了母亲与莲姐在特大台风中结下的友谊，让人看了胆战心惊，而又为人间的真情所感动。

作者在下篇重点写母亲在医院里 40 多天与疾病的顽强抗争和孩子们眼看着母亲残酷离去的悲情，其“母亲逝去，我却醒着”的亲情书写的确很感人，也是作者触发读者泪点的地方，但我更推崇作者在中篇里对亲情的反思，她从与母亲的相处时体会到，年轻人往往以自己的意志强加于父母亲身上，让他们配合，完成我们自己的孝道，不管他们高兴不高兴，愿意不愿意。我们给父母买东买西，送这送那，往往是出于一种弥补亏欠的心理。我们所能给予父母的一切，恰恰是他们最不在乎的。他们需要的是陪伴，是子孙满堂。这些只有在他们离去，才带着无限的悔恨醒悟。“子欲养而亲不待”，古语所言往往是我们最忽略的。作者的反思才是了解父母、孝敬父母的真谛。也正是在这个意义上，《奔流不息》才具有超越性的文学意义、教育意义和伦理价值。

作者对文学是真心热爱的，也是具有文学才能的，我真心祝愿她在文学之路上越行越远，取得更佳的成绩。

2023 年 6 月 17 日于广州

（作者为广东省作家协会主席、暨南大学文学院教授）

目录

中篇 | 深圳，为共叙天伦而来

下篇 | 每说一声再见，就是逝去一点点

引子

大雾岭的夏

大雾岭是故乡的脊梁。

我生活了20年的第二故乡信宜，位于广东省西南部、茂名市北部，唐武德四年（621年）置县，因南近信山、北接招义山，名为信义县；宋太宗赵光义即位后，避其名讳，改为信宜县。境内“八山一水一分田”，千岩万壑、层峦叠嶂，而重山环抱中的大雾岭，是整个粤西的最高峰。

站在山峰远远望去，山下有信宜县城和美丽的鉴江，有母亲于此展开的曲折精彩的人生故事……还有我少年青春时期的闪亮记忆。

1976年，正读高二的我和同学们一起，去大雾岭林场和白石公社学工学农。大雾岭林场离城约40公里，途中要翻两座山。在那特殊的年代，为磨炼同学们的革命意志，学校要求我们步行到达目的地。

47年光阴，淡去了许多记忆，但那次行军的细节我依然记得。才15岁左右的同学每人身上背着几斤重的行李、扛着劳动工具，顶着烈日，汗流浃背，翻山越岭。走到腿不听话了，实在迈不出步了，一屁股坐在路边哭起来，却摸出手绢假装擦汗，不让同学和老师看见。哭完，爬起来，继续往前走。

最后，200 名学生除了个别身体不适的，第一天全部到达了白石公社，在小学教室里住了一夜；第二天继续步行 20 多公里，走了 30 多个弯，终于登上了高高的大雾岭林场总部。

在林场短期的劳动中，同学们分工不同，感受不一。有上山锯木的，有锄地种树苗的。锯木的活儿最累，收工拉木回来，女生喘着粗气，直不起腰，终于握住男生伸过来的手，搀扶着一起下山。往日学校里“男女授受不亲”的思想，在这严酷的劳动中悄悄改变。

晚上睡觉打地铺，十多个女生挤在一间木房里，半夜能听到外面野猪和各种动物的怪叫声。冲凉房是木板房，不但漏光，还得抢位置。

林场总部门口，有一条溪水流过，是黄华江的源头。小溪弯曲，清澈见底。女生在水中搓洗衣服，聊着谁追谁的故事……这时，调皮的男生在卧溪凸起的异石后突然泼水“袭击”，高叫某女生的名字，溪水中瞬间一片尖叫声响起。

这些在许多电影中相似的画面，都来自生活，而我们就是那时生活的主角。

多年后，我仍然心心感念这个属于少女时代的大雾岭之夏，仍然能感受到山的呼吸，触摸到山的肌肤，领略到大山的雄奇秀美、沉稳浑厚、刚强坚韧、博大包容、无私奉献的品格和风采。

大雾岭，它从洪荒走来，亘古不变，依旧恪尽职守，孕育着万千生灵，守护着珍稀物种，滋养了一代又一代人。

大雾岭，它向生活走去，从中我读到了亲爱的母亲。大山影响了生活在这里的母亲。大雾岭和母亲相同的优秀品格，也久久地润养了我。

即便我和姐弟们都相继走出大山，来到外面的世界，却仍保留着与山和母亲相同的气质，那种包容、那种厚实、那种挺拔，甘于寂寞、独守高地，虽然历经千种坎坷，依然昂首云天，初心不改，一生向阳。

上篇｜故乡，追忆生命的胜者

我母亲是一位平凡的母亲。

我母亲又是一位极不平凡的母亲。

我母亲在家中排行老三。她的大姐、二姐很小就当了别人家的童养媳。母亲 9 岁那年，未能逃脱命运，也被卖到村头一户人家当了童养媳。但一个月之后，母亲却被退回来了——这家人说，母亲长得不够俊秀。

母亲的命运由此重新装订……

军休所的家

2018年清明，在母亲去世后第二个月，我们兄弟姐妹在回信宜老家之前，先一起去了母亲和父亲共同生活居住30多年的湛江军休所。

一切都是亲切熟悉的样子……

物物见亲慈

在位于湛江军休所的家里，入门大厅靠左，是母亲经常坐的木沙发。这两张沙发是20世纪80年代初期，从信宜搬来的。

信宜是山城，有的是好木材。但太贵的木材母亲买不起，只能选了稳定性比较好的杉木。她觉得这两张沙发轻便结实，好坐又不占地方，因此极其喜欢。当年，父亲的老乡涂叔叔一家人也住在信宜武装部的半山腰上，和我们是邻居。涂叔叔是华南工学院的高才生，“文化大革命”时期被流放到这个小地方来，人生地不熟，母亲为他们家孩子帮了很多忙。为了答谢母亲，涂叔叔亲自给母亲打造了这两张沙发。涂叔叔手艺一流，每天下班吃完饭就赶来我家，挑灯锯板、刨木。母亲的学习能力极强，过目不忘，没多会儿工夫，就能帮涂叔叔搭把手了。这两张沙发椅做好之后，许多邻居来参观，纷纷赞扬材料好、工艺好、款式好。母亲很得意，觉得家里有两件大家私，可以接待客人，她在邻居同事面前就有面子。

如今，50 多年过去，这两张沙发虽然表层的油漆已经脱落，露出了木的原色，花花点点的座位中央也已经被母亲磨得光亮光亮的，但仍坚固如初。前些年，我们多次要更换新沙发，都被母亲拦住了。这两张沙发连同我们家里许多东西，或许今后都能进博物馆。

两张沙发中间，是同时期做的三层木架的玻璃茶几，每一层都放着母亲常用的生活物品：喝水缸、小水壶、风油精、万金油、眼药水、跌打追风液、扇子、纸巾、剪刀、装药的盒子，一样一样，全而不乱。

电视柜架上的塑料胶花，是我去深圳打工前买的，同时买的还有一盆信宜南玉制作的葡萄盆景。母亲每一年都拿下来用水清洗，晾干了再放上去。近几年母亲年纪大了，行动不方便了，干脆用超市装菜的透明塑料袋把花给套住了。“那样就不好看了，看不见了。”每一年回去，我就讲一遍。每讲一遍后，母亲都会说：“好看，看得见。那样防尘，又防霉。”母亲还是执意坚持。

家里每一样东西，几乎都是母亲坚持才留下来的。厨房里的钻石牌风扇，走廊上的永久牌单车，都是那一时代的产物。水火

* 20 世纪 70 年代时期，母亲参与制作的木沙发，一直用到现在。

板做的米桶，不锈钢做的锅铲、勺子、梳子，还有木衣架，洗脸盆架，到处都是母亲在松香厂工作时期的作品。

母亲睡的带四框木架顶的厚板“东架床”顶上，还吊着一个塑料小风扇。床尾紧靠着的，是养活我们全家、伴随我们成长，为我们几姐妹缝补、制作衣服的一台用了30多年的旧式脚踏缝纫机。我轻轻地把母亲自制的木罩盖拿起来，露出了缝纫机头，机头像刚刚上过油，光亮光亮的。我坐下来踏了几下，轻滑流畅，如同新买的。这是母亲过去维持生计的重要工具，伴随她几十年。1988年我出嫁，母亲送了我一台崭新的缝纫机。也许她认为，教会了我缝补剪裁、给了我一台缝纫机，就是给了我一个保障，让我一生自力更生，丰衣足食，在任何兵荒马乱和饥寒交迫的年代，也能维持生计。就像当年，母亲一无所有，也能凭自己的手艺讨生活一样。

电话亲情诉不尽

餐柜上面放着一台白色的电话，还有母亲那副老掉牙的眼镜。说老掉牙是因为眼镜架都发黄了，还长了斑色。眼镜下放着母亲手抄的电话号码本。电话号码本被翻旧了，有一两页脱落了，母亲未来得及把它重新装订。

散下来的页上，有许多电话号码，密密麻麻，每一张纸都写满了字。电话有母亲外家的、婆家的、兄弟姐妹的，还有老同事、老朋友的，当然更有我们的、孙辈们的。我见过母亲还有一个本子，那个本子上，不但有电话号码和地址，还写着她的父母、她的兄弟姐妹、她和父亲及我们每一个人的出生时辰、属相、五行相生相克的内容，和风水先生给她看相算命的记录。

母亲生性开朗，好交朋友，晚年也有许多“闺蜜”。家里的电话机，是她沟通外界的最好最密切的工具和方式。

我走近，小心地细细翻阅，每一张纸上都能闻到母亲的气味，都能看到她翻过的手印，和她不小心落在上面的墨迹。

我到深圳快 40 年了，至少有 30 多年，母亲给我打的每一个电话，都是从这里拨出去的。孩子是母亲的风筝，无论飞得多远多高，风筝线都握在母亲的手上……

所有的兄弟姐妹都被这个电话连起来了。一头是妈，一头是妈的儿女。无论散落在哪里，南方、北方，国内、国外，妈通过这个电话，准能及时找到她的孩子们，说上她想说的话，还有叮咛和祝福。

妈妈是孩子心灵的摇篮，妈妈又是孩子肉身的屋檐。孩子们的生日，母亲是必会打电话的。每一个都打，哪怕孩子在国外，哪怕孩子们自己都记不得了，在母亲这里，一个都不漏下。

“老二，今天是你生日呀。”餐柜有点儿高，电话线不够长，母亲站在那里，踮着脚，身体往前倾，“妈老了，去不了给你做生日了。再忙，你要去买个鸡，加点儿菜，蒸个鸡蛋吃。”而我在电话另一头，或是开会，或是在见客户，就会应付一下：“嗯嗯，知道了妈。”有时还觉得妈有些唠叨。

我回过神来，电话还静静摆放在那里，母亲消失了。

母亲最后一个生日是独自过的。孩子们回不去，她不肯来。那天，我们单位还在进行半年考核、述职。从早上到下午，没完没了，开完大会开小会，中午饭都是捧着盒饭在会议室里吃的。好不容易等到晚上，又有一个客户约了要谈业务，一直到了10点才结束。开车回家的路上，想着母亲睡了，就打算第二天再给她打电话。结果第二天电话打过去了，母亲轻轻地淡淡地说："没关系，没关系。生日年年都有，人人年年都有生日的，不是吗？"后来陪着母亲的朋友莲姐告诉我，那一夜，母亲一直守在电话机旁边，11点钟了也未上床，说，老二还未来电话，她一定会来电话的。

听到莲姐的话，我肠子都悔青了。多么对不起，妈！我一直都觉得，妈是可以把所有事情都忙完之后再去找的那个妈，是随时都能听我倾诉、随时都能关心我、对我不嫌不弃的妈，是我有事情可以任意在她面前哭和闹的妈……

但是我却忘了，她终有一天是会不在的。

桩桩件件父母心

母亲不足十平方的睡房里，摆满了她多得无计的东西。一面墙上，矮柜子上面仍有一个矮柜子，再上面还叠了一个箱子；另一面墙的上方，母亲留出来，挂着两个不同时期买的大小不等、颜色不一样的相框。相框里装着母亲近百年来生命中最重要的人物和事件，有她的父母和兄弟姐妹，有她年轻时期的同事，有父亲的战友，有我们从小到大每个时期的全家照……但没有父母的结婚照。

父母50年金婚的时候，组织上为他们补拍了一批婚纱照，母亲用最好的相框精心装裱，挂在了大厅入门最显眼的地方，任何人一进来都能看得到，醒目和鲜艳。父母这组照片，是我见过的他们最高贵的、最温馨甜蜜的、最光彩夺目的照片。父亲穿着长袍，手握扇子，活泼又生动；母亲穿着唐装，古典又优雅。两个世纪老人，深深地沉醉在他们爱的海洋里。

这是我们家最漂亮的风景线，十多年之后，仍然没有任何东西可以超越。

相框下方，是母亲经常用的两只箱子。一只皮箱，一只木箱。箱口常年上了锁，据说里面装着她生命中最宝贵的东西。后来，我在母亲的回忆录里，看到了关于这个皮箱和木箱的记载：

> 1955年，我与老黄结婚，没有任何结婚礼物。当时老黄受组织的安排在汕头军事学校读书。两年后，他用他全部积蓄给我买回了三样东西：一只皮箱，一只手表，一张绸缎面的被子。我们结婚后第一次用上了一张双人棉被（之前盖的是两张部队发的小军被）。

这只皮箱，经过几十年的空气氧化，露出来的边沿早已褪了

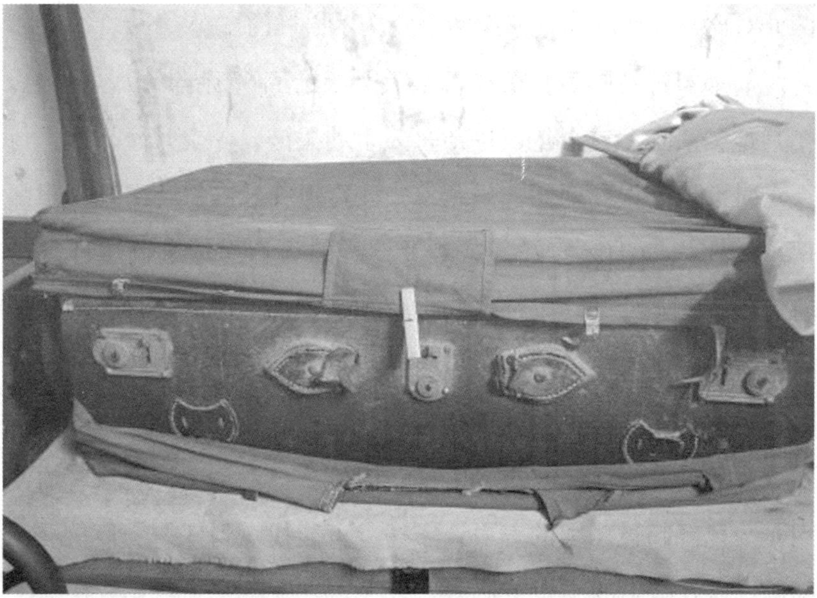

* 这个皮箱是 1955 年父母结婚之后，父亲在军事学校读书两年回来，补给她的结婚礼物。现在里面仍然放着母亲的衣物。

颜色，完全看不出当年是什么颜色，只有掀开罩在上面的保护布套，才能在皮箱不见光的中央部位看到一片完好无损的咖啡色。两处对比，如此鲜明，就像两个完全不一样的皮箱。

而那只神奇的表，戴在母亲手上行走了60余年，从未停息。尤其是父亲走后这十年，母亲每天手动拨链，一个月调一次，每天走时准确无误。期间，母亲拿去表行保养过。每一次她都跟师傅说，要想办法保养好，这是老伴送的礼物。母亲就这样坚持着。母亲的坚持感动了师傅，也感动了上天，让这只表一直伴随着她，直到她生命的终点。后来，我拿着这只表去请教过内行的人，行家从已经模糊的表面依稀辨认出，这可能是20世纪50年代的原装梅花表，已在市场上销声匿迹。也就是说，这只表的使用年限已经超过了表的寿命，市场上可能找不到任何一只与其相同的、还在行走的手表了。

这只木箱里面，装的全是我们小学、初中、高中的课本。母亲一生未上过学堂，却尊重读书人，崇尚文化。她保管孩子们这些书籍，如同收藏着她心中最神圣的秘密。留住书，就是留住她的最爱，留住了孩子们，留住了她的青春，以及留住了那个年代她的一切。

我在母亲床底下发现一个小木盒，木盒很粗糙，是母亲晚年自己做的。木盒子有一尺多长、一尺多高，木盒子里全是母亲的五金工具，有些是母亲自己制造的，有些是她后来买的。工具很全，大大小小、长长短短、圆圆方方有30多件，虎钳、钻头、量尺、手锯、手把、刮刀、锉刀、丝锥、板牙、錾子、研具……

还有一些，我叫不出名字。这些跟母亲相伴几十年的工具，手柄光滑，刃口锋利，就像母亲百变的巧手，又像母亲的手中的老伙计。平日，我们只看到一件一件东西制造好了、修复好了，不用再去买了，却不知道是这些工具成就了母亲的万能。

母亲在台面上、枕头边，大厅、厨房，到处放着各式各样大小不一样的台钟。母亲有找钟的习惯，她只要看不到时间，心里就十分焦急。这些台钟每一个我都很熟悉，因为每一个都是我们用坏的，她带回来一个一个地修好，还未来得及给我们带回去。

父亲的房间显得简单又整洁，像他的性格。

台面上留着父亲的眼镜和笔，还有印着军分区的信笺。父亲走了10年，母亲每天进来给他房间打扫，收拾得干干净净，台面一尘不染。母亲把父亲吃完药的盒子全都拆散了，装订成了一个长短不一的本子。药盒子里面厚而洁白，有母亲记录的各式各样的文字，有想念父亲时写的信，也有她要记住的时间和往事，更有她去问“仙姑”，“仙姑”转来的“父亲的话”。听莲姐说，母亲在湛江的每一个节日，都坚持给父亲做饭，端上菜来，摆上碗筷，盛满饭，看着父亲“吃完”了，她自己才开始吃饭。

母亲用她自己的方式又与父亲共处了10年，这里的每一件物品，都是母亲爱父亲的见证。

父亲的衣柜，东西满满的，全部是父亲留下来的衣服和用品。当然还有父亲出生入死几十年，中央军委、广州军区等各级部门给他颁发的各种荣誉章，还有父亲的党员缴费证和军帽、皮带、大衣，以及授衔的军装。

＊ 父亲有很多的军功章，小时候我们不懂事，都把它们拿到外面去玩丢了，为了这个事情，妈妈很难过。

父亲参加了解放战争，解放了广东，解放了广西，参加了十万大山剿匪战斗，参加了抗美援朝。但直到后来收到部队寄来相关资料，才知道父亲所在部队曾被编入第四野战军。

父亲20世纪60年代住院取出的弹片，是哪一场战争留下的？我一直未来得及问。父亲没有写下任何文字，他的一生传奇又神秘。我最遗憾的，就是没有把父亲一生的战功记录下来。

母亲的回忆录

弟弟在找母亲的户口本，要到军休所办公室办理相关手续。我帮母亲浇花。

母亲湛江家的花比深圳家的多，那个拓展出去的大阳台摆满了她种的各种花草，里里外外，高高低低，错落有致。白天，阳光照进来，每盆每朵都在阳光的哺育下争奇斗艳。海棠、日日新、三角梅，芦苇、铁木、万年青，争先恐后装扮着阳台，四季如春。最让我惊讶的是，几个月里，没有人护理的阳台上，一片枯寂的花草中，竟开放着四朵鲜艳绚丽的朱顶红，状似喇叭，阳光下通透明媚，娇艳美丽，这是一件神奇的事情。在后来的四年中，每年清明扫墓后回到家，这盆朱顶红都正在盛开，有时三朵有时两朵。没有人浇过水，花开何由？莫非真的有天使，每年都来给母亲的花浇水？

我去水龙头接水，浇了一桶又一桶。无意中揭开灶头旁边水池上面盖着的木板，我竟发现母亲去深圳前蓄了一池水。水清，透明，浮面上没有任何杂质和尘埃，即使再放上一年，这水还是干净可饮的。

母亲有着强烈的忧患意识，万事都留有后路，这是我几十年一直都能体会到的。

在整理母亲的遗物时，我在一个抽屉里发现母亲存放的几样东西：母亲的回忆录、一对耳环、一只玉镯，还有母亲的 4 本存折。

母亲的金耳环是她 50 岁那年生日我送的，玉镯是她 60 岁那年我出差云南腾冲带回来的。后来有一次被抢劫，年轻人想扯下她的金耳环，但母亲死死抓住，高喊："抓贼！"贼逃走了，母亲倒地，耳根鲜血直流。从那以后，母亲再也不戴这对金耳环了，连同玉镯都收纳在这个抽屉里。

母亲的回忆录其实已经写完了，但她总不满意，一点一点地往新本子上抄，一边抄一边修改。

"什么时候能抄完呢？"我问母亲。

"等一等，我经常头痛、眼花，总是不舒服。"

等一等，一直是母亲的口头语，直到母亲住院前一个月，我最后一次问她："我想看看你写的故事哦。"母亲仍然说"等一等"。

谁知道，母亲早写好了，她的家史，她的父亲母亲，她的兄弟姐妹，还有她的个人简历。她的回忆录整整齐齐地归放在一个裂口的文件袋里，有几万字。

这是母亲留给我的最贵重的遗物。我用了四年时间，反复阅读了无数遍，每一次阅读，都令我激动、欣喜、愧疚、痛苦、悲伤、焦虑及慌张，百感交集。

母亲用她非常的经历，铸造了她非同一般的人生。一个80多岁高龄多病的老人，本应与儿孙一起，享受天伦之乐，但却选择了独处自理，夜以继日伏案写作。她需要多么大的决心和毅力，克服多少困难，才能完成这么艰巨的任务！她这几万字几乎是一个字一个字填写进去的，完成一个句子有时候需要几天的时间，在电视上报纸里找到她需要的那个字，再抄进去。她生怕抄的回忆录里漏了错了什么地方，她得等到自己非常满意的时候，再拿出来给我们看。

我在深圳见过一本底稿，母亲带在路上，是希望任何时候都有机会修改，回到老家再补充进去。也就是说，母亲的底稿和抄稿合计已经超过7万字了，对一个没有上过一天学堂的80多岁老人，这是何等巨大的工程！

这本回忆录，是母亲这一生中最全面的最详细的文字记载。遗憾的是，当我真正见到它的全貌的时候，母亲这些文字却已经成了母亲的遗书。

如果我能早一点儿知道这一切，我是不是会抓住与母亲在一起的最后时光，给母亲更好的照料、更精心的呵护，创造条件让她更快更好地完成她的回忆录，帮她整理出版，让她亲自看到自己写的字印成书？或许这是她最期待的，也是我对她最大的孝敬。

* 2004 年，父母结婚 50 年之时，组织上为他们拍了一组金婚照片，纪念他们 50 年并肩作战走过风雨。这是我们见到的最能表现父母风采的、最亮眼的、最豪华的照片。19 年过去了，至今是我们家里最美的风景线。

我是太阳快要下山的人了。我若归老了，你们姐弟不要太悲伤，谁都会有这一天。我走后，做法跟你爸那时一样，在老家上县村游三个村庄、三条街。我是你爸明媒正娶的妻子，生有儿女，是上县村正宗的媳妇。

妈，送你那一天，全村家家都来了人，队伍浩浩荡荡，上县村是一个大村，几千人口，无人不知晓你和父亲。你们建校修路，捐款扶贫，修缮宗祠，你们太出名了。那一天，你风光无比，300 多人分 13 批，一行一行向你下跪祭拜，和你告别——这在上县村，是最高的规格。

妈妈的路快走完了，你们的路还很长。你们要好好珍惜，姐妹兄弟要团结友爱。生活上要做个勤奋的人，工作上要做个努力的人。一个人可以没有多大成就，但一定要心善人好。遇到困难要坚强，学习你爸爸坚强的意志和乐观向上的人生态度。有能力时，一定要帮人，帮人就是帮自己。这是妈给你们最重要的话。

妈，你的话多么温暖，多么有智慧，句句励志。这是你留给我们的最宝贵的财富，然而，当我有时间可以专心地接受你更多教导的时候，你却走了……

四个存折资助了“两个连”

写到这里，我不知道要不要写母亲的存折和存折里的故事。母亲一生节衣缩食，每个时期都入不敷出，她哪来的存款?

母亲1950年正式参加工作，第一个月的工资是7元钱；母亲1983年退休，第一个月的退休工资是23.1元钱。从单身、结婚、生子、养娃到退休，每一个时期的收入都不能覆盖她的家庭和孩子们的需要，及父亲治病的开支需要，但她还是有4个存折，每一本里都存有一笔钱，累加起来，是一个不小的数目——我计算过，从1983年到2018年，母亲的退休工资就算不吃不用也凑不到这个数目，何况她还要看病、打针，还要资助她外家、父亲家，还要捐款修路、建校，还要资助贫困家庭。

母亲的这些钱从哪里来?只有一个答案，她晚年另有收入：她拾纸皮，拾玻璃瓶和矿泉水瓶；几十年来，孩子们给她生日、过年以及买衣服、生活用品的钱；甚至老家出租房子的租金收入，除去分给孩子们的，留下那部分也攒下来了。

“这些钱今后用来修我和你爸爸的白坟。砌得结结实实，不易水土流失。你们路途远，工作忙，清明回不来也不会长草……”母亲的遗嘱，让我悲痛欲绝、捶胸顿足。

在母亲去世的第三年，我陆续找到了母亲生前支持、帮助过的大部分贫困家庭、贫困孩子的名单，包括父亲七个兄弟姐妹的子女、孙子女；包括母亲外家五兄弟姐妹的子女、孙子女；父母共同的朋友、战友的子女、孙子女；母亲单位的同事，还有母亲的邻居……人数足足有两个连的规模。

妈，你资助的这些钱，本可以让你的生活好很多。你付出了一辈子，你帮了别人一辈子，本应该好好地享受你的晚年，享受子女对你的孝敬，享受晚辈对你的赡养。可是，你把一切都无私地给出去了，并且把办理自己后事的钱都留好了。你这一生没有遗憾，可我，却会愧疚一生。

在陪弟弟去军休所办公室办手续时，工作人员拉着我的手，眼眶里有泪花："梁姨是一个多么好的人，非常开朗健谈，爱恨分明，乐于助人。我们军休所老少几乎每一个家庭都得到过她的帮助。司机儿子的工作，后勤部员工的女儿，一个一个往深圳、往广州推荐，解决了他们的就业问题。每逢中秋，她就挨家挨户送月饼，拄着拐杖，摸着楼梯扶手，一层一层爬上去，说儿女们寄回来的，'好吃的，尝一尝'。那场面让我们好感动，泪水都会流出来。这个时候，我们就会说，梁姨你是长辈，军人家属，平时服务你是我们应该的，过节也应该是我们给你送月饼啊。"

继续翻开母亲的回忆录，更远的记忆缓缓走来，她写道：

干女儿的村庄年年都做"年例"。年例是粤西最盛大的节日，比过年还隆重。村村都请八音锣鼓助庆，八音锣鼓奏起，整个村庄沉浸在欢乐的气氛中。游神队伍浩浩荡荡，舞狮子、放鞭炮、摆醮，锣鼓声与鞭炮声此起彼伏。游神队伍把村路占满了，交通近乎瘫痪，心急的客人会骑摩托车从田里碾过，直达而去，这时村庄里出现了城里的警察。当那“咚恰咚恰”鼓锣声音从远而近，越来越大的时候，干女儿就知道游神队伍快到了，赶紧把家里桌子搬出来，摆起供品，等着神的到来。人们用锣鼓迎来了神，又用锣鼓把神送走。祛除凶灾恶毒，来年五谷丰登，大家身体健康。

母亲的文字通俗、流畅、乐观，表达了她对美好生活的向往和祝福。没有上过学堂的母亲，其实是个“大作家”。

母亲的文字，把我带回我的少年时期。我们跟着母亲在游神的队伍里，身上绑着红布带，手拿着自制火炬，兴高采烈，高声跟调。锣鼓喧天，歌声悠扬，孩子们一路狂欢，手舞足蹈，忘乎所以。当游神结束时，整个村庄又进入另一个高潮，早已饿得肚子咕噜咕噜叫的孩子们，迅速奔向已摆在大地堂上的几十台丰盛的全村年例饭。炸子鸡、腰卷、五香肥扣肉、糖炒莲藕、八宝饭，还有其他各式各样的当地菜，让孩子们吃得满头大汗，满嘴流油。在那样的年代，那顿饭让我乐不思蜀，直到回城后几个月，仍念念不忘。

想到这些，上课开小差了，但作文却拿了奖。母亲不知道这是我们的社会实践课，培养我们观察生活、体验当地的民俗风情。到了中学的时期，我就对本地名人、古迹、历史有了较多的了解。母亲给我们的，不仅是“睇年例，吃年例”，而是大脑的精神大餐，在天天学工学农不上课的时期，让我学到了更多的知识，掌握了更多的本领。

春花墩与红色家族

2018年清明节那天，我们姐弟四人离开湛江军休所，回到了父亲的老家上县村，给父母扫墓，烧了两封大大的炮仗。这是母亲生前交代的。父亲很早就参加革命，1949年后一直在外地任职，村里的人大部分都陌生了。所以，每一年回来，我们都通过鞭炮的声音，让山谷水塘知道。完成这一切之后，我们前往母亲的故乡春花墩……

60年前三个孩子的冒险

春花墩是廉江市城南街道山察行政村的一个自然村，和父亲的老家上县村原同属石城镇，紧挨着廉江市城区。石城镇过去是一个经济欠发达，环境却秀丽的城郊小镇。

在去春花墩的路上，姐姐说了一段让她难忘的故事。

1962年的秋天，我们家还在廉江武装部大院。一天，4岁的姐姐与大院里一个比她大几个月的男孩玩开火车游戏，“轰隆，轰隆”，两个小孩子推着一张小椅子在院子里转了一圈，唱到“火车飞呀飞呀，轰隆轰隆响，开到哪里去呀？”姐姐顺口就搭上一句话：“开到外婆家呀！”姐姐从小由外婆带，对外婆感情深。于是，这两个娃娃就决定把“火车”开出大院，开到外婆家去。

没想到出门那一刻，被我这个“跟屁虫”发现了。我嚷着要跟他们走，姐姐不答应，说：“你这么小，走不动。”我就开始哭，姐姐还是不答应，我就继续哭，哭得声音越大姐姐越害怕。最后，姐姐没办法了，说：“你不能跟大人说。你要自己走路，不能要人背。不答应就不让你去。”我猛点头，乖乖地说：“嗯，嗯。”那一年，我才两岁。

姐姐上当了，两岁的孩子说的话，能相信吗？

出大门不久，我就走不动了，一屁股坐在地上，娇滴滴地叫姐姐，好可怜的样子。姐姐很生气，又不敢打我，磨蹭了一会儿，就与男孩商量轮流背着我走。这可是四岁多的娃娃啊，平时出门，自己能走路不要爸妈抱就不错了，哪里会背妹妹呢？姐姐说，细节全记不得了，只记得走不动了就坐地上，坐久了又起来走，累了就靠着路墩睡一会儿，睡醒了继续往前走。最后，这两个 4 岁多的孩子，硬是把一个 2 岁的娃背到了离城 9 里地远的春花墩。

傍晚，母亲下班回来，发现家中一大一小两个娃不见了，吓得魂都没有了，浑身发抖。一打听，院子里还有一个小男孩也不见了。武装部官兵立即全体出动，全城搜索。派出所报警，高音喇叭全县广播，街头街尾贴寻人启事。直到深夜，终于在外婆的春花墩里找到了这三个孩子。

母亲气得差点儿昏倒，拿着鞭子狠狠地往姐姐和我的屁股上打，直到姐姐叫“饶命呀，饶命呀”，邻居叔叔阿姨跑过来营救，母亲才松手。

现在想起来是一件多么奇特的事情。9 里泥沙路，弯弯曲曲，车来人往，没有一个大人陪同，三个加起来才 10 岁的孩子，竟然完成了 9 里路的行程，走过大路、小路、村庄田埂路，硬是把“火车”从城里开到了农村，开到了外婆家。对于现在的孩子来说，简直是天方夜谭。那时候的孩子多么有胆量、多么自由、多么随性，社会治安多么好啊!

妈呀，小时候我们多么淘气、捣蛋，多么不懂事，一点儿都不让你省心。你当时怎么打都应该，一点儿也不过分。不打不长记性呀，今后还会犯更大的错误。

可是，妈，你打也白打了。对于一个两岁的孩子，她能记得住吗？在我的生命长河里，从来没有这一段记忆。

汽车在路上跑，我在车里想小时候的那些事。时间穿越，我仿佛回到了我的童年、少年时期。

每年假期，我们回外婆家，母亲总是让舅舅到县城的汽车站接我们。舅舅的单车技术极好，前后可以同时坐 4 个娃娃。姐姐、弟弟和我，有时候，还有从北海回来的表妹。坐在单车上，一路是田野和村庄，每一眼看出去都像一幅画。偶有拖拉机开过，卷起了尘土，一阵烟雾抚过脸颊，我们就兴奋地大叫起来，大口吸着拖拉机排出的柴油味，觉得很特别。

舅舅单车杆上长期挂着一个黑色的、两边带耳盖的防水布袋子，里面鼓鼓的，放着舅舅上课的讲义和学生的作业本。舅舅教书几十年，起初在新民中学，离春花墩很远。我印象中，舅舅只有周末才能回家。

舅舅是外公外婆的“掌上明珠”，也是外公外婆的骄傲，更是母亲和大姨的心肝宝贝。舅舅小时候，有这两个姐姐照顾，从来没有挨过饿。再苦的日子，母亲也替舅舅扛着。母亲参加工作初期的工资，大部分都留给这个弟弟交学费，她自己只留下吃饭和买卫生纸的钱。

舅舅跟母亲的感情特别深，长大后每次打电话，舅舅会在电话那头哭，母亲也会在这头落泪。

舅舅毕业于廉江师范学校，学习成绩非常好。虽然那个年代缺乏师资，但师范毕业的老师，能够教中学的语文，那得要有相当的水平。

小时候，我特别崇拜舅舅。舅舅写得一手好字，讲起话来慢条斯理，节奏掌握得很好，经常讲到一半就停下来了，等我们焦急地嚷起来：“后来呢？后来呢？”舅舅才接着往下讲。后来我才知道，这是舅舅教学的技巧。他的课讲得特别好，公开课总是拿他作样板。他的学生进步很快，恢复高考那几年，舅舅的大部分学生都考上了各类大专院校。

外婆家，春花墩

春花墩，是因村场坐落于群山之间，每年春天百花齐放而得名。春花墩过去只有几十户人家，虽然不大，但人杰地灵。早期这里出了许多民族英雄和杰出的革命者，中共廉江县委首任书记梁安成就出自此地。

城南往春花墩的方向，早已建起一栋栋高楼大厦，检察院、法院、体育中心，还有实验学校，把春花墩拥入怀里。当年，姐姐背着我走过的那条路，完全无影无踪，早已被宽宽的六车道水泥硬地覆盖了。

2015 年，我陪母亲回过一趟春花墩，那时的春花墩已经吹响了城镇化改造的号角，推土机以每天一栋的速度碾过村里的平房。只有一个小坡上，还仅存了几户留守人家，其中一户是母亲的表弟。表舅说：“城市的建设步伐很快，政府整体规划，无法阻挡啊。要看赶快看，要拍摄赶快拍摄，再过几年回来就真是什么都扫光了，什么都看不着了。”表舅对着我的照相机不停地说。

果然，几年后的今天，我们再度回到春花墩，只看见大路口高高地挂起了一个显赫的大招牌，春花墩前面加了六个字“红色革命老区”。

地理的表象已经让我寻不到村头的样子了，但我的脑海里却清晰地印着春花墩原来村头的模样。

入村是一条平坦又开阔的小泥路，与主路不同的是，没有泥沙碎石掺拌，走起来不会沙沙作响。但下雨天，小泥路中央因走的人多了，坑洼积水，泥泞滑脚，只能走路两边，一不小心，就会跌倒在路旁的田地里。

村口右边有几户人家，住在田的中央一块高出田的实泥地上。这几户人家大多时候只往城里走，一般不往村后面走。后来听说，那代老人都去世了，那几户人家的孩子个个都上了大学，全搬到城里去了，但我没有看到春花墩村史上有这些记载。我只是依稀记得，太阳快下山的时候，这里家家烟囱都冒出缭绕的烟雾，充满生活气息。夜幕降临，有星光点点散落在一片漆黑中，让村里外出的人知道，进村口了。

其实，村口到村里还有一段很长的路。小时候回来，大太阳下，走着走着就渴了，我们会蹲下去喝水沟里的水。那时水沟里的水很干净，清甜润肺，没有谁喝了会生病。

小泥路的两旁，田野宽广，一望无边。春耕播种后绿油油的一片，极为好看。东面有几十年不变的笛声，因为黎湛铁路从那里穿过。

黎湛铁路，北起广西壮族自治区宾阳县黎塘镇，经贵港市、玉林市，终止于广东省湛江市湛江站，连接湛江港口，全长 318 千米。黎湛铁路最早建于 1938 年，10 年后因资金不足而停建。1953 年 12 月 29 日，国家建委正式批准黎湛铁路建设计划；1956 年，黎湛铁路正式运营；经过多次技术改造，2009 年 5 月开通复线，2017 年 12 月，实现全线电气化运行，全线设 34 个车站。20 世纪 50 年代，有 29401 人参加这条铁路的建设，母亲曾经参加过援助建设。

黎湛铁路复线，是原铁道部、广东省重要工程建设项目，向北经柳州、洛阳、太原、驶至大同，形成大同—湛江路线干线；向东经广州、厦门、杭州、大连，终至洛阳，形成沈阳—海口铁路干线；向西经黎塘、南宁，终至昆明，形成昆明—湛江铁路干线，起着连接湛江港，面向西南、华中地区的重要作用，也是我国重要的出海通道。

在母亲的回忆录里，起建和终建的日期与后来我查到的资料不完全一致，但我已经为她的细致和用心感叹。母亲写道：

这条铁路那时不仅仅是商港，因为湛江位居粤、琼、桂三省交会处，是中国大陆通往东南亚、非洲、欧洲和大洋洲海上距离最短的口岸。有国际军事、经济、交通中心的特殊地位……

或许是小时候跟随父亲的部队南北调防，总是住在郊外或山区的原因，当我第一次在外婆家春花墩里听见火车笛声的时候，不知道有多新奇。我疯狂地奔跑，向着火车的声音狂奔，总想以最快的速度追赶上去，走近一点儿，再近一点儿，看看火车真实的样子。

但是，那是孩子的童心。火车以每小时几十公里的速度从春花墩穿过，笛声在山坳那一边“嘟——嘟——”响透后渐渐远去，直到一点儿都听不见了，我还不想停下脚步，久久地，久久地立着，心中就期待着下趟火车什么时候能再来。我早早地等候在这里，希望火车把我带到很远很远的地方。外面的世界有多大？好像火车头知道，搭上了火车就会知道。我会在这样的时光里停留很久很久，甚至，晌午了，还不愿意回村里去。

梁姓村里人

正式进入春花墩的标志，是穿过了牛腿岭和琵琶岭，村里人叫“门前垌”。

春夏季节，漫山遍野的山花争先恐后地登场，红、白、黄、紫、粉、橙，各种颜色各种形状的野花，团团簇簇，尽情绽放，从门前垌两侧向后背岭一直铺去，直到把春花墩上下全部染透。

当二婆家的后山变成了一片花海的时候，我们的假期就到来了。二婆家在门前垌最靠边的一排，背后是个山坳。山坳里果木成林，花枝招展。大山深处，山鸟与蝴蝶在飞舞，与满地鲜花“打情骂俏”，极为壮观。

二婆家的门口左侧，是一条通往村里的必经之道，只有一米多宽。中央长着一棵树，树枝不多，但树心很粗壮，是二婆家每天带牛觅食回来拴牛的地方。树的四周，常常铺满了禾草。牛粪拉在禾草上，湿湿漉漉，臭味熏天。每一个从这里走过去的人，都会不自觉地轻跳跨步，从不踩牛圈里的禾草。尽管很不方便，但从没听村里的人有过意见。或许是村里人习惯了，家家房前屋后不是猪粪就是鸡粪、牛粪，在村里人的眼里，这些都是宝。每一种粪便都是浇灌庄稼的好肥料，每只养大养壮的鸡鸭猪狗，都是他们去市场换回生活用品的宝贝。

我每次通过，都像被体育老师考试着，小心翼翼，左右跳挡，一不小心，还是重重地踩在牛粪堆里。姐姐在一旁大笑：“真是不要什么来什么，笨死了。”羞得无地自容的我就会不自觉地："哼，哼，哼……"但最后还是没有骂出来。

我舍不得骂二婆，二婆一家对母亲家非常好。每到鱼塘放水捕鱼时，二婆家总给外婆送来好多小鱼小虾，外婆放上豆豉和姜丝把它煎了蒸了，就着热腾腾的白粥，好吃极了。

我不舍得生气还因为一件事：二婆家的女儿跟我一般大，特别会干农活。每次上山挖小树头，她走得最快，挖得最多。趁着小伙伴不注意，她会往我的粪箕里拨好多小树头，不让小伙伴笑话我这个来自城里不会干农活儿的人。后来听母亲说，二婆家的女儿嫁到茂名市郊区去了，生了三个孩子，很少回村。生命的相遇仿佛是冥冥中的事情，惺惺相惜的人或许一辈子再也不能相见了。

跨过了二婆家的牛粪树，是一条又瘦又直的小路。听母亲说过，这是她当年送父亲出村口的必经之路。小路一边是水塘，另一边是干菜地。再往前走，就是村里人集中打水的地方。春花墩的一眼井也很出名，只是没有父亲上县村的四眼井出名。

一年四季，一眼井是全村最热闹的地方，七姑八婆集中在这里吊水、洗菜、洗衣服，挑水做饭。两棵大榕树下，阴凉宜人，人们会在这里休息、乘凉，七嘴八舌，讲东家长西家短，谁家嫁女儿了，谁家生儿子了，都是善意的闲话。这村子里的人都姓梁，家家都扯得上亲戚，没有敌对矛盾，也没有太多的是非。那时候的人比现在的人简单许多，人与人之间的关系和谐、善美，当然，经济也毫不发达，甚至比较贫穷。

一眼井远处，原来长着一棵巨大的荔枝树。听母亲说，这棵树在300多年前建村之前就存在了。这棵树树身粗大，5个大人手拉手才能围得住。树木茂盛茁壮，树枝树叶伸展，宽到能罩住几亩地。每年荔枝熟了，可以同时让100人上树摘荔枝，场景非常壮观。可惜，1979年的时候，为了给全村家家装上电灯，他们忍痛以1万元把这棵荔枝树卖了，卖给了一个造船的生意人。砍树的时候，许多老人还掉了眼泪。如果这棵荔枝树留到现在，会是一个什么价格？一定也是国宝级的文物了。

走近一眼井，旁边是两排矮矮的整整齐齐的土泥砖房。房子上面插着一面红旗，一排与另一排房中间空着半个篮球场大的地方——这是春花墩小学。每天这里书声琅琅，与校外面水井旁大妈的高谈阔论，形成了一首交响乐，热闹非凡。

母亲在这种环境下成长。即使她没有机会上学堂，但校园的书声同样吸引着她。有时候，干完农活儿，她会悄悄踮着脚在窗外听先生讲课，然后蹲在沙地里学写字。

舅舅的新房在学校的对面，中间隔着一条通向后背岭的山路。舅舅的新房盖在政府赔偿的地里。那一年，外公的房子捐给村里建香火堂了。

那时候，我没有见过湖南湘西高脚楼，但舅舅的新房是我最早认知的高脚楼。舅舅家房子后面依着一个水塘，水塘一年四季有水。舅舅家房子的地基常年在水下，那是用什么石头砌的？怎么不会倒塌下来？小小年纪的我，回去一次问一次，舅舅每次都耐心地向我们讲解。现在，讲解的答案早已忘记了，但那高高的红砖墙脚，高高的墙根，至今印象深刻。

舅舅家门口的空地上有一个水泥砌的乒乓球台，全村小孩子都排队在这里打乒乓球。我在这里练了几个假期，我能成为小学校乒乓球队队员，就是在这里起步的。我得感谢这张球台，感谢这里的人，让我在后来几十年的风风雨雨中，踏实做人，凭真本领做事。

口碑即人品

舅舅家的墙根与五婆家的后院连在一起，一头是舅舅的红砖瓦房，一头是五婆家常年绿荫的一棵番石榴树。

五婆是母亲的表姑妈，她丈夫在解放战争中牺牲了。五婆是烈士家属，母亲每年回来看外婆，总会给五婆缝制一套新衣服。后来五婆得了高血压，母亲听说山楂可以降血压，信宜又盛产山楂，就买来许多山楂，晒干后托人捎给五婆。五婆跟母亲感情很深，后来她认母亲为干女儿。

五婆家的番石榴树是一棵老树，根深深扎进大地，主枝却伸向水塘。一棵番石榴树有三分之二枝叶长在水塘上，树姿很美，像盆景。这棵番石榴树通常会在 7 月份开花，8 月就有小番石榴了。番石榴快长熟的时候，五婆每天都会搬个小凳子坐在家门口，不让外人随便来玩耍和串门。我跟五婆家的孙女很熟，我们合谋每次五婆外出赶圩，我们几个小伙伴就窜入她的后院，两个放哨，一个手持长棍，拼命地往树上捅未熟的番石榴。但因果子未熟，我们又没有采摘的经验，捅10个有8个掉到水塘里去了。最后我们干脆爬上树去，直接折断枝丫拖下来，在后院饱吃一顿，然后打扫现场，再悄悄离去。

到了第二天，事情败露了。不是五婆发现了，是我们自己出事了。我们几个娃拉不出屎来，痛得流眼泪。番石榴虽营养丰富，含有大量的维生素C，还有铁、钙、磷等矿物质，但同时也会让脾胃虚寒的人大便燥结。那时候，我们什么也不懂，就是一日三餐见什么都想吃的孩子，好不容易有了水果大餐，岂能放过?

母亲把我“隔离审查”，要求说真话。那时候未学会撒谎，一问就全招供了。母亲长长叹了一口气，没有打我，却跟我讲了一个外公的故事。

解放前后，外公家是各个党派都想争取的，家里是保管物资的重要地方。外公家里存放了成千上万件没收来的金银珠宝，还未入库登记。负责人说：“我们租用你的房子你不收钱。阿叔，你喜欢哪一件？拿一两件吧。”外公说：“这是公家的东西，不能要，分配给更需要的人吧……”母亲说，咱们家里是村里口碑最好的、最被人信得过的人家，你可要发扬传统，不能把本忘了。

从此以后，我明白了许多道理，明白了母亲和舅舅以及几位姨妈后来为什么能如此善良。那是外公的品德，春花墩的品德，梁家后人的品德。母亲给我打的这个底桩，坚实厚固、坚不可摧，任何时候、任何地方、任何场合，都从未动摇。

如今的春花墩，水塘早已填了，五婆家的番石榴树也早已砍掉了。舅舅家的新房子和学校还有那口井、乒乓球台，都通统统随着城镇化的步伐消失了。人类制造文明，却又把文明给灭了。

外公家的老屋被政府征用了，外公早年捐出去的地，建了新的香火堂。只有外公年轻的时候在老屋天井里种的那棵苦楝树挺拔而坚实，早已穿“井”攀长，经过几十年风吹雨打，长成了参天大树。初春，苦楝树上的嫩芽青翠碧绿，多么像母亲，多么像外公外婆，守着这一方水土，见证历史的变迁，见证春花墩的变迁。

广场上，文化楼旁已经建起一条传统文化教育长廊。由春花墩 100 多个高等学府学子和社会热心人士捐资建成。这一社会主义新农村风景线，已经是春花墩一张亮眼的名片。

旁边树下，有一个大大的梁姓由来牌：自古有传，梁氏以大树为姓氏植物图腾。看“梁”字的结构，形似一棵参天大树，支撑着万里长江，琼楼玉宇，山水良田，林茂粮丰，养育着宝贵一方，可以诠释“梁”姓的古意，也寓意梁氏子孙，不论身居大江南北，五湖四海，天涯海角，都领悟“参天之木，必有其根；环山之水，必有其源”。要努力秉承梁氏“忠、孝、廉、智、能、信、慈”的家风，勤劳勇敢，勤俭持家，厚德载物，立忠为国，立意为民，光前裕后，敦亲睦族，自强不息。

革命者的摇篮

在现实和回忆的切换追思中，母亲忽而那么近，近到我仿佛能感受到她留在用过的物品上的温度；忽而那么远，远到让我回到她走向人生、走向社会的最初那几步——尽管那几步充满风险和磨难，甚至有着生命危险，但是母亲依然因为家国的苦难，毫不犹豫地迈了出去。

母亲参加革命是在她的大姨被捕后。母亲这样写道：

> 敌人严刑拷打，没能撬开大姨的嘴，让她说出地下组织的名单。敌人恼羞成怒，当众用刺刀把大姨肚子里7个月的孩子挑出来，活活刺死了。大姨壮烈牺牲。

13岁的母亲从此接过了她的大姨未完成的重任，当起了地下党组织送信员。为了安全起见，有时候必须晚上送情报。一个十几岁的小女孩，翻山越岭，可能会遇到蛇，遇到土匪，遇到国民党的搜查，每次都可能失去生命。但母亲矮小、机灵的身躯，勇敢且坚定，躲过了敌人的一次又一次跟踪。因为每一次都能顺利完成送信任务，母亲在当时的地下党组织里有了“红小鬼”的称号。

中华人民共和国成立后，17岁的母亲当上了村长，不久又出任了民兵营营长。她在回忆录里这样写道：

1950年3月，大家推荐，我当上了春花墩村长。1952年2月，我参加了广东省第一批青年团，随后当选为团支部书记。1952年8月，我参加了广东省第一批土改支援队。土改队工作十分艰苦，而且有生命危险，许多女同志都不敢报名，100人的队伍里只有10多个女同志，其中两个女同志在东路开展工作时，被国民党残余力量杀害了，其他女同志逃回了家。组织上把我和另一个女同志从东路调到西路工作，使我避过了这一次劫难。

母亲是幸运的。她的妹妹老四、老六、老七、老八……有的一生下来就死了，有的被外婆哭着放入尿缸淹死了。直到我的舅舅出生，外婆生到第十个孩子，她的繁殖任务才终止。

母亲的家庭十分贫穷，也很凄惨。我的外公才三岁就没了父亲，他的母亲带着他四处流浪，直到外公7岁那一年乞讨到一户好心人家，他的流浪生涯才结束。

“乞食仔，给你一袋米，拿回去跟你母亲够一个月食了。”这家老爷对门口台阶下的母子俩说。

外公扑通一声跪下，说：“老爷不用给我那么多。你们也是辛苦劳动得来的，你们留半袋自己吃吧。”然后双手合掌，叩地不起。

这家老爷被眼前这个7岁孩子的话和动作所触动，说：“乞食仔，你起来，起来。你这么小就懂得公道了，真是难得呀。”再看看他身后的母亲，说，“你愿意帮我看牛吗？你母亲也可以帮我做家务工。”

“可以，可以。”身后的母亲替 7 岁的儿子回话。

就这样，7 岁的外公就给这家人当小长工了。一直到外公 23 岁，做了 16 年长工之后，他领到了十担谷子、一亩地、一头牛，娶回一个比他小 8 岁的女人——这个女人就是我的外婆。

外婆家是革命世家，父母和兄弟姐妹都参加了共产党。我母亲有三位舅舅、两位姨妈，大舅、二舅、大姨在革命最低潮的时候，先后被国民党残害了；活下来的都了不得，在当地担任重要职务，积极投身新中国的建设。

外公外婆同根同命，在旧社会苦大仇深，后来都追随了共产党。

“春花墩是红色革命老区，1927 年，大革命时期，春花墩已经成立了共产党春花墩党支部。1927 年 7 月底，春花墩农民自卫军参与了廉江农民武装起义。1937 年，抗日战争全面爆发，春花墩人民在中共廉江党组织领导下，投身到革命洪流中，在抗日战争、解放战争期间发生了许多英雄故事。”这是春花墩村史馆里的一段话。这些故事跟外公外婆有关，也跟外公外婆的父母有关。表叔、表姑曾担任当地地下党组织的重要领导人，外公外婆的家，长期为地下党组织保管物资，是地下组织的一个重要交通联络站。

母亲就是在这样的红色大地、红色家族中长大的。

父母的爱情

后来母亲说，她当时并不知道父亲有这个想法。那时候的母亲长得胖乎乎的，扎着两个麻花辫，皮肤白皙，水灵灵的样子格外惹人喜爱。在她嫁给我父亲之前，一直没有穿过鞋，所以她有一双很坚实的大脚。

有眼光的黄参谋

母亲认识父亲，源于一个偶然的机会。

从母亲的回忆录中我们了解到，1954 年 12 月，当时任粤西军区解放军参谋的父亲护送退伍军人回春花墩，接兵人是母亲。父亲一眼就看上了这个清纯、大方、热情开朗的年轻姑娘。交接工作完成，父亲提出一个请求："我有点儿迷路了，你送我到村口。行吗？""行。"母亲没有多想，答应了这位年轻军官的要求。路上，他们说了许多话。

当时母亲要求进步，兼任了许多工作，时间长了，就忘了这个事。但父亲回部队后就开始给母亲写信。母亲不识字，收到了许多封信后，忍不住把其中一封打开，用白纸描画了三个字去找村里的教书先生。先生看完说："哎呀，肥妹你谈婚了。"母亲羞得快快跑回家，把父亲给她的信全部收卷起来，踩着凳子爬到高墙上，把信塞进了泥砖与泥砖之间的缝隙里。直到 1983 年，母亲退休后跟着黑白电视机学认字，认得不少字了，才把父亲过去给她的信一封一封地打开认真阅读。"这是一件很庄重的事情，我要学会识字后自己亲自看。"母亲后来跟我说这些的时候，脸上泛起了阵阵红晕。这些 50 年前发生的故事，对她来说仍是那么铭心刻骨，甚至让她有点自豪。

后来的故事，没有想象中那么顺利。严格地说，母亲没有答应父亲。母亲比父亲小 5 岁，那时候追求母亲的人很多，她的条件比父亲好，最重要的是，家境宽裕。有些追求者直接向外公表态，如果把母亲嫁给他，他 1 个月可以从 300 元收入中拿 100 元给外公买烟买盐。那时每月有 300 元工资不得了。有个区长天天给外公送大米，守在外公家，吓得母亲白天躲在外面不敢回家。

那时候父亲职位不高，文化水平也不高，家里还有 7 个兄弟姐妹和老妈需要照顾、供养。但父亲没有放弃，认准目标"不胜不归"。父亲从军校跑回来，一次一次来村里找母亲，表示"穿州过省，见人无数，唯独喜欢你一个。今生今世娶不到你不甘心""我娶了你上哪儿我都带着你，决不让你受苦。只要我有一口饭，决不让你饿着"。不久，组织派人来春花墩调查母亲的家庭成分和情况，跟母亲谈话："你是一个优秀的青年团员，正在积极要求入党。他是一个优秀的军人，为解放新中国立了功劳。你们结为夫妻，有革命基础和革命感情，今后共同进步……”消息很快传开，一听说母亲跟军人谈婚了，身边的追求者都不敢越雷池半步。

父亲的成功，一方面得益于他正直的人品、乐观向上的性格、坚持的态度，另一方面得益于组织的帮助，那个过程很像《激情燃烧的岁月》中石光荣娶妻。

1955 年 7 月 26 日，母亲在父亲战友的陪同下，坐了 7 角钱的汽车，从廉江县到湛江市，与父亲办了结婚登记手续。第二天，母亲返回廉江开会，父亲听从组织安排，到汕头就读军事学校，一别就是两年。

后来，在我整理父母的相片，准备做一本跨越四代的家庭影集的时候，翻遍了他们的遗物才发现，父母确实没有一张结婚照片。我只得把父亲与母亲的单人相片放在一起合成了一张，才得以完成这项工作。我们家最早的一张全家照片摄于 1965 年，也就是说，在弟弟出生的第二年、这个家庭建立后的第十个年头，我们家才有了第一张合影。说起来，现在的年轻人听了怕是会觉得有点儿不可思议。

1955 年 12 月 24 日，发生了一件大事。母亲在她的回忆录里是这样记录的：

这天，春花墩开进了一台无篷小军车，一直开到我家的门口。车上跳下了两个兵哥，要让我上车。我被吓得半死，说，你们要干什么？兵哥说，夫人你莫怕，我们奉军区司令

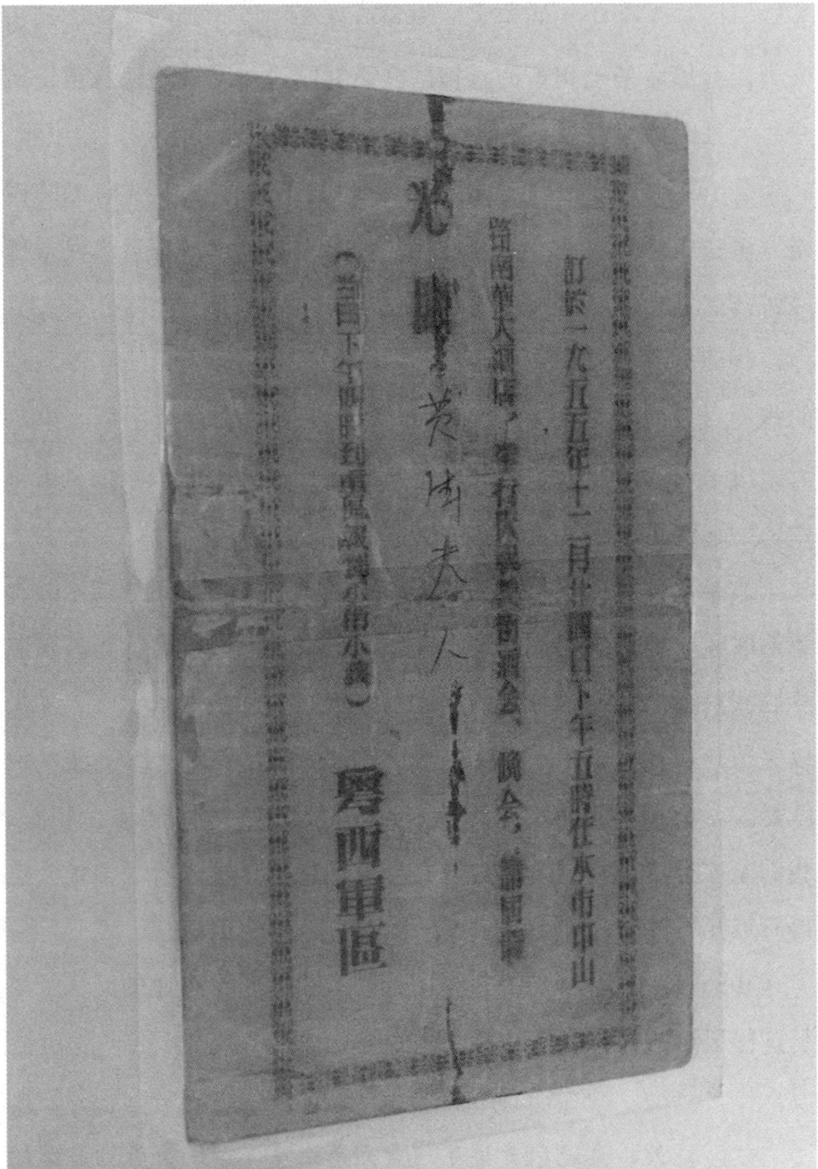

＊ 1955 年 12 月 24 日，母亲作为第一批最年轻的随军家属，奉命参加粤西军区庆功大会。

部命令来接你，快上车吧。当时我穿着我妈织的粗麻衣，没有鞋，不敢上车，兵哥把我拉上车，去到湛江市赤坎中山路南华大酒店。进场后所有人包括首长和士兵都站起来了，个个大眼睛睇着我，好奇地问这个小姑娘是谁呀？我非常害怕，缩在会场一角，有个工作人员拿来了一双解放鞋让我赶紧穿上。主持人向大会介绍："这是黄参谋的夫人，我们军区第一批最年轻的随军家属，奉命参加粤西军区庆功大会。"全场鼓掌，我害怕得哭起来，那一年我22岁。当时军区司令员说："这个黄参谋有眼光，娶了个农村小姑娘，勤劳吃苦，今后一定会比我们这一代更幸福。"

后来几十年的日子，印证了司令员这句预言，父亲娶到母亲，是他这一生最大的成就之一。

父亲活着的时候从来没有跟我们说过这些故事。父亲是一个典型的革命军人，严肃、正统，让所有见过他的人都肃然起敬。在我们家里，从来没有人谈论男女之事，也从来没有爱情小说，甚至没有一本青春期的卫生知识。

父亲有"前科"

在母亲怀姐姐4个月的时候，家里发生了一件天崩的事。这天下午两点，父亲带着一个9岁的女孩到了军区幼儿园，跟园长说，这是他的孩子，请帮忙照顾她。

母亲知道这件事当场晕倒。下了班之后，她跑到派出所要求离婚。派出所的所长说："小梁啊，你们这是军婚，我们不能随便帮你办离婚手续，也许你丈夫有难言之处，你们回去商量好再来。"当天晚上，母亲关起门来自杀，床单已经挂在屋梁上，临踢凳那一刻，被人发现，送进医院抢救。

父亲跪在母亲的床前，恳求她的原谅。父亲说："这件事早该跟你说了，只是担心你接受不了，总想着找一个合适的时候讲，都是我的不对。"父亲把他的缘由全盘托出："我的父亲母亲生育了 8 个孩子，父亲杀猪为生，常年奔波在外，40 岁得病去世，第二年，大姐也接着去世了。母亲为了冲喜，硬是让人做媒，给我娶了一个比我大 3 岁的女人为妻。结婚不到几个月，我就参加了革命，加入了粤桂边纵队。这个女人的母亲跟我母亲说，你儿子当土匪去了，每天被人追杀，不知道哪天会死在野外，我女儿在这里天天守活寡，这日子没法过了，就把她的女儿接走，不久就让女儿改嫁了。很多年后，我才知道自己有个女儿……"母亲听完父亲的话，泪雨滂沱。

后来，我的奶奶跟我讲过父亲早年参加革命的艰苦岁月。长期蹲在深山老林打游击，枪林弹雨，饥寒交迫，吃尽苦头。父亲有时回村取情报，借道看奶奶，有两次被叛徒告密，敌人入屋抓人，父亲都机灵地从后屋窗户逃出来了。家乡的老屋至今仍在，近 100 年的历史，古老又庄严，见证了父亲光荣的革命历程。我每年清明回家，从这老屋走过，看到父亲当年逃走的小窗户，就感觉到父亲此刻仍在里面……

或许，父亲觉得没有及时告诉母亲他之前有个女儿，是他做的最对不起母亲的一件事。因此，在后来的几十年生活中，他用一生的爱，补偿母亲。

父亲叫母亲，年轻时叫“小梁小梁”，叫着叫着，不知道从什么时候就开始叫“老梁老梁”了。父亲母亲在一起的 54 个春秋，说过“我爱你”吗？如果没有，又是用什么暗号让对方知道他无尽的、真挚的爱？我没有问过母亲，大致也不必问。他们那一代的人不是靠语言来表达爱的。我深信不疑。

父亲对母亲的爱藏在心底，点点滴滴渗透在生活里，更多体现在对她的尊重和爱护、对她的支持和鼓励，以及对家庭的担当上。离休后，父亲每天给母亲做饭，亲自为母亲煲汤，因为母亲体寒，只能喝杜仲巴戟汤。母亲晚年有轻度的糖尿病，父亲经常监督她，不允许她乱吃东西。母亲有时候嘴馋，忍不住会偷偷吃点儿饼干、糖果之类，被父亲发现，就会受到严厉的批评。

母亲生病，是父亲最着急的事。“小梁呀，我宁愿我生病。你病了，家里就像天塌下来了，孩子无人带，饭无人煲，衣服无人洗。”父亲左手拿着药，右手拿着一杯水，跟着母亲上上下下，生怕她错过了吃药的时间。母亲每一次生病，都因为有父亲无微不至的照顾，很快康复。

命和命相连

我的出生和存活，是一件幸运和不幸交织的故事。我能成为幸运儿，全靠母亲伟大的母性，靠父亲的坚定，也是命运注定。

母亲怀我的时候，正值廉江县修建著名的“鹤地水库”和“雷州青年运河”。我后来查看了廉江志：

> 鹤地水库，始建于1958年，水库集雨面积1495平方公里，蓄水面积122.6平方公里，总库容11.88亿立方米，最大有效灌溉面积10.33万公顷（155万亩），是广东省有效灌溉面积最大的水库。连接水库的主渠长277公里，依附运河的干支渠道4039条，总长4547公里。邓小平同志亲自为鹤地水库总干渠命名题字：雷州青年运河。
>
> 鹤地水库及雷州青年运河建成后，党和国家许多的著名人物：朱德、董必武、叶剑英、罗瑞卿、陶涛、贺龙、王震、王首道、陈叔通、伍修权、李坚真、刘亚楼、张云逸、郭沫若、许广平等先后亲自实地视察。新西兰、日本、朝鲜、越南、法国、挪威、丹麦、苏联、美国、加拿大、东德、西德等三十多个国家的领导人以及上千位专家学者前来考察参观。国内参观团更无数可计。
>
> 国家副主席董必武1964年视察时，亲自题诗：“鹤地水为库，雷州旱不扰；渠分四干引，江截九洲流；老少齐努力，男女乐同休；河山已易色，跃进势仍遒。”

1964年，鹤地水库荣获全国大型水库“库区绿化标兵”称号。

大半个世纪以来，鹤地水库滋养着雷州半岛近千万百姓，灌溉万顷良田，延续着雷州的千年文明。

我的出生，竟与这一重大事件连在一起，是我的幸运，又是我的不幸。幸运无需解释，不幸却一言难尽。母亲参与了这个浩大工程的建设，为了响应号召，加快建设步伐，母亲食住在工地，每天工作十多个小时，超负荷的劳动和饥饿寒冷导致早产，差点丢了两条人命。母亲的回忆录里有这样一段文字：

我的腿肿得像个木桶，走不了路，无法挑石头了，被派到工地去做杂工，印制小红旗。那时正是国家三年困难时期，每天吃不饱。一天下来，跟工地上的8万工人一样，只能领到一碗猪糠粥。那天早上，开工不久，我突然腹痛，一会儿破羊水了，工地上几个妇女尖叫起来：“快来人呀，快生了……”几个大叔把我抬下去，叫车把我送到附近的医院，没多会儿老二就出生了。可怜的老二早产，只有7个月，2.7斤。

母亲产后大出血，母女双双病危。那时医疗条件很差，医院没有婴儿保温箱，我一出生就被放在篮子里，一直不会哭。母亲经医院抢救，挽回了性命，醒后听到医院护士说的第一句话，就是赶紧用席子把孩子卷起来扔了："这个孩子养不活，你不扔，你们两个人可能都会死掉，不信我跟你打赌。"

母亲躺在病床上，有气无力，半天才说出话："赌什么呀？"

"如果你能把这个女儿养活，我用脑袋走路给你看。"护士很肯定地回答母亲。

起初母亲不信护士的话，后来院长来了，说："你失血过多，全身水肿，产后病非常严重，如果你保留这个孩子，会拖累到你，甚至性命都难以保全。所以，还是劝你把这个孩子扔了。医学上，这个孩子存活的概率确实不大。"

那时候，母亲已经病得奄奄一息，接过护士给她的席子，把我卷好了，抱到医院的后门，放在一棵树下。

那天晚上，微风、小雨，母亲怕我冷着，用毛巾包了两层，才用席子卷起来的。医院后门有一条小路，平时有人行走，但这天晚上，却很少人路过。母亲放下席卷回到病房，心神不宁，又悄悄跑出来，看看我有没有被好心人抱走。想想院长说的话，她又回到病房里……这样来回了好几次，最后一次，她毫不犹豫地蹲下身去，坚定地把我抱了起来。母亲的回忆录是这样记录这段过程的：

> 我没有把老二扔掉，因为我感到她还有呼吸，没有断气。说不定这孩子命硬，她能活过来呢。

母亲把我偷偷地抱出了医院，寄托给南街一个南洋回来的华侨婆带养，保姆费是一个月 6 元钱和 3 斤面粉。那时候，这个养育费算比较高的。然后，父亲把母亲送进了中国人民解放军第 196 医院。

> 住院期间，我一天只吃两餐，中午和晚上都是 2 分钱的饭和 3 分钱没肉的青菜，一个月的伙食 3 元钱。病房里的病友劝我，阿姨，你病得很重，要吃一点儿肉，身体才会恢复好。我说，我不想吃肉。转身就去抹眼泪，不敢说自己没有钱吃饭。

母亲在 196 医院住院 8 个月，一直未见好，瘦得皮包骨，只有 60 多斤，剩下半条命了。1961 年 6 月，医院再次给母亲下了病危通知书，让父亲准备后事。父亲为了救母亲，万般无奈，第一次向组织写了一份困难申请，给当时的商业局局长打了一份报告，要求批准两斤生盐、两斤咸鱼、两盒火柴，“救我老婆一命”。拿到了批条，买到了物资，父亲连夜把母亲送到遂溪县的一个小村庄。那里有一个 80 多岁的老婆婆，可以治产后病。用艾火、银针灸全身，吃老婆婆开的草药……几番下来，母亲身上的肿居然慢慢地消了。

父亲救了母亲一命，也救了我。

一家人又完整了，救回来的母亲成了我们家的顶柱梁，也是我们家后来的功臣。

* 收集照片时，发现父母没有结婚照。母亲的那张照片还是从别人的合影中截取出来的。年轻的母亲淳朴、端庄，父亲英俊、威武。

军人家庭的寻常日子

父亲年轻的时候工作非常繁忙。虽然全国解放了，社会主义建设热火朝天，但国内外形势十分复杂，蒋介石叫嚣反攻大陆，美帝国主义从来没有放弃颠覆中国的计划。所以，为国防建设、为人民安居乐业保驾护航，仍是军人最重要的职责。

父亲长期在外执行任务，一年在家不足一个月。我们小时候对父亲的印象比较模糊。母亲生我时，父亲不在家，我的名字是大院里的叔叔起的。不知道是不是因为我被“卖”过一次，父亲特别疼惜这个老二。母亲在回忆录里多次提及，父亲每次下乡回来，总是把老二放在肩背上，骑着到处串门。他是想告知邻居和那个曾“买”过我的参谋长，他一定会把老二养大成人吗？

姐姐小时候在外婆家。父亲每次回来，早晨天没亮就会跑步回春花墩外婆家看姐姐，姐姐见到爸爸，撒腿就跑，大喊：“解放军叔叔来了。”外婆赶紧说：“不怕不怕，那是你爸爸。”每次说到这里，母亲的表情都十分复杂。

父母聚少离多，几十年里，家务、养育四个孩子和照顾老人的担子基本上都落在母亲一个人身上。那时候，父亲的工资从供给制转为薪金制，起初一个月工资 52 元，除了交公家 31 元的固定伙食费，只剩 21 元。6 元钱支付我的保姆费，5 元钱给外婆带姐姐，1 元钱的房租，9 角钱的电费，还要拿 3 元钱给奶奶，拿 2 元钱给外公买烟，父亲的七个兄弟姐妹也要跟着他要钱。这样一来，母亲每个月的家庭开支实际还不到 4 元钱，日子过得非常艰难。“村里人都以为我是个官太太，衣食无忧。其实我穷得像个乞儿婆。家里没有一样值钱的东西。”这样的日子里，母亲每一分钱都掰开来用，但有时候也会难到米缸里一颗米都没有，想到孩子们回家没有饭吃，难过得坐在地上哭。母亲这个时候就会跟父亲吵架，严格地说，是她在骂父亲。因为父亲的兄弟刚刚来过，父亲把米缸里仅剩的一点点米都翻缸倒完了。

父亲十分疼爱他那七个兄弟姐妹，当年参加革命离家早，他的母亲全由弟妹照顾，他深深地感到对弟妹的亏欠。后来，父亲尽一切所能照顾奶奶，帮助和支持这些兄弟姐妹，包括兄弟姐妹的子女乃至后来的孙辈们。他们每次来家中，父亲都会把家里能吃的、能用的，尽量找出来给兄弟或他们的孩子们带回去。有时候甚至还会把身上穿的衣服、鞋子脱下来，让他们穿回家。

母亲拿起鸡毛扫在父亲面前挥起来又放下、挥起来又放下去，一边哭一边骂：“你太偏心了，这些都是你生下来的亲骨肉，再怎么照顾弟妹，也要留儿口饭给孩子们呀，莫非想把孩子活活饿死……”母亲哭得如雷鸣，父亲怕隔壁邻居听见，走近母亲轻声解释：“家里没米了，可以先去邻居家借一点儿，明天拿粮票再去粮店买。农村家家都穷，他们上哪儿也借不到。如果哥哥家都没给，他们才真的会饿死了。”

母亲接着说：“你这人太没个样子了，也就身上这么一件新点儿的衣服，走亲戚的时候穿着体面一点儿，怎么说脱就脱得光光的……你一点儿都不顾及我的感受，外人会怎么看我？谁反对你照顾兄弟姐妹了？你这不是让人说闲话吗？好像我这个嫂子不会做人，不爱你的兄弟姐妹。我们家实在揭不开锅了，你看看几个孩子正在发育拉条，老大、老三饭量很大，全家那十几斤粮票早就吃光了，上哪里借粮票？这样的日子实在过不下去了。”母亲一边哭一边收拾衣服，委屈得很。父亲急得让我和姐姐去抱住母亲的腿，不让她离开。

每次吵架完，父亲都会主动跟母亲道歉。可过了一个月，父亲的兄弟来了，父亲又忍不住悄悄干母亲不乐意的事情，接着母亲又会哭闹。我们那时候小，不知道是父亲对，还是母亲对，反正每次他们第二天又好回来了。

其实，父亲是一个非常节省的人，甚至自己不吃也给孩子们吃。

那时的公家饭很香，父亲每次打饭回来，没到门口姐姐就叫：“要爸爸饭，要爸爸饭。”父亲一口没吃就给姐姐和母亲。母亲忍不住说：“你也吃几口吧。”父亲说：“我不饿。”到了晚上，父亲悄悄地去大食堂，趁着别人不注意，捡别人白天的剩饭吃。

母亲跟我讲过一个故事，父亲是军分区的篮球、足球运动员，球打得很好。父亲每次下乡回来，在球场打球比赛，打完球之后，汗流浃背，经常在街边凉茶铺上走来走去，眼睛盯着里面很久很久，但一句话也不说，每一次都是这样。终于有一天，母亲见到了，忍不住问父亲：“你是不是很想喝一杯凉茶呢？”父亲仍然不说话，嘿嘿地笑。“我知道，你想喝。给你 1 分钱，你去买两杯凉茶吧。”父亲就跟凉茶店的老板说：“我今天只喝一杯，明天再喝另一杯，行吗？”说到这里，母亲的眼泪都流出来了。“你爸真的很穷很穷，穷得连饭都吃不上，那个滋味是现在这代孩子想象不出来的。当时，他哪舍得去喝一杯清凉茶水呢。他为这个家吃了很多的苦。家里发生什么事情，他从来不打我，甚至我怎么骂他，他都不还口。不管日子多艰苦，只要他有半碗饭，他也会给我吃。我很知足，我很知足。”母亲说这些事的时候，皱着眉头，笑着。她深深地扎根在父亲为她安排的这个贫穷但温暖的家里。

母亲在父亲的照料下慢慢康复了。1964 年，母亲已经在遂溪军事机场工作，担任机场的总务员。但组织上一声令下，就随父亲调往某野战部队 118 团了。1965 年 8 月，母亲又随父亲调往信宜县人民武装部。母亲的一生，都是跟随父亲的步伐。组织上让父亲去哪，她就去哪。

守住家、养育子女、照顾老人，这几乎是每个军人家属的天职。

母亲本有她的生命轨迹，很早前她就参加了革命，新中国建立初期，她担任了一系列干部职务，她本应该有自己的人生追求，但她却服从组织的安排，服从丈夫的需要，把自己的一切都交给了组织。多少年之后，我才深深地懂得“军嫂”这两个字，就意味着付出、牺牲，燃烧自己，照亮丈夫和子女。母亲是那一代军嫂中普通的一个例子、一个缩影，也是那一代千千万万母亲的缩影。

* 1965 年 8 月，母亲随父亲调往信宜县人民武装部。母亲的一生，都是跟随父亲的步伐。

到了地方武装部，居住在城里了，母亲要求工作，一方面可以贴补家用，一方面不甘于清闲。组织上安排她到信宜县车缝社（后来叫服装厂）工作，由于母亲能力强，工作出色，很快成了业务骨干。

母亲心灵手巧，缝制衣服又快又好，针线均匀又细密，一天可以缝制近百件衣服。那时候没有机械化，完全靠手工，这一奇迹让母亲成了当地的车缝名人，最后还当上了车缝社的社长（厂长），被评为县里的三八红旗手、人民代表，还被评为地区的劳动积极分子，出席了湛江地区的职代会。

母爱撑开孩子的天

母亲不仅仅是优秀的厂长，还是照顾父亲的主力，也是养育我们子女的功臣，是我们孩子心目中的天。

妈妈是个魔术师

我童年记忆最深的，就是“饿”，更谈不上享受饭后水果。母亲为了给孩子们“改善生活”，总是千方百计给我们弄东西吃。

每年台风季节，尤其大风暴雨时，母亲会穿上父亲又长又厚的军雨衣，站在大院后屋的两棵杧果树下。大风一刮，树上快熟的果子在长长的柄下摇摆晃动，接着噼里啪啦地掉下来……有一次，深夜了，雨非常大，院里地台上的青苔又厚又滑，母亲不小心滑倒在地上，膝盖鲜血直流。回到家中，母亲摸出了杧果，挨个儿给孩子分：“快吃快吃，看看甜不甜。”我们没顾上看母亲，高兴地把杧果塞进嘴里，朝着母亲说：“好吃，好吃。”听见了孩子们的回答，母亲才转身去拿止血药包扎。此时，我见到母亲流血，吓着哭叫：“妈妈痛不痛？”母亲说：“不痛不痛，只是擦掉了一点儿皮。”

“妈妈你也吃一个。”我递回了一个杧果给母亲。

“妈妈不爱吃水果。”当时母亲怎么也不吃。后来长大后，我发现母亲真的不吃水果。很长时间一直什么水果也不吃。也不知道是因为母亲喂幼崽久了，已经断了一切美食的念头，还是真的身体偏寒，不敢吃水果？这点永远无法考证了。

母亲养娃很有经验，还是我们的赤脚医生，孩子们的小病几乎不用上医院。

信宜的夏天闷热潮湿，许多同学头上会长疮，母亲经常摘黄皮果叶与冬瓜、骨头一起煲汤给我们喝，祛湿消暑，让四个孩子减少了许多疾病的困扰。

我们在信宜住的第一个部队院子，或许是从前有钱人家留下来的旧宅院。前厅很大，很宽阔，两旁是对称的建筑，左边有许多房，右边有许多房。那时候，级别高的部长、政委分别住在左右两侧，还不住满，各留出几间作办公室使用。父亲分得的房子是中厅左侧的两个单间，门前有个很大的天井。夏天日头大，母亲会摆上几盆水，晚上回来水温正好，够一家人冲凉。后院是个很大的园子，园子两边各砌有一栋二层楼。居住在那里的，大多数是参谋、干事或工作人员。

院子里的军人来自五湖四海，无论官兵都团结友爱，互相帮助。未成年的孩子们却不一样，个个都有点儿野性。

周末不上学，院子里非常热闹，一群孩子总会“打仗”。部长家的孩子常常想当孩子王，后院家的孩子就要当“坏人”。后院里的孩子有些长得又高又壮，部长家孩子打不过他们，就抓着平时听话、胆子小的我和姐姐当“坏人”，拿起棍子追着我和姐姐打，是真打，狠狠打。母亲每次总是会及时地赶到，严厉喝住，将我们一把揽进怀里，像个大力士、保护神，抓住“孩子王”去找他爸算账。母亲个子矮小，但那时我们觉得母亲很高大很厉害。

搬上山顶居住后，武装部院子大了，果树也很多，高高低低，遍布整个山头。每年荔枝熟了，公家派人摘下来分给各家。有些人不太公道，有时候分给我家的果子又小又烂，姐姐坐在边上无助地哭。母亲抢过了装果子的脸盆往地下一扔：“妈带你去摘大的。”从那以后，院子里谁都不敢欺负我们姐妹俩了。

母亲不仅正义、勇敢，还聪明、灵巧。那时候，车缝社每天有大量的称斤碎布，即批量裁剪下来的布料的头头尾尾，一角钱两斤。母亲买回称斤布，每当夜静更深，孩子们睡着了，就挑灯给我们做衣服。夏天，母亲把五颜六色的称斤布，一块块拼接起来，形成了不规则的花布料，然后做成裙子给我和姐姐穿。长身体的时期，衣服穿了一年就得加长。那个年代，买布要凭布票，但家里布票都被母亲换成粮票给父亲老家了，家里哪还有布票？好在母亲发现买手帕不用布票，便灵机一动，买回几条手帕，在我们的旧衣服下面接上一块，这样衣服就长了，可以继续穿了。而接驳起来的衣服挺像现在的时髦衬衣，标新立异，与众不同，穿到学校，同学都夸母亲心灵手巧。

那时虽然家里钱少，但母亲像个魔术师，任何时候都把我们打扮得漂漂亮亮、干干净净，父亲带着我们去参加大院过年联欢会，感觉特别体面。

冬天来临，母亲就把三角称斤布一片一片对称拼成一个大被面。这些被面好看好洗，而且结实耐用，让我们在信宜山区度过了 19 个严寒的冬天。直至今天，母亲的木箱里仍然放着一张当年她做的三角布拼接的被子。虽然已经过去 60 年，但被面的色泽仍是那么鲜艳，就像母亲的精神，永不褪色。

人类五种感官的活动，构成了美学。所谓美的感受，也源于你对一个人的情感，对一种事物的情感。感谢母亲，她的启蒙、言传身教，让我们兄弟姐妹成了从小就热爱生活的人。尤其姐姐，她 7 岁便会绣花，能熟练使用大大小小的绣花工具，她绣出的精美的牡丹花、玫瑰花，很快就能换回她下个学期的学费。假期里，姐姐一个晚上就可以帮母亲把她白天缝制的衣服的纽扣全部钉上。那个年代，许多行业的工作环境都是粗放型，工作手套需求量非常大。车缝社每年都会接到大量的工作手套订单。手套制作有一个环节比较麻烦：车缝完成后，要人工一个一个翻过来，把 5 个手指套撑开。这个活我最爱干，每个假期，我和姐姐都可以帮母亲赚到许多工分。

后来上了中学，我和姐姐都是班上最会织毛衣、绣花巾的女生之一。我们 15 岁开始自己制作衣服，裁、缝、扣，打毛衣、钩花枕巾、钩书包，无一不会。这是母亲的基因，也是母亲手把手教会我们的本领。母亲对美好生活的向往和创造，深深地影响着我们这一代和下一代。

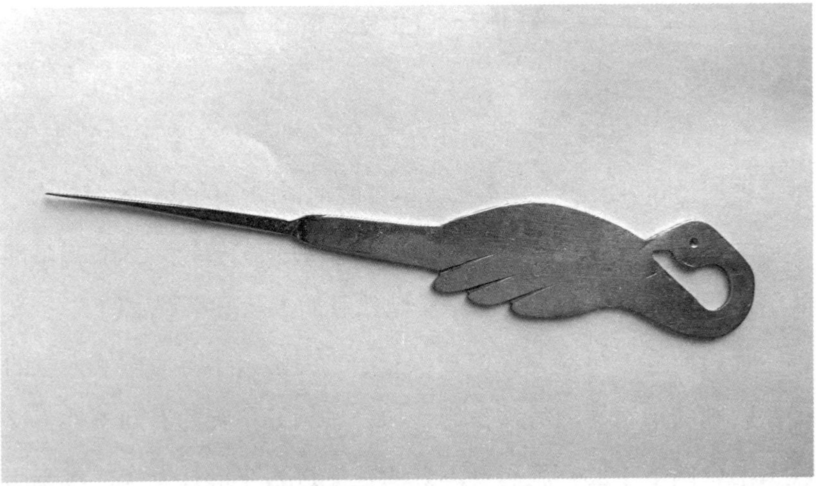

* 母亲在我和姐姐 10 多岁的时候，分别给我俩锻造了一个不绣钢钩花针。我们用着这只钩花针，钩出了我们的书包，钩出了我们的围巾，钩出了一切美好的东西，也钩走了贫穷和苦难，钩出了美好的生活。

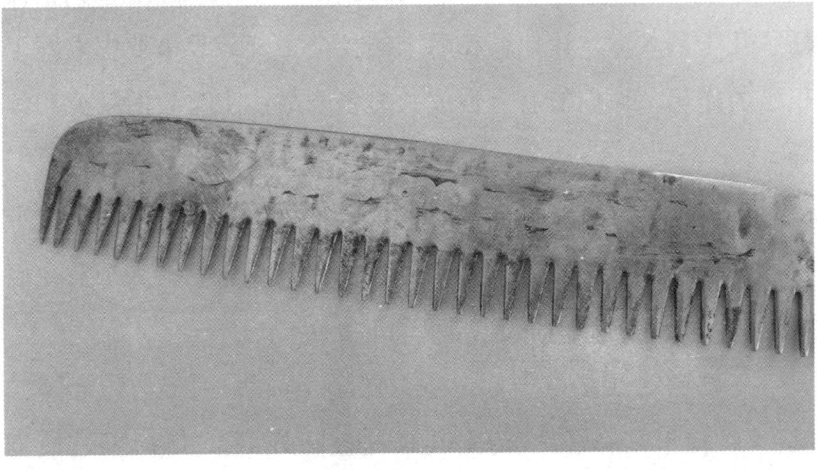

* 这把梳子是母亲 70 年代用不锈钢条打制的，用了 50 多年，越用越光滑。

狂热年代的善良本心

在平静的年代，母亲乐于帮助身边的人。在不平静的年代，母亲更加坚守自己的善良本心，尽可能地帮助那些身处困境的人。

父亲和母亲在“文化大革命”中分别立了功。父亲的功是部队给他颁发的奖，母亲的功是被她救过的人从心里颁发的奖。

那段时间，母亲在保护知识分子、爱国人士方面做了大量的工作。她利用军嫂的特殊身份，和身居领导位置的有利条件，接收了不少南下干部家庭出身不好的家属进入车缝社工作。母亲用自己的温暖，用自己的能力，用自己的行动，大大方方，不卑不亢，热情坦诚待人，赢得了这些家属的信赖。他们甚至喜欢和她交往，大小事情都来找她拿主意。她保护了一大批优秀的归国华侨和爱国知识分子、技术人才，使他们的家庭免受灭顶之灾；保住了几十条人命，让他们在后来的社会主义建设事业中发挥了积极的作用。他们的后人也成长为各条战线上重要的精英和领导者。

母亲晚年，每到节日，家里常常会收到许多问候；每到母亲生日，总有鲜花寄来。“文革”期间得到母亲帮助的人士及他们的子女，大部分后来都成了母亲的朋友。

在母亲的回忆录中，记录着四个小故事：“宁会计老婆住院”“梁叔不是特务”“杨副县长是被冤枉的”“梅姨不是投机倒把”。

我在车缝社当社长时，知道第二天上级要批斗宁会计的老婆，高帽都做好了。我对宁会计说："你老婆生病住院要补一条假单给社里哈。"宁会计看着我发蒙，不说话。下班回家宁会计想了好久，想不明白，跟他老婆说，今天社长无端端跟我说你生病住院了，要补假条。你这不是好好的吗？老婆一听，不对。明天一定有大事情发生，社长是向我们通报信息。宁会计老婆连夜去医院办入院手续。第二天，安排批斗宁会计老婆的计划被取消了。

梁叔是车缝社最好的裁缝师傅。但被人检举揭发是潜伏在人民群众中的特务。为了搞清楚事实真相，我两次坐长途车去徐闻县"外调"。当时局势非常动荡，我一个女同志出差，随时会有各种危险。梁叔老家在一个很偏僻落后的村庄里，不通车。最后在当地政府的帮助下，找了一台摩托车，在两个民兵的护送下，挨家挨户调查核实，最后终于搞清楚了。原来是同村里有一个同名同姓的人确实是特务，被组织抓起来了。最后给梁叔澄清了事实。

由于工作出色，办事实事求是，我后来被抽调到县革委会专案小组工作，掌握了更多的情况后，有了更多帮人的机会。杨副县长"文革"初期被划为"走资派"，我顶着压力，冒着生命危险，亲自去杨副县长家乡高州县调查、取证，找了十多个证人写证明，结论是罪名不实，被冤枉了。很快，杨副县长平反了，恢复了职务。

还有梅姨的故事。梅姨与她丈夫 1949 年后从南洋回来，因家中子女比较多，考虑长大成家后不够住，所以在信宜县城旧街买了两处房屋。“大跃进”之后，国家进入非常时期，大家生活困难，梅姨家也困难，他们决定把其中一处房子卖掉。政府有关部门正计划在此处开一个新华书店，所以县里、市里派人来丈量、作价，梅姨把此处房屋卖了。但“文化大革命”开始，梅姨被批斗。我接手了这个案件，开展大量调查研究工作，出差湛江市，先后找当事人、见证人落实证据，最后结论，是一个手续齐全，得到上级各部门审核、批准的，合规合法的房屋买卖交易，应该给予支持和保护。社会主义人民就是主人，社会主义买卖公平，讲道理。最后通过做思想工作，梅姨平反了。我尽最大的努力，避免了冤假错案的发生，保护了许多人民群众。

母亲在车缝社当社长时，接收的一批南下干部的家属中有位姓华的阿姨，华阿姨的女儿后来当了领导。华阿姨女儿工作之余回广东探亲，母亲还见过她。她问母亲：“有什么需要帮忙的吗？”然后留下了一个电话号码。母亲逢人就说：“华姨家的孩子真懂事，人真好呀。”母亲觉得自己运气好，却不知道她自己有多好。华阿姨“文革”病了一场，华阿姨的先生也病了一场，如果没有母亲的及时帮助，或许他们的家庭会发生重大的变化，或许她女儿后来的情况也会发生重大的改变……

善良和乐于助人，使母亲的一生丰富多彩，也改写了她后来的工作履历。

1969年，母亲的工作发生变化，其中原因得从两年多以前说起。

有一天，在总工会门前，母亲给一个挨批斗的年轻人递了一杯水喝。

这是母亲在“文革”中做得最朴实的一件小事，母亲根本记不得那些日子她帮过多少人。两年后的一天，母亲在菜市场买菜，一个男人突然叫了她一声：“阿姨，你认得我吗？”母亲摇摇头，她确实记不住了。“我是那天在总工会门前被批斗，你给我水喝的阿叔。”听到这句话，母亲终于想了起来。后来母亲才知道，这个她给过水喝的人，是信宜县委组织部的部长，已经平反复职了。

不久，信宜松香厂增援、扩建，这位部长跟母亲说：“你政治面貌好，品德可靠，心地善良，适合到这个单位当妇女主任。”母亲二话不说，第二天就到松香厂报到了。报到后才知道，那时候松香厂规模不够大，没有专职妇女主任的岗位。于是，母亲服从组织安排，到机修车间当起了机修工。那时候机修工的技能很广，包括钳工、锻工、水电工、机器维修、设备设计制造安装等。

种善因开花果

在松香厂，年近不惑的母亲从头学起。

这又是她人生的再一次起航和挑战，跟着男师傅蹲车间、爬车底，很快就学会了厂里部分机器和设备的维修和安装，电焊机、风机、机床等，样样都能熟练操作。工作之余，母亲自己打造铁锅、铁铲、铁针、铁剪，自制刀、锤、钩，还有家里的脸盆、冲凉桶、米桶、饭碗、筷子、衣架、梳子，甚至跟着木工造椅子。那时候，我们家里几乎所有的生活用具都是母亲亲自制造的。

缝制衣服的巧手与机修工的粗手是怎么联系在一起的？母亲是如何这么快就转换了角色？后来，我们搬了无数次家，母亲这个“万能工”都是我们家的建筑师和制造师。

由于战备的需要，我们在信宜搬了好几次家。最后一次搬到了一个高高的山岗上。这个山没有山名，山下叫“狗屎凹”，山上叫“狗屎凹顶”，后来又有人叫“武装部山顶”。

父亲这次分得了两套小平房，虽然比之前宽阔多了，但平房结构十分简陋，严格来说，不具备家属居住条件。母亲在两套房屋之间的墙上开了个门，把两套房屋连成一套。接着，又请来单位的一位同事，把山下刚刚改造不久的固定锅炉灶搬到了山上，两人在平房后面搭了一间简陋的厨房，安装了水龙头、储水池，在原本无法行走的屋檐边，砌出了一条通道，通道尽头的天井里，母亲用红砖砌起 1.6 米高的三面墙，是我们家第一个冲凉房。过去的冲凉房都是集体的，建在整个大院里某个位置上，我们去冲凉往往要走 10 分钟。这个冲凉房虽然没有屋顶、没刷白粉，但当时已经是孩子们心中最好的冲凉房了。在这个抬头可以望见星星的、北风吹来嗖嗖响的露天冲凉房里，在父亲的鼓励下，我坚持了四个冬天用冷水洗澡，直到我去深圳。父亲有着钢铁般的意志，他热爱生活，热爱生命，几十年坚持凌晨5点前开始出操，哪怕到了80岁，仍每天锻炼4个小时，直到他生命的最后一天。

父母的坚强意志早就深深植入了我的心底，后来闯荡深圳，能挺过那些磨难和艰辛，都源于这心底坚不可摧的毅力和骨气。

母亲的能干还不仅仅体现在建厨房上。

我家门前的北侧，是大院里一个很大的公共厕所，每当北风吹过，家里就会臭气熏天，让人难以忍受。母亲多次去反映情况，要求搬迁公共厕所，但组织上因各种原因，没有批准。父亲说，“算了，搬迁到谁家门前都会有这种情况，不要给组织添麻烦。”父亲是个非常讲纪律、讲服从的人，从来都顾全大局。母亲“嗯”了一声，但心里一直想着这件事。过几天，母亲拿起锄头，把公共厕所后面大涌池边的空地围起来了，种上小白菜，又种上一棵木瓜树。在门前长长的走廊半腰围墙上摆了各式各样的花草，有茉莉花、玫瑰花、灯芯花、夜来香、日日新、小海棠、万年青、铁树，还有小橘树。一年四季，花开不败，芳香入屋。逢人路过都夸母亲非常能干，给孩子们打造了一个皇宫般的小花园。

地里白菜长高了，母亲除了留给家里孩子们吃，还顺手扎上两把，递给了围墙外的乔阿姨。乔阿姨家不是武装部的，但我们两家人之间仅有一个用砖砌的菱形镂空矮围墙。乔阿姨的家是一座高高的小楼，楼顶还有几条天线。远处看，非常像灯塔，又瘦又长，比我们家足足高出四层。这个小楼顺山势而建，四周是栏杆和围墙，一般人无法进去，只在门口有个10多级的阶梯，上了台阶才进入小楼第一层。

乔阿姨接过母亲的小白菜，连声道："谢谢啦，谢谢啦。我们周围也是空地多，向你学习，种上瓜果青菜多好。"

母亲于是就从家里拿了一包肥料、一包菜种子给她。

认识了乔阿姨后，我们常去她家玩。她的女儿比我低一个年级，后来我们都选入了学校文艺宣传队，成了好朋友。两家孩子吃饭时，经常捧着饭，你到我家，我去你家夹菜。那时候邻里关系非常亲，治安也好，大多时候，家里白天都不用上锁。

20世纪70年代，我国电力不发达，一停电就无法抽水上山了，我们得到山下挑水。250多个台阶，十多岁的女生要停歇三次才能挑到家。乔阿姨家有应急储水池，每当这个时候，乔阿姨就会叫我们到她家取水做饭。

乔阿姨的先生是个很少讲话的人，看上去很老实。每次到她家，我们喜欢爬上五楼，学着解放军叔叔放哨，抬起手臂到处张望。小楼是山顶的最高点之一，放眼四周，小城风光尽收眼底。远处的梅流岗湾、信宜中学，近处的二轻局、卫生局、人民公园，热闹的小街穿过了所有的风景，到达了人们想去的任何地方。

山城披着绿色的衣裳，从古至今，似乎从未改变它的模样。经济的不发达，让信宜成为至今为数不多的比较原生态的旅游城市。

风景看够了，我们会在五层的小楼里上蹿下跳，捉迷藏，让对手老长老长时间找不着。尤其到了地下一层，再往下走，是一个很小的洞口。有一次，我们看见没有上锁，就溜进洞里，往下拐了好几弯，终于到了一个开阔的地方，里面有会议室、休息室、办公台，除了电话机，还有打字机（那时候不知道叫发报机），以及手枪、长枪……

20 多年后，乔阿姨的先生去世了，上级公安部门来了许多领导参加追悼会，大家才知道，乔阿姨的先生是我们国家安全部门的工作人员，几十年隐姓埋名，没有职务、没有身份，为国家的安定繁荣、为社会主义建设做出自己的贡献。我们肃然起敬，这才知道那个时候经常捉迷藏的地方，原来是信宜县当时防空、应急最重要的一个指挥作战司令部。这么一个神圣的领地，竟是我少年记忆里最好玩的地方之一。

这位乔阿姨，当年给了我们许多帮助。有时候，父母不在家，乔阿姨就管我们吃饭、睡觉。尤其是有一次，父亲突然发病，就是通过乔阿姨家的电话，找到了正在上班的母亲。母亲及时赶回送父亲去医院抢救，才挽回了父亲的生命。

母亲一生中，不断种下善良种子，不断地开花结果。

在坡道飞翔

母亲的工作单位松香厂，在城郊东北的一个山头上，距离我们家有 10 多里。母亲每天天刚亮就得出门，先推着自行车从武装部的院子里绕到院外的小路上，之后才能骑上车。

从武装部山顶到山下是破旧泥石路，大约有300米，又窄又陡，要转几个弯，弯道最小的地方只有3米宽，而且坡度达到65度左右。母亲的骑车水平极高，她直盯前方，全神贯注地紧捏住车把上的两个手刹，从上往下滑车。路直时，她会很放松，双脚踩着脚踏，直腿、提腰，屁股离开座位，飞速前行。风吹着母亲的短发，在耳朵两旁一扇一扇地起伏不停；衣袂飘飘，从下面往上看，像一只山鹰，从蓝天飞过，展翅翱翔……那个样子我至今都还记得。

到了山脚，路过县府、电影院小广场、灯光球场、邮电局，就得出城过桥了。这个桥当时叫竹山桥，桥不高，下大雨的时候，常常被水淹，母亲得下来，把车扛在肩头上，蹚水过桥。后来木桥拆了，重建了水泥桥，来往就方便多了。

竹山是最靠近县城的一个公社，由于竹子多而得名。母亲上班时穿过了河浪铺，经过机床厂、酒厂，就上了两旁全是稻田的平地。这一段路风景极美，路两边是田，田两边是山，路好像把田劈开了一般。每到秋天，稻谷熟了，田里金色的谷浪在微风中翻动，与远处翠绿的山丘和竹林掩映的村庄交相辉映，构成一幅亦动亦静、美轮美奂的图景。

过了这段路，就开始上山了。松香厂所在地当时叫“光头山”，因建厂时山头光秃秃的而得名。我至今也不知道这个山海拔多高，但小时候经常去玩，坐在母亲的单车后座上，感受母亲每天上班路远而不易的全过程。山脚起步比较平缓，母亲还能骑对角曲线。但再往上到了山腰，穿过一个小村庄，随着坡越来越陡，母亲就得下车推着走，直到进入单位大门口。这段路，母亲得推 10 多分钟。如果是夏天，到单位时，母亲已经汗流浃背，全身湿透。她换上工作服，就会顺手把湿衣服洗了，搭在被大日头晒得发烫的钢管上。不到晌午，衣服就干透了。

每天下班的路径正好相反。下班从光头山滑车下行，到了武装部山脚下，再下车推着上山。但不同的是，母亲回来时，车尾架上总是绑着一把她拾的树枝柴，或者一袋鸡糠、番薯叶。那时候家里养着几只鸡，每天下的蛋是我们开餐时的大菜。

母亲的辛劳，让我们家四个孩子在物质极不丰富的年代能吃饱穿暖、健康长大，完成了小学、中学的全部课程，个个都是“五好学生”。

母亲在工作上的付出也得到了应有的回报。由于松香厂生产的产品“岐化松香”和“松节油”正适合当时国家发展的需要，产量日增，最高年产量达到 26000 吨。其中“云开”牌松香曾获得国家轻工部的金质奖。当时中共中央书记处书记胡耀邦、广东省委书记林若，曾在茂名市委书记肖启贵的陪同下，亲自来松香厂视察指导。

苦尽甘来，母亲因为工资提高了，奖金也逐季增加，成了我们家的主要劳动力。就是在那个时候，母亲给自己换了一辆“永久”牌自行车，那是她多少年来梦寐以求的心愿。现在，那辆记载着她艰苦岁月，“伤痕累累”，老到掉链子的单车，早已光荣退休了。

母亲也给我们买了一台高级的能收多个频道的台式收音机，据说那是全县当时仅有的两台中的一台。守着那台收音机，我一个星期都不想睡觉，每天晚上关灯后就悄悄爬起来，左调调右调

* 母亲工作过的松香厂，广东省博物馆镇馆之宝——“西周铜盉”，1974 年在此出土。

* 武装部住在高高的山顶上，每天天一亮，妈妈都要从院子里把单车推到院外，再骑上车。从 300 多米长的坡道飞行直下，到郊外的光头山上班。

调，侧着耳朵悄悄听，恨不得多长几只耳朵，同时能把中央广播电台里的新闻频道、文艺频道、儿童频道都听个够。我不知道，这是不是我第一次在小县城里听到大中国的新闻和故事，它让我足不出户就可以知道天下事，懂得那么多道理。后来我爱好上文学，喜欢写作，也许这就是最早的启蒙。

母亲有了奖金，做的第三件事是给奶奶、外婆、外公买了三副最好的寿木板。那时候还是土葬，给老人备上最好的寿木，就能让老人“千古不朽”，也是做儿女、媳妇最大的孝顺。

1983 年 8 月，正值 50 岁壮年的母亲突然申请退休了。她这是惦记着家中最小的女儿要毕业了，生怕过了这一年，今后就没有退休顶班的政策了。

母亲的担心后来被证实了，妹妹是最后一批顶班安排工作的。

母亲一生都在燃烧自己，照亮丈夫和子女。当她的光和热燃尽之后，便悄然退出，回到家庭，当起了我们的总后勤。

后来，弟妹都很争气，考上了大学，以优异成绩考进了银行。再后来，四个孩子分别在不同时期、不同城市，考进了深圳和广州的大银行，家里出了两个银行行长。

信宜山水蕴神奇

1974 年，母亲所在工厂发生了一件轰动全国的大事。

这年 10 月，在工厂的扩建过程中，挖出了一件距今 3500 年的西周时期的文物，后来被命名为“西周铜盉”。据介绍，西周铜盉是广东省首次发现的西周青铜盉，也是广东出土的最精美的古代青铜器之一，至今都是广东省博物馆的镇馆之宝。而这件文物挖出的地方，就在母亲工作的车间旁。

这件事情，母亲没有记录在她的文字里，或许是因为有太多的不明白，至今没有专家可以完全解释清楚。

信宜位于广东西南部，秦以前属百越之地，秦平定百越之后，于秦始皇三十三年（公元前 214 年）在百越设桂林、象、南海三郡。3500 年前的信宜，是没有汉人居住的，如此古老的“西周铜盉”从何而来?

后来，我有机会从对信宜历史文化比较熟悉的朋友那里了解到一些情况。丝绸之路上的茶马古驿道有可能曾经路过信宜，其中最有可能的路径是：由中原水路进入湖南湘江，从茶马古驿道经贺州、桂江、西江入罗定，经罗定泗纶进入信宜贵子到茶山，再经中堂到怀乡、黄坡岭、池洞岭底、水底坳、岭底小学、芒尾埔、凡果岭、河口寨、长坤堂、黎圩大队的湾角、大木洞、万福码头，然后上船走水路到镇隆，换船到吴川出海……

如果这个设想成立，那就可以解释了：可能是丝绸之路途经竹山公社黎圩大队时，商队的人拿走了这件西周铜盉，挖洞埋在光头山上，后来当事人或病死，或因战争等其他原因，无法回来取走。

我们丝毫不敢把这件文物的出土与我们家挂钩。但我偶尔也禁不住想：丝绸之路、茶马古驿道在整个广东都没见留下什么特别的文物，怎么偏偏就在信宜发现了西周铜盉呢？而且出土地点就在母亲工作的单位？

母亲帮助大叔；母亲到松香厂工作；母亲给我们造房子，养鸡种菜养大我们，拼命工作供我们读书，让儿女长大后一个一个都飞去大城市……这一连串的事情发生在我们家，是不是跟中彩票一样？就像信宜中了彩票，在这里发现了西周铜盉。

信宜是母亲的第二故乡，也是我的第二故乡。我在这里生活了近20年，完成了从幼儿园到中学12年的教育。我的母校叫信宜中学，那时候没有全县统考，城里的孩子都读这所学校。参加工作许多年后，回母校参观，才知道自己当年读过的中学是全国县级名校之一，师资实力雄厚，历史悠久，一百多年来出过的名人不胜枚举，我国著名教育家、两弹一星元勋钱学森的老师林砺儒，也曾在此任教。

我的高中老师大部分都了不得，“文革”后几乎全部调往省城及其他大城市。我读书时喜欢语文，跟老师有关。语文老师兼班主任，是67届北京师范大学中文系毕业生。她是一位非常漂亮的女老师，长着一双会说话的大眼睛，扎着两条过腰的长辫子，吸引着我们这些小城的女生无限羡慕神往的眼神。她讲着一口标准的普通话，所以，一上课，课室外墙经常围着许多人，说“听中央广播电台在广播”。我喜欢语文老师，不仅仅因为她的声音好听、普通话标准，她的课也讲得非常生动。每一次剖析课文，都生动活泼，深刻又经典。至今，她读课文的声调、表情，都刻在我的脑海里。或许，那段经历给我种下了写作的种子，让我从 14 岁起，就开始坚持写日记。

外来的老师有着大城市的气息，思想活跃，见过世面，有格局和境界，给小城带来新的气象。

语文老师给我的影响，更重要的是视野的开阔。她在给我们上文化课的同时，还培养我们树立远大的理想，立下做科学家、工程师、作家的志气，毕业后要走出大山，到外面的世界去看一看。这些教导潜移默化影响着青春的我。我常常想，如果没有遇到这样的老师，我会不会在几年后毅然去了深圳？当然，母亲的支持，给了我更坚定的信心。

后来，语文老师被调往中山大学中文系，后来成教授。几十年过去，我们师生已成了忘年之交。

在学校，我是个偏科生，最怕上物理课。还好，每到物理实验课，学校就会通知我们去排练。我是学校文艺宣传队的骨干，宣传队的学生都比较受照顾，每次排练就视同参加了物理实验课，老师会给打 85 分。我很高兴，但母亲却说："现在是照顾，今后你可能就是吃亏了。"果然，我的物理知识十分缺乏，至今都弄不明白交流电、直流电的原理。学生时代缺的课，长大后或许永远补不回来了。母亲的话是对的。

信宜中学，在河的那一边。每天上学要从家里下山，穿过街道，再过桥。那时的桥很矮，木头搭建的，低年级的同学都可以跳下去，在桥底玩沙。父亲在这条河上教我学会了游泳。

那条河叫锦江，锦江这一段叫梅流岗湾，弯弯曲曲，常年有水。水的源头从哪来？流到哪里去？没有人问过这个问题。

过了桥，上坡的路不短，先要经过无线电一厂、森工车队，然后要经过食品厂门口，厂里飘出的香味总会拖慢我们的步伐。最后，上一段长长的陡坡，就到了庄严又悠久的牌坊前，这里便是信宜中学大门了。

下大雨时，梅流岗湾冲下来的洪水会淹过桥，学生不用上课。我们女生会脱鞋，提着鞋子凑近河边，看山洪。山洪发威的时候很吓人，就是洪水猛兽，一泻千里，势不可挡。洪水冲下来许多东西，有鸡、有鸭、有椅，有门板、有被单、有衣服，有时甚至会见到死牛和死猪。这时候，许多人冒着生命危险，拿着长竿或长钩，在河边打捞——这现象当地人叫“捞河涝”。山洪发自哪里？这些东西是哪一家的物品？大人都不知道，学生们更无从知晓，只觉得新鲜、热闹、好奇。

有一次，看完“捞河涝”，跟女同学到她家玩。女同学住旧街。那时候信宜县城只有两条街，一条叫新街，一条叫旧街。顾名思义，新街是信宜解放后新建的，旧街是过去建的。

新街多为单位、政府、城镇办公场所，还有小商店。母亲的车缝社就在新街口附近。旧街多是卖日用百货、山货，赶圩的地方，还有私人的住宅。小时候，放学、放假，我们这些“街丁”，到处“逛荡”。住旧街的大多数同学都是本地人，有自己的祖屋，两层或三层，让我们住新街单位房的同学好羡慕。

母亲知道“发河涝”不上学，中午下班回家不见我，急得到河边找人。那时候没有电话，母亲在河边找不到我，就到我平时常去的同学家找，偏偏那一次我去的不是平时最熟的同学家，便没有找到。母亲又找老师、同学问，都回答没有看见。母亲更着急了，沿着河流往上找，找到旧街头，直到竹山公社桥；又掉头沿着河流往下找，找到梅流岗湾尾的县木材厂。那天，一直到天黑，我在同学家吃完晚饭才回家。母亲真生气了，罚我站。说她请了一个下午假，扣了不少工分。其实我知道，母亲怕失去我。

在信宜，我经历了我的童年、少年和青年的一部分时间，它已经是我的故乡。信宜的山水养育了我，在武装部山顶住，我每天爬250多个台阶回家，练就我的意志和脚力；大山的厚实、坚挺，教会了我忠厚坚韧；山里人的善良勤劳，教会了我吃苦耐劳；海边出生，培养了我的宽容、灵动融通，像海绵那样吸收养分。

在家里，父亲是我的大山，母亲是我的大海，他们培育了我，让我在山与海中成长。

* 我国著名的教育家，教育部副部长，原北师大校长，中国导弹之父钱学森的老师林砺儒曾在信宜中学任教。

又见母亲送父亲出村口

父亲是廉江上县村人，生于 1927 年农历 11 月 29 日。他幼年丧父，17 岁到村学校饭堂打小工，受尽压迫和剥削，21 岁在革命先驱的指引下，走上了革命道路。

上县村是廉江重要的红色革命根据地，也是历史名村，建村于元朝末年，至今已有超过 700 年历史。

上县村黄氏第 20 世传人

父亲是上县村黄氏的第 20 世传人。

上县村黄氏的开基始祖黄昱，元朝至元二十二年（1285 年）出生于福建莆田一个书香之家，34 岁时来广东高峰铺东（今上县村）任石城尹（尹相当于现在的县长），后迁县治于新和驿（今廉江廉城）。在任 28 年间，他爱护百姓、施行仁政、兴利除弊，深受百姓爱戴。任职期满后，他本想返回福建故里，石城百姓闻知，拦轿挽留。他深为百姓的真情所感动，便留居旧县治（今上县村)，以农耕、教子饴孙为乐。从此，黄氏一族在此生根发芽。

我在母亲的回忆录里，也看到一些关于上县村的文字，四眼井、旧令黄公祠、上县小学……这些都与她和父亲有关，他们曾经亲自参与修缮并捐款。

我后来查阅了一些历史资料，让母亲的记录更加完善。

四眼井建于明永乐丁酉十五年(1417年)，井面用条青石凿制成4个圆形提水孔，四孔直径约为30-35厘米，刚够一个桶起落。井深6.5米，水深4米左右。这口井与普通井大不相同，一般井口比井底大，但这口井口小，井底大，并且上方用岩石雕琢成四个井眼，可以同时从四个井眼里吊水。600多年来，这四眼井犹如一位母亲，以其永不枯竭的乳汁，养育着上县村世世代代的子民，至今仍有许多村民习惯来这里取水做饭。有个老婆婆天天来这里挑水，说吃惯了这口井的水，自来水那味道吃不惯。每年春节，上县村家家都会到井中取水，还要放鞭炮烧香烛。相传，这样取到的水才是吉祥水。

母亲在她的回忆录里说："每年清明回上县村拜山扫墓后，我总会到四眼井吊一桶水，洗洗手。甚至双手捧起水喝两口，顿觉清凉润肺，老家的乡情深深印在心中……"

旧令黄公祠与四眼井为同一时期的文物，重修于1999年，占地面积380平方米。宗祠有书于明永乐十二年(1414年)的楹联："迁署新和遗荫历千年犹颂石城神父；创家旧治分支绵两粤同酬上县大宗。"还有书于明永乐十五年的匾额"甘棠遗爱"。

20多年前，父母为祖祠重修提供了热心的帮助，不但捐款，

* 父亲老家的上县村。宗祠有书于明永乐十二年（1414 年）的楹联：“迁署新和遗荫历千年犹颂石城神父；创家旧治分支绵两粤同酬上县大宗。”

还提供了许多宝贵的意见，赠送了许多物品。20多年后，父母落叶归根，先后入住此祠，随祖宗长留此地。

据查，上县小学原是一间私塾学校，建于清朝嘉庆年间，1940年重修，2003年重建。

父亲与这间学校有两次命运交会，第一次是1944年，父亲被重修不久后的上县小学招进去打工，随后被这所学校校长的亲戚带走，参加了革命。

父亲与这所学校的续缘是2003年，上县小学重建。离休后的父亲，听说家乡小学要重建了，但因为资金问题，重建工程未能如期完成，便和母亲慷慨解囊，带头捐款，并发动全村外出的老同志、老革命，尽一切能力，支持家乡的办校建校工作。很快，便在短短的时间内募集了大量资金，确保了小学重建的各项工作顺利开展。

2022年清明，我回到上县村为父母扫墓后，再次来到了上县小学，给校长和同学们赠送了我创作的长篇小说，跟老师同学一起交流。站在当年父母捐款赞助的功德碑旁，我听到学校书声琅琅，歌声嘹亮。放眼望去，校园青青芳草，万物向上。上县村香火传承，人才辈出。

据专家考证，上县村的黄氏后裔已传32代，20多万人口，分布在广东、广西、海南、辽宁等省区，有功名任官职者，不可胜数。

父亲的革命事迹也一直被上县村、廉江市乃至他原来的部队传颂。写到这部分的时候，正好接到上县村村长的电话，告知市里正在考察参观父亲那有着将近100年历史、具有典型岭南“四水归堂”建筑风格的老屋，计划将其列入革命名人故居，并建立上县村红色革命纪念馆，打造上县村红色教育基地。

笔底岁月深情

在母亲的回忆录里，我看到了父亲的简历。父亲的一生与中国革命的解放事业、社会主义建设密切相关，可是我们子女知道的并不多。

母亲的文字里，渗透着对父亲的崇拜和敬仰：

> 孩子爸是军事专家，在军事学校是优秀生。他一生忠于党，忠于人民，忠于他的军队事业。孩子爸在解放战争中，经历了枪林弹雨和战火洗礼，又经历了和平建设时期国防军队事业的很多艰难曲折，把一生最宝贵的时光奉献给了祖国和人民。奉献给了他热爱的这块土地。他为人正气，做事公平，性格耿直，热心帮人。他懂的很多，教会我许多道理，还手把手教我写字……
>
> 孩子爸1948年4月参加粤桂边人民解放军，1949年8月1日中共粤桂边区党委执行中共中央军事委员会主席毛泽东、中国人民解放军总司令朱德命令，在廉江长山乡宣布成立中国人民解放军粤桂边纵队。12月1日，中国人民解放军

第二野战军第四兵团第十三军在副军长陈康、军政委刘有光指挥下，在廉城及其西南一带地区与沈发藻部队激战15小时，打死沈部几百人，俘虏“粤桂边剿匪总指挥”中将司令喻英奇，“粤桂边挺进队”司令曹英等6000多人，取得“廉江战役”的重大胜利。12月中旬，人民解放军粤桂边纵队第一支队第一团与中国人民解放军第二野战军第四兵团配合，在廉江境内全歼企图从广西博白逃往湛江的国民党政府军一个残师。

1949年11月至12月，粤桂边纵队配合第四野战军主力和第二野战军一部进行广西战役，解放了粤桂边区和雷州半岛。

粤桂边纵队自1947年至1949年底，共作战400余次，歼灭国民党军队几万人。

1950年12月，孩子爸部队接到命令，开进广西十万大山地区，参与剿匪战斗。战役原定20日发起进攻，因接到匪企图逃窜越南的情报，剿匪指挥部当机立断，提前行动。经3昼夜的连续奔袭、迂回，切断匪之逃路，在太平山地区一带展开激烈战斗。至1951年2月，十万大山地区的土匪基本肃清，歼匪31000人，其中包括“粤桂边反共救国军”总指挥韦秀英；缴获各种炮58门，机枪33挺，长短枪39844支，电台3部。

参加广西十万大山剿匪战，这一战打得很激烈，许多战士都牺牲了，林机枪手被打死在河边。他的老婆后来改嫁了，儿子成了孤儿。老黄经常半夜梦中哭醒，说他的机枪手未被打死，还在积极抢救。许多年后，老黄找到了林机枪手的儿子，每月给他寄生活费。

老黄爱兵如命。解放后，他四处寻找战争中失散的战友，当获知有两个战友幸存，在湛江市霞山区工厂工作，收入比较低，每月找机会邀请战友来家加菜叙旧，改善他们的生活。还有一个战友救过他的命，但50多年了，他一直找不到战友的下落。最后在子女和热心朋友的帮助下，通过退伍办在潮汕找到了这个姓陈的战友。在电话里，这两个同生死的50年未见的老战友，敌人炮火刀枪流血都没有让他们流泪，但这一刻，双双在两头大哭起来。他们相约两个月后在子女的护送下于深圳见面。可惜老黄却在离见面仅有20多天的时候，突然去世了。这件事，让我一直不能释怀。要是能早一点儿找到，他们就不会留下遗憾了。

解放战争这几仗，老黄因为带兵打得非常出色，解放广东、解放广西他得了很多荣誉，得到组织的嘉奖。

1950年，抗美援朝打响。1951年6月，军区命令老黄带兵奔赴朝鲜战场。老黄带队伍步行通过高州县、阳江县，几天后到达江门，坐船几经辗转，最后到达山海关，作为补充兵源集结待命……到1953年抗美援朝战争结束，老黄只带回了七个兵。其余的都牺牲了，永远留在朝鲜了。老黄得了一个和平金奖章。老黄说，荣誉更应该给那些战场上牺牲的战友，他们才是最应该被历史和人民记住的人。

母亲用了很大的篇幅记录了父亲的革命故事。虽然她查阅了一些资料，但仍有许多白字、错字，如：“剿匪”写成了“缴匪”，“逃窜”写成了“逃串”，还有其他她自己“造”的字……

相濡以沫 54 载

1969 年，父亲突然病倒，战争留下的旧伤和长年超负荷的工作，已经让父亲积劳成疾。母亲陪同父亲在组织的护送下住进了广州军区总医院。当父亲身体有所好转，母亲立即坐夜班车赶回信宜。那时，家中最大的孩子才 11 岁，最小的才刚出生不久。母亲每天 5 点起床，煲好稀饭，把 4 个孩子叫起床，穿好衣服，让老大带着老二去上学。母亲前面抱着一个后面背着一个，送到武装部附近的一条巷子里，交给一个叫“二奶”的婆婆照看，然后赶回单位上班，一直到晚上接回孩子才做饭。

父亲 48 岁那年第二次住进医院，昏迷了一个多月，医院说人不行了，让母亲准备后事。但母亲坚定地说父亲救得了，天天在床边喊他叫他，跟他说话。她的坚持和淡定让医生增加了救治的决心。果然，在一个多月后的一天清晨，父亲终于醒过来了。但醒过来的父亲半边身体没有知觉，瘫痪在床上。母亲用惊人的毅力，四处求医，想方设法给父亲治疗。母亲安排药农上山采药，每天用大锅煲中草药 3 大桶，分 3 次为父亲擦身和熏手脚，配合推拿按摩，一直坚持了 300 多天。一年后，父亲奇迹般地站了起来，而且后来能像正常人一样行走、生活自理，一直到他去世。

1980 年、1981 年，父亲先后在广州军区总医院做了两次大手术，由于大出血差点儿下不了手术台。还是母亲日夜守护，精心照料，让父亲战胜病魔，又一次奇迹般地康复。2003 年，父亲体检时发现肠癌晚期，医生告知很不乐观，母亲支持父亲做手术，鼓励父亲与绝症做斗争。在母亲的陪伴照顾下，父亲再次奇迹般地度过了 5 年危险期。

父亲生病的 30 多年里，一次一次重症、病危，母亲总是在父亲身边，不离不弃，一次又一次把父亲从死亡边缘拉了回来，让父亲多活了几十年。父亲说，后来这几十年的每一天，都是母亲帮他赚出来的。母亲陪父亲 54 个春秋，风风雨雨一起走过，相知、相爱、相守。54 年，没有太多浪漫的故事，却爱得很深沉很坚定，让我们子女和亲人深深地羡慕和敬仰。

我认真细致阅读了母亲留下的全部笔记，没有查看到她照护父亲的具体细节和故事，只有时间和结果，还有那张治疗半身不遂的药方——这张药方后来救了许多人。

我后悔曾经批评过母亲，让她把写在报纸头上的文字抄在软皮抄上。会不会是母亲来不及抄入本子，将那些故事散落在了哪一张旧报纸头上？又或者，母亲那时识字不多，没有记下更多的故事？

* 这是父亲的老屋，至今有近 100 年的历史，典型的岭南四水归堂建筑风格。父亲参加革命后，经常深夜回村取情报，两次被叛徒出卖都机灵地从这个小窗口顺利逃脱。村里计划把这个老屋修缮，建立上县村红色革命纪念馆，打造家乡红色教育基地。

我人生的调色师

我对父亲更多的了解，是在父亲离休后，来深圳跟我们一起生活的日子。从来的父严母慈变了样子，父亲对他的外孙女慈爱有加，之前说一不二，却对外孙女言听计从，让我和母亲刮目相看。如果说，父亲年轻时因工作欠缺我们这一代的，他都补偿给了下一代。

平日，父亲与外孙女亲密无间，经常合谋干“大事”，甚至关起门来，在地板上举行爬行比赛。有一次我下班回来早，开门一看，不得了，外公举着双手让外孙女满屋子追赶“缴枪不杀”，那场面让我们啼笑皆非。

父亲对我们这一代可不一样。每年的暑假，父亲都把我们送回老家，分别在奶奶家外婆家劳动务农，要求堂哥监督我们，每天记录出工多少小时，干了什么农活儿，不得“谎报军情”，教育我们虚心接受贫下中农的教育，不能忘本。

田里的劳动是艰苦的。日头大，口干舌燥，挥汗如雨，白天抓锄头的手磨起泡，晚上穿泡放水，痛得十多岁的孩子哇哇叫，不能入睡。

但田里的劳动又是快乐的。田野空气清新，禾苗茁壮，百虫飞舞，青蛙鸣叫。少年的行装可以无拘无束，少年的心思可以四处游荡。清晨，村里的小伙伴带着我们上山拾牛粪，中午领着我们去田沟里抓鱼虾。灿烂的阳光下，田埂沟里的水闪光闪光，折出不同的颜色。小鱼在强光下雀跃起舞，来回游荡。我们卷起裤腿，跳入水中，用粪箕插进沟泥里，逆着流水，不到一个晌午，粪箕里就鱼虾跳跃了。回来的路上，我把粪箕举得老高老高的，踩着田埂歪着走，生怕小伙伴来抢“成果”。

外婆每天给我们弄好吃的，芋杆煲虾仔。我们捧着大碗粥，踩在门口石墩上，看着大叔大婶扛着锄头收工回家。夕阳照着娃娃的脸，红通通的，个个得意洋洋。多少年以后，我走过无数名胜古迹，吃过千家万户的饭，却怎么也忘不了春花墩的田野风光和外婆的手艺，似乎没有任何一家可以超越外婆调的味道，那是我至今吃过的世界上最好吃的咸菜和粥汤。

为了那顿粥，我甚至莫名其妙地等待着下一个暑假的到来。

父亲对子女的教育还有很多故事。姐姐 16 岁上山下乡，下乡的地方叫养兔场。这个年龄，严格地说她还是一个孩子。姐姐每天从山上挑 100 多斤的草到山脚下喂养兔子，一天来回干活儿长达 10 多个小时，踩踏过的田埂陷进去了，甚至裂开了，留下了她深深的青春脚印。两个多月，母亲就要给她更换一双鞋子。

姐姐在养兔场的伙食是每顿一碗白米饭和一小勺鹅仔菜（鹅仔菜是信宜当地一种野菜，农民用来喂养鹅的），一周只有一次加菜。所谓加菜，就是熬完油的肥猪油渣，每人分得几片。姐姐和她的同事都盼着有残疾兔子处理。残疾和生病的兔子就会变成大家的加菜。这是她们当时最好的伙食。姐姐是单位的先进分子，有时候可以回县城开会。母亲用肥猪肉熬油炒萝卜干，把油渣和萝卜干塞进一个玻璃瓶子里，悄悄给姐姐带回去改善伙食。有一次被父亲发现了，父亲严肃地批评了母亲，说这是搞特殊化:“别人家的孩子能过的日子，我们的孩子为什么不能呢？不得搞特殊化。”姐姐眼泪哗啦啦地流，把塞进袋里的萝卜干又掏了出来。

20世纪70年代后期，改革开放了，人们穿衣打扮也开始个性化和自由化了。弟弟学着同学留起了长发，穿上了喇叭裤。出差回来的父亲批评他像个“流氓阿飞”，限期要弟弟把头发剃了，“再穿喇叭裤就拿剪刀给剪了”，吓得弟弟当场就把裤子脱了。

那个年代，军衣军帽是稀缺品，谁能有一套军装那叫有本事。弟弟禁不住同学的“教唆”，偷偷把父亲的军装和有五角星的帽子带出去，给同学们轮流穿戴一会儿，被父亲知道后狠狠打了一顿。后来，在我们稍大一点儿的时候，每年从农村劳动回来，父亲看了堂哥的签名鉴定，主动把他每年发放的军装全部改为小号，直到我们四个姐妹每人有一套。

我们穿着这身军装，大街小巷串门，威风八面，感到做军人的子女无比骄傲和自豪，让同学们非常羡慕。

20世纪90年代开始，我担任了单位管理层的工作，到基层任职，为了发展业务，有时候要跟客户一起沟通交流，吃饭。父亲总在一旁提醒我:“防止阶级敌人用糖衣炮弹对你的拉拢腐蚀啊。”我当时还跟父亲解释了半天:“现在是人民群众的内部关系了，没有阶级敌人了。何况我们跟客户见面，有时候是我们主动买单呢……”怎知父亲严肃地说:“如果你没有利用的价值，别人为什么要请你吃饭呢？”接着他又说:“吃人家的嘴软，拿人家的手短。共产党员要严格要求自己，以身作则，做员工的榜样。”20年后的今天，全国上下反贪污、抗腐蚀，多少领导干部下台落马了，我才重新认识父亲当年跟我们说过的话。有了父亲的孜孜教导，我们几个在职场几十年，严于律己，洁身自好，坚守到退休。

父亲是我人生的调色师，一早就给我定下了最好的底色。

“碎碎念”出人生大道

说起父亲，让我想起更多有趣的事情。

父亲住进广州军区总医院那次，也是我第一次走进广州这座大城市。后来我才知道，那一次是有秘密使命的。

父亲当了一辈子的兵，他希望他的军人职业后继有人。起初希望姐姐去参军，后来姐姐当兵指标被人顶替了，他就把希望寄托在老二、老三的身上。一切都没有实现的时候，他又把最后的希望寄托在这些孩子的对象身上，希望找个军人女婿，或者军人儿媳妇。为此，颇费心思。

父亲病房里有个桂林部队的副政委，有一儿一女，女儿跟我住在总医院的招待所里，成了好朋友，我们中午一同打饭，晚上一同在大广场上看挂幕的电影。广州军区总医院坐落在广州越秀区流花路，面积非常大，从东门走到南门要几十分钟，比我们县城从城头走到城尾还要长。总医院有东南西北几个大食堂，每个食堂饭都很香，我和副政委的女儿轮流去不同的食堂吃饭。那时候一顿饭一元可选有肉有菜的，但我为了把父亲给我的伙食费节省下来去买书，每顿只用 7 角钱吃饭。副政委女儿知道后跟他爸说了，副政委让他女儿每顿硬给我加个菜。父亲知道后，严肃地批评了我。我说出了原因，父亲把钱给我，还给了副政委的女儿。

那时候上学，文化课很少。我当时的状态，身体需要营养，大脑也渴望知识，因此对书如饥似渴。在医院陪护父亲期间，我读完了高尔基的《母亲》，还有《钢铁是怎样炼成的》《安娜·卡列尼娜》。我开始写散文和短篇小说。副政委发现这个小姑娘很懂事又好学，跟父亲提起了家中当兵的儿子，父亲高兴得不得了，策划把副政委儿子调来见面。后来母亲得知了，说桂林是外省，太远了，此事就搁下了。

不久，父亲又动起另一个念头。父亲身体一直不好，非常希望家里有一个学医的，所以他让军区总医院帮他做手术的医生，给弟弟介绍了医院里的一个年轻护士。由于各种原因，弟弟拒绝了这桩婚事。

这是我们“最不听话”的一件事。直到父亲晚年一直挂在嘴边，说开个家庭会，没有一个军人跟他一伙的。呵呵，老爸也知道“搞帮派”。

天生我材必有用。虽然我们没能继承父亲的军人职业，实现他的愿望，但在社会主义现代化建设中，哪一个行业都可以为国家贡献出力。父亲，你大可安慰了，我们每一个都没有辜负你的期望，都成了你想要的样子——对社会有用的人，为国家，为社会，尽自己的一份微薄的力量。

人生的航线就是如此的神奇。任何一个节点都有可能改变一个人的运行方向。一直到那年，在母亲的指引下，命运一锤定音，把我牢牢拴在深圳这座当时还非常荒凉的边陲小镇。而今天，这个城市因其创造的奇迹，成了我们国家一张亮丽的名片。

父亲母亲50多岁至70多岁的时候，正是我们年轻力壮、为深圳特区发展开足马力的时候。为了让我们能够全身心投入工作、发展事业，父母非常自觉，生活上身体上的情况基本上都是报喜不报忧。尤其母亲，坚毅、无畏，顶天立地，排除万难，什么都压不倒她。

直到2008年8月那一天，父亲晨练再也没有回来，母亲最好的生命时光随着父亲突然离去，瞬间跌入万丈深渊。之后，无限的悲痛缠绕着母亲长达5年之久，让母亲痛不欲生。我第一次感觉到母亲的孤独，和我照顾母亲的责任。那之后，每一年，我们都会接母亲来深圳，时间一般在当年11月到次年4月。母亲晚年的生活留给我们的印象，全是在深圳的记忆。那段时间，我记录了与母亲在一起的许多文字，所有的日子都在编织着母亲的音符，快乐着母亲的快乐，幸福着母亲的幸福，牵挂着母亲的牵挂，忧伤着母亲的忧伤。

那年清明，我在春花墩，看过外公的旧屋之后，顺着后背岭一路走去。远处，一栋栋一排排学生宿舍、教学大楼映入眼帘。城镇化的进程像飓风一样，夜以继日裹挟着那里的人往更发达的地方行进。

但大山的深处，依然是恬静和淡定的。

又是四月，春花墩满眼春色，雏菊花、山稔子花、山竹花、杜鹃花，还有许多叫不出名字的小野花，依然先后赶来，继续不想辜负这一年一度的最好的盛开时刻。

到了七八月，山竹、柚子、橄榄、山稔子、荔枝……漫山遍野，熟透落地。母亲说："篮子装也装不完呢。"野果是上天赐给春花墩人的粮食。即使是兵荒马乱的年代，也饿不死春花墩的人。

我寻母亲，山坡上、田沟里，有母亲的气息，她刚走过了这一片林子，穿过了田垌，向西，向西……

我好像见到了母亲，扎着两条麻花辫子，圆圆的脸蛋，白皙的皮肤，穿着外婆织的粗布衣，光着脚，从后背岭拾牛粪回来。午后，喝了一碗南瓜汤的母亲，又顶着烈日去河里抓螃蟹和小鱼虾。外公说："我们家老三不能去读书呀，老三读书，全家人都会饿死了。"

母亲就是这样一个命运，她是外婆家养活的 5 个孩子中唯一没有上过学堂的人。

但是老天爷却给了母亲另一个安排。"这老三呀，今后不用挑水，水自然会流到锅里（后来才有的自来水）；不用劈柴，火自然引到灶头（后来的煤气）；不用驳火，光自然会通到厅房（后来发明的电灯）。"这是母亲 10 岁那一年村里算命先生说的话。当时村里人都觉得算命先生在说胡话，母亲也不相信。可是后来一点一点的又是那么自然而然落到母亲的头上。包括遇见了父亲，生了我和姐姐弟妹，成了后来村里人都羡慕的“官太太”。

母亲选择父亲，是她命运的必然。价值观的趋同，人生目标的一致，让他们成为一生一世的“战友”和“兄弟”，相亲相爱的革命夫妻。

在这条进村的小路上，又见母亲送父亲出村口了。父亲这回说：“我们一起走吧，今生今世，穿州过省，我都带着你。我们再也不分开了。”

父亲牵着母亲的手，一起向大路走去。

* 父亲患病后，坚持化疗吃药 5 年，与疾病顽强做斗争，父亲皮肤黝黑，但非常乐观，坚持每天与母亲到户外运动。

往大路走，往多人行的地方去……

多少年后，我感激我的母亲，感谢她的高瞻远瞩。她老人家目不识丁，怎么懂得什么叫经济特区？又怎么知道这个叫经济特区的 370 平方公里的边陲小镇，后来发展成为全球知名的城市，GDP 超过了中国香港和新加坡？如果说，那是她的真知灼见，母亲必是一个非同凡响的女性。

妈妈助我去深圳

1984 年年初，邓小平前往深圳等地视察。1 月 26 日离开深圳之前，他在濒临深圳湾海滨的招商局蛇口工业区办公楼七层会议室听取相关人员的汇报之后，走到窗前，指着一片繁忙景象的蛇口港码头问："码头什么时候建成？能停多少吨船？"听到答复后，称赞说："你们搞了个好港口。"2 月 1 日，邓小平在广州题写了"深圳的发展和经验证明，我们建立经济特区的政策是正确的"，还特意将日期写成 1 月 26 日，他此行离开深圳那一天。

若干年后，在拜读《突围，国门初开的岁月》时，看到这一段，我突然想起，我和深圳的“缘分”，便始于这个时候。

那一年，蛇口招商局到信宜县城招人，我报名参加考试，竟然被录取了。

母亲特别警惕，起先不相信，以为蛇口来的人是假借招工名义拐带少女的骗子。母亲亲自到县长家了解情况，核实这是不是真的。那时的县长就住在与武装部步行距离不到 10 分钟的半山腰。县长听完母亲的话，笑哈哈地回复：“是我亲自签字的一次正式招工工作。”被县长证实后，母亲放心了，回来就帮我收拾行李。那时候的行李很简单，就是卷着一床席子、一张薄被，带上几件衣服。

跟着招工的人坐了快 20 个小时长途汽车，夜半三更，我们来到了信宜驻深办事处，就在正挖坑修路的红岭路附近。当时的深圳特区一片荒凉，到处都是工地，尘土飞扬。大巴第二天又奔跑了几个小时，才把我们这群打工妹送到蛇口工业区。

第二年，我以考试第二名的成绩正式入户蛇口，从此开始了我崭新的生活，改变了我一生的命运。

多少年后，我感激我的母亲，感谢她的高瞻远瞩。她老人家目不识丁，怎么懂得什么叫经济特区？又怎么知道这个叫经济特区的 370 平方公里的边陲小镇，后来发展成为全球知名的城市，GDP 超过了中国香港和新加坡？如果说，那是她的真知灼见，母亲必是一个非同凡响的女性。

或许母亲也没有过人的预见，仅仅有一些朴素的道理：“往大路走，往多人行的地方去……”

母亲给了我一切，生命，包括我的过去和未来。

1985年，父母第一次来深圳探望我。我们在蛇口邓小平题词的“海上世界”照了一张合影。那时候的海上世界就在海边上，现在“海上世界”躺在岸上了，填海造房把“海上世界”包围了。还有南头大片的荔枝园，当年照片上的情景已经再也找不到了。又若干年后，我们已经住在南山区腾讯大厦旁边的花园里，但每一次开车从这里经过，看到一切变得如此繁华、现代，母亲就会感慨：“那些田，那些荔枝树到哪儿去了呢？”然后母亲又说：“我怎么也想不到，我们当年的豆米二会长成今天这个样子，还能在深圳特区发展得这么好。”

“豆米二”是妈妈对我的昵称。我生出来之后，部队农场的场长说“这个小孩还不如我们田里的一颗豆米大”，从此长辈们便这样称呼我。看似调侃，其实更多是怜爱。

说这话的时候，母亲的脸上荡漾着自豪和满足。母亲当年怎么敢跟护士打赌？她怎么知道这个奄奄一息的早产儿能够长大成人？这是做母亲的天生不放弃的本能？还是冥冥中有神奇的力量？

在这里补充一笔，我50岁那年，曾陪母亲回到老家廉江，找到了当年打赌的护士。两位老人深情相拥，泪流满面。老护士在我脸上摸来摸去，怎么也不相信跟前这个大活人，是50年前那个晚上出生的那个只有2斤多的奄奄一息的婴儿。母亲说：“是她，是老二啊。”然后，两位老人什么话都说不出来了……

到深圳几年后，我成家了，有了自己的孩子。当我从女儿变成了母亲，更是对母亲这个角色有了全新的认知和确切的体会。母亲从我女儿出生的那天起，一直帮我照料。为了不影响我的工作，母亲在女儿5个月的时候，就把她带回老家，一直到女儿满3岁，才回到深圳。不难想象，女儿在湛江的1000多个日日夜夜，母亲是怎样含辛茹苦、废寝忘食、倾尽所能地精心照料她。虽然母亲的回忆录里一个字也没有记录这段日子，但我清晰地记得，那年6月，女儿生日前，母亲独自一人带着2岁的孩子坐了18个小时的车，从湛江来深圳。因为车坏在半路上了，她半夜才把娃和两大袋行李抱进家。那时候没有手机，途中发生了什么事情我和先生一概不知，心急如焚。女儿见了我直哭，我的心像被针扎了，暗暗发誓，再也不把娃送回老家了，再也不能让母亲如此受苦受累了。

1986年，父亲离休，回迁到湛江军休所。母亲随父亲回到了她们人生的起点和参加革命的根据地，开始了老年退休生活。

这段时间是父母最轻松、最快乐的时光，也是他们最甜蜜、最幸福的一段日子。30多年艰苦岁月已经熬过去，子女分别长大、参加工作、成家立业。没有了过去吃不饱穿不暖的忧愁日子，没有生不出儿子被人瞧不起的委屈日子，没有凑不够四个小孩学费的痛苦日子，没有父亲生病抢救胆战心惊的日子，不堪回首的每一页都翻过去了。

母亲每天骑着三轮车到菜市场，挑着自己喜欢吃的菜；父亲亲手教母亲做各式各样的佳肴，带着母亲返乡访友，去战友家串门，参加军分区的慰问活动。军休所每年组织一次外出旅游活动，父亲的腿行动不方便，但母亲鼓励他出门：“你不去我就没有指标，你去了我就不用交钱了。”父亲于是笑呵呵地收拾行李跟母亲出门了。

可惜这个阶段母亲的回忆录写得也不多。快乐的时光都是用来花的，只有苦难的日子留给了文字。但这段时间有父母到全国各地旅游的许多照片为证，北京、大连、青岛、云南、贵州、成都、海南、广西……每一张照片，母亲的脸上都荡漾着幸福和快乐的笑容。

父母一生中就去过两次香港，一次是组织安排的，一次是我安排的。在香港期间，父母被邀请参观了驻港部队，住在当年英军最高级的招待所，踏上了我国最先进的护卫舰。父亲鼓励年轻的官兵为祖国再立新功。回来后，父亲到处宣传祖国的强大，人民解放军的神气、威武，教育大家牢记祖国统一的伟大使命。呵呵，我这个老爸，一辈子都属于他的军队，属于他信仰一生的共产党。

每一年父母都会来深圳探望我们，这段时间，父母同样给我们留下了最幸福最快乐的时光。深圳荔枝公园、仙湖公园、银湖公园，到处洒落了我们的欢歌笑语，美满团圆的合影至今都珍藏在画册里。

就因为那段时期我的工作极其繁忙，父母才又接过了带孙辈的重任。

节约的基因穿越四季

春天来了，家里的阳台上开满了鲜花，盆盆争红斗艳。母亲又来到了她的花丛中，提着小水桶，拿起她熟悉的那只粉红色的小水勺，一勺一勺往花盆里浇水，然后开始她除草、播种的快乐时光。

母亲忙碌的身影总是随着冬天的脚步的远去而复现。

每一年的冬天，对母亲都是一次考验。血压忽上忽下，其他老年病也渐现，有时候把她折磨得日夜不欢、食睡不安。她用她自学的治疗方法和科学的用药，坚强又独立地战胜困难，摆脱了病魔，迈着轻盈的脚步，走进了万花盛开的春天，向着她最活跃的夏季走去。

母亲要回老家了。每一年的这个时候，母亲就像一只候鸟，要向南飞，飞回她可爱的家乡。家乡有她的朋友，有她的邻居，有她的战友，还有父母共同的组织。回到老家的母亲，就像笼子里飞出来的鸟，可以随心所欲地骑着她那台年事已高但依然被她保养得很好的三轮车，去她想去的地方，见她想见的人，买她想吃的菜，还可以骑到老远老远的批发市场，给孩子们采购她下一次回深圳要带的干货和食粮。这是母亲最喜欢的、最熟悉的日子，谁也阻挡不了她的脚步。

许多年之后，我才深深地明白，那是母亲最自由、最向往、最充实、最欢快的日子。家乡那块土地上有她成长的足迹，有她与父亲共同走过的峥嵘岁月，有陪伴他们几十年、共同见证了他们的爱的母亲亲手打造的家具及一切。

我们把母亲接到深圳来，实现了三代同堂，给予她最好的物质条件，体现了我们的赡养和孝道。但实际上，我们每一个子女都很忙，白天上班，留下她孤独一人在家，即便有保姆，那也是不自由的日子。为了安全起见，我们不让她骑三轮车，不让她自己外出，不让她去批发市场，不让她喝过夜的汤，不让她吃腌过的萝卜和五花肉……我们硬是以自己的意志去改变她，借口是孝顺，理由是为她更好。但我们忽略了母亲的感受，断了她的喜爱，扼杀了她的自由：超市里没有带泥土的姜和带根的菜，每天给她吃的只有冰箱里的冻肉和塑料胶袋包好的不见丁点儿草或虫吃过的有小洞的青菜；还有她不敢站上去的小区里的扶梯；楼上楼下对门说不上话的邻居……这一切都让母亲有着居住在城市的困惑和焦虑。尤其是没有她那一群"闺蜜"，每天准时在公园集合，随心所欲地聊天说笑的快乐。同时，身体的不适、血压的不稳定，也影响着她的情绪和生活质量。

所以，即使每天可见儿孙，安排了丰富的物质，但是，仍不能让母亲最开心最自在。我们给她的貌似最好的生活方式，或许并不是母亲自己最想要的。

母亲给我打电话，说她买好了回老家的车票。即使千般不愿，我也只好放行。我给母亲送去了许多食物和回老家需要的生活用品，没想到母亲一样一样地拿出她先前准备好的为我配备的东西："北芪、党参、红枣补血补气；薄荷、灵须、生姜、红糖可以治感冒；芒硝洗眼睛可以减少疲劳，目光有神；灯芯草、红枣煲水饮可以帮助睡眠；苍耳子中药熏蒸鼻腔可以治疗过敏性鼻炎……”

然后，母亲继续说，她发现家里有两个台钟不走了，带回老家修理。我说：“妈，深圳有许多修钟表的店，随时拿去维修很方便的，不用千里迢迢拿回老家修理。”

没想到母亲说：“老家修理便宜，3元钱修一个。在这里要几十元钱吧？老家的电器还可以以旧换新。家里的电饭煲、电风扇、高压锅我都换了好几个了，不用花钱。”母亲很愿意做这些事，尤其享受为子女做这些事的过程，她感到有存在的价值，甚至很有成就感。

平时，我们和母亲一起活动的时候，想花点儿钱都很困难。若是要母亲为自己花钱那更是比登天还难。“节约”已经进入她的骨髓里，任何时候、任何环境都不会动摇。她的积累是为了将来，至于将来是什么，母亲并不清楚，那是她的理由、习惯，是她的希望。

母亲将这些习惯传给了我们，深深地扎根在我心里，并发了芽。有一次，朋友来我家做客，发现杂物太多，到处囤东西，说：“你这个水平赶上你妈了。”尤其在阳台上，发现我用了10多年的浸塑衣架大部分脱塑了，露出了铁锈，浅色的衣服都染上锈色了，就帮我扔到一边了。结果几天后，我细看了一下，衣架还好好的，又拿起来继续使用。

我因此也终于明白，母亲的基因有多么强大，节约的基因已穿越四季。有些习惯一旦形成，终生难改。我对母亲的继承到了无药可救的程度，越往后越甚。

* 母亲家里到处都是台钟，每一个都是我们用坏了她带回去修的。废物利用她是高手。

家风是忠诚

回到老家的母亲，第一件事就是去军休所报到，领取组织上春节分配给她的过年货，还有过节费。不管多少，那是组织给的，是组织的关怀。她逢人就说："单位又发米又发油了。"那高兴的样子是子女给她多少钱都没有的。

在最后的那几年，组织上让她填表，说中央军委有了新的政策，对随军家属退休金不足士兵水平的，全部补上。母亲的退休金领了30多年，从一个月23.1元领到一个月2100元，而士兵最低的工资是3200元（当时标准）。也就是说，母亲每个月可以多得到组织上的1100元补助。这对一个领了几十年退休金才领到2100元的老人来说，可是一个大幅度的加薪啊。母亲高兴地给我们子女打电话说，说现在的中央军委对随军家属是真正的关怀。

其实母亲的退休金原本不应该是这个金额。她参加工作有相当长的工龄，但由于是军人家属，随军、随夫，组织上对父亲的每一次决定，都是对母亲的决定。几十年东西南北跟随父亲调动，每一次，档案都是组织与组织上的交接，母亲从未见过自己的档案，我们每一个人也从未见过自己的档案。1983年，母亲去办理退休手续的时候，才发现退休部门给她少算了七年工龄。原因是，从遂溪机场调往118团及之后的档案有部分没有找到。老人听了，差点儿没有昏倒。这理由是多么的"充分"啊，没有档案记录的依据，怎么计算工龄呢？母亲是难过的，母亲是绝望的，母亲也是一直不服的。20多年里，母亲多次独自坐车从湛江到信宜，希望组织上能够落实政策，给她补回那七年工龄。社保局的人也被触动了，说：“阿婆，七年工龄就是七元钱，这七元钱现在的物价能买什么？连你坐车来信宜的车票钱都不够啊。”

母亲回答：“我要的不仅仅是七元钱，是组织给我一个正确的工龄计算，实事求是，纠正错误。”

母亲想起“文革”时期，自己为员工、为许多不相识的干部核实身份、平反复职，多次克服困难出差外调，掌握第一手资料和证据，避免了许多冤假错案，心里十分委屈和愤怒。

“我也十分同情你的情况，但没有依据，谁敢改你的档案？除非你找回你当时工作的见证人，找回当时单位开的证明。”

这是一桩死案。当时的许多单位包括遂溪军事机场，几十年前就已解散了，跟母亲当年一起工作的人去世的去世，活着的也几十年没有联系，你让一个80多岁的老人上哪找60年前的证人开证明？

这件事我亲身经历并得到证实。2017年7月，我找到了信宜市社保局的有关领导，答复确实是这样的。这件事是母亲的遗憾，也是我的遗憾。有些事情不是你努力了就会有结果，也不是真实发生过、经历了，就一定能拿到真实的凭证。

还有一件更令我痛心的事是，母亲本可以办理离休的。组织上曾经征求过她的意见，因为她很早参加革命，早期是国家干部，虽然有几年中断了，但只要当时找有关部门开证明，补齐手续，可以按离休来办理。但母亲没有办，一个原因是觉得为个人的事情，麻烦组织，不好意思；另一个原因是，当时离休与退休待遇差不了多少。可是，母亲并不知道，后来离休与退休待遇相差甚远。她最后在重症监护室抢救的那些日子里，一天花费的费用就是她一年的退休金，而且住院、最后处理后事，在报销的额度上，退休与离休也是大相径庭。

是的，这就是母亲的命运，母亲这一代人的命运。她们经历了抗日战争、解放战争，新中国成立后的土地改革、人民公社、“大跃进”、大炼钢铁、三年困难时期、“文化大革命”……每一次都是死里逃生。她总是说：“那是个别人，那是下面的具体办事人员犯了错误。”

她热爱这个组织，如同热爱她身上的每一块肌肉、每一个器官，容不得任何人说这个组织的坏话。“没有共产党，就没有新中国，就没有我们今天的大好生活。”

是的，母亲，你说得都对，我们就是在你这样的培养教导下成长的：姐姐 17 岁就入党，我后来当了单位机关党委书记，我们都是你的后人，你的追随者。忠诚党的事业，勤勉敬业工作，积极进取做人——这就是我们的家风。

母爱生奇迹

在母亲的眼里心里，组织的分量有多重？关于这一点，有两件事情至今仍令我印象深刻。

在武装部未搬上山顶办公前，我们家住在位于县城一条大街上的武装部大院角落里。那里原来是几间弹药仓库，屋檐下没有路，只有一条下雨排水的水沟。沿着水沟，母亲砌出了一条路。母亲用车运回许多红砖，把砖竖贴着水沟的两边，上面横放着一块砖预留排水沟，刚好与屋沿边的地面持平。这样一直延伸了十多米，转弯到最后一个门口。大门口前，母亲搬回一块大约一米长、损角了的水泥板，放在门口前的正中央，平时可以当路行，晚上蹲下去可以作洗衣台。下大雨排洪时，母亲会根据水势，把铺在水沟里的砖适当搬起来，保持水沟畅通。

房间是母亲改造过的，里间孩子卧房与厨房连在一起。母亲把入门这间一分为二，前面是厅、后面是父母的卧房。前厅只有 9 平方米，没有沙发之前，除了放母亲的单车和缝纫机，大家只能站着说话。门旁墙上挂着一面长方形镜子，我们出门前可以梳头、看自己着装是否得体。

客人来了，我们要把母亲的单车搬进房间里，腾出空间后再搬来小凳子。大家围在一起说话的时候，厅才是真正的会客厅。如此简陋的生活环境，却让我们过得十分快乐。任何时候，有母亲的地方，就是孩子的天堂。有母亲就有家，无论什么条件下，母亲总是能给我们建设一个家，一个不大但安全又温暖的家。这两间房子，无论过去多少年以后、无论我住过多少不一样的房屋，对我来说，都依然如此地印象深刻。

但这样的日子并没有多长。突然有一天，我们回家的这条路被封住了，高高的水泥墙把我家与武装部的大院子隔离开了。我们瞬间如同在两个世界里，弟妹放学回来，慌得在大院地上哭起来。

母亲下班回来后，去找值班干事问情况。答复是，为安全起见，上级命令封墙的。母亲找新上任的政委，政委说：“大院是办公的地方，家属小孩每天进出影响我们工作，难道不应该封吗？你们可以走后门。”

大院的后门是居民的后院，堆满了垃圾，又窄又臭，没有灯光，只有一米多高的屋檐边，父亲每天要低着头弯着腰走一段路才能回到家。父亲高血压、心脏病，踩着这些凹凸不平的碎石路，万一摔倒了怎么办？

母亲不再说话了，第二天天未亮，独自一人坐车到湛江军分区，找军分区政委反映情况。军分区十分重视，分区政委亲自带队前来调研、考察现场，第二天就通知武装部将水泥墙拆除了。因为这件事，新上任的政委还受到了组织的批评。

那一次，我突然发现母亲非常英勇，不畏势力，敢于争取合法权益，让我小小的心灵有了坚强的依靠。

还有一件事。那是1975年夏天的一个晚上，十点多，我们家发生大爆炸。准确地说，我们家的墙的另一侧发生大爆炸。弹药库里，不知道什么原因，突然爆炸了。后来听弟弟说，是武装部收缴了乡镇的土地雷，雷管过期或受热后爆炸。但当时我们对此一无所知，只是发现家里墙上炸开了一个大洞，我们贴墙的床上滚落了三块大石头，蚊帐、被子都被炸开了花。

幸好是周末，母亲让孩子们在院子里玩“跳格子”。不敢想象，如果是冬天，如果是周一至周五的上课日，睡在床上的我们姐妹三个会是什么情况？或许就有一两个人活不到现在了。

事情就是这么神奇，母亲是我们命中的保护神，任何时候都是，任何一次都是，好像她能预测我们将要遇到的危险，然后在无意间成功地带着我们避开这些危险。从小到大，我们在母亲无所畏惧的强大心理保护下，一个一个长大成人。虽然组织上给我们那些好的不好的待遇我们会全单照收，却也从不屈从于命运。

在我小时候的印象中，因为父亲生病，因为我们年幼，因为母亲爱恨分明的性格，我们有时候会被冷落、被边缘化，但母亲在她的回忆录中，从没有记录过这些内容，唯一稍微有些联系的，是收录了一封写给“政委”的长达 8 页纸的信。信中，母亲把父亲的一生、她的一生，向政委汇报：“子女们工作都很忙，我只有向政委汇报了……”其实，那时的政委早已不是当年的那个老政委，但她的心目中，这个政委就是她的组织、她的念想。在母亲的心目中，组织是她的靠山，是她的爹娘，是她的寄托和希望。

许多年之后，那个下令封路的新政委病逝了，母亲还让我陪她去看望政委的家属。这个家属是母亲当车缝社长的时候亲自接收的一名员工。母亲说：“当年大院里的老人现在没几个了，留下的都是记忆，没有嫌隙了……”母亲一直关心武装部里的人和事，包括家属和小孩。知道她们有困难的时候，都尽己所能去帮助她们，包括后来在湛江军休所参与捐款、捐物资。

母亲这些品德行为深深地影响着我，让我身体力行去学习和追赶。2022 年春节，我收到了原单位茂名机床厂梁师傅的过年问候和感谢信息，说 17 年前，在那次机床厂宿舍区建设水泥路的捐款中，由于有了我的带头支持，使工人们长久的愿望终于实现了，师傅们每年春节都会说起这件事。我感动不已，我当时只是做了一个小小的举动，一个受师傅培养和教育了多年的学徒应尽的本分，不足以让师傅记挂 17 年的时间。我感到十分惭愧。

每年休工龄假，我都尽量抽空回去探望母亲。母亲会领我们到组织办公的地方“报到”：“这是我们家老二。这老二呀，出生那一年国家困难，快饿死了，后来救活了。”在母亲眼里，老二的成长是组织培养的，她要去感谢，不管那个是不是老二的组织，反正是她的组织。

母亲带着我去串门，楼上楼下，左右邻居。她踩着她的三轮车，像当年那样，让我坐在她的车后厢，我说“不用啦，不用啦”。母亲 80 多岁，走路需扶手杖，但骑车有力得很，一踏一踩，车飞快向前，我一路小跑也追不上。终于母亲赢了：“赶快上来坐吧，你跟不上我呢。”

坐在母亲的三轮车上，我侧头看母亲，风吹起了她耳边的短发，头发向后飞起来，一飘一飘。这让她看起来像一只山鹰，正从蓝天上划过，迅速又有力，我于是就想起 40 多年前母亲去松香厂上班的情景。此时的母亲皱纹纵横，满头白发，但仍然神清气朗，不减当年。在车上，我闭上眼睛，想着自己还是当年那个坐在母亲单车上的黄毛丫头。

“是我家老二呀，是我家老二呀。”一路上母亲跟熟人打招呼。我感到母亲很自豪，很满足。当年她的坚持是多么正确，她有理由也应该骄傲地向每一个人宣布：这就是她的老二，那个豆米般大的老二，终于活下来了，“大病不死，自有用武之处”。

梁姨和阿朝

母亲去世后，我曾无数次在她生活过的地方故地重游，寻觅她生活过的痕迹。

赤坎百园市场，是母亲日常光顾的地方。她每天骑着三轮车，横穿康顺路，沿着百姓路向北行走。小路绿树成荫，凉爽宜人。母亲一路哼着小调，快到市场的时候，把车速放慢，驶进她要停放的地方。然后，她轻轻地从车头小挂袋里拉出一条毛巾，擦擦额头上的汗，让风吹一会儿，再下车。确认车上锁了，才慢慢地步入市场。

百园市场还是没有变，还是早年间四面开放的简陋菜市场，变的是市场的东西越来越多、越来越丰富。民以食为天，尤其湛江人，湛江独特的地理位置，造就了这一方百姓好食会食。

湛江是粤西和北部湾城市群中心城市，三面环海，有世界吞吐量最大的天然深水良港，也是中国最大水产贸易中心、中国著名的旅游城市，被誉为“东方日内瓦”和“南珠之都”。据史载，秦始皇统一中国后，湛江辖地归属象郡，成为雷州半岛的政治、经济、文化中心，素称“天南重地”。闻一多先生创作于1925年的《七子之歌》中，有一首《广州湾》，写的就是彼时的我们脚下这片土地。1899年11月，这片土地曾沦为法国殖民地，时称“广州湾”，1945年9月，中国收回，定名湛江市。

湛江以闽语雷州话为通用语言，其雷州文化属于广东四大文化之一，是岭南文化的重要组成部分；湛江还是中国著名的海洋大市，海域面积 2 万多平方公里，几乎世界上所有的海鲜品种都可以在这里找到。因此，湛江饮食文化历史悠久，丰富多彩，有异彩纷呈的各种小吃。尤其是湛江的海鲜，原汁原味，有浓郁的地方风格。在广东菜中，湛江饮食毫不逊色于东部的潮汕饮食。小时候，我们在异地居住，常常能收到家乡寄来的对虾、大红鱼干、鳓鱼、带子干。后来的二十年，虽然随父亲部队转移东西南北，但一直没有忘记自己为雷州半岛海之儿女。

母亲每天来菜市场，不仅仅是来买她喜欢吃的排骨和青菜，更多的时候是来看看海鲜干货价格。每到捕鱼季节，渔民丰收，海鲜甩货，干鱼仔的价格很便宜，母亲会买一些回家，用大塑料袋包扎起来，放入冰箱，等到探望儿女的时候带到广州和深圳。

进了市场，母亲开始她的买菜行动。“多少钱一斤呀？”她低着头，弯着腰，拿起一捆青菜左看右看。母亲用浓浓的家乡话跟小摊的老板说话，表情专注，动作麻利。乡音是母亲永远不变的旋律，有着一种勾魂的魔力，会勾回她青年时期早已断裂枯萎的心弦。尽管物换星移，她早已白发斑斑。对方回价了，母亲不满意，继续往前行。“这菜多少钱一把？”听菜贩子说了价钱，母亲轻轻地自言自语：“哪用这么贵呀。这菜换我过去有力气的时候，自己种可方便了，还不用来菜市场。”母亲会不自觉讲她年轻时候的事情。在信宜山顶居住的那些日子，母亲确实种了许多菜，自供自给，还把菜分给邻居。

母亲的身影继续往前，又到了另一个档口。这回是个熟人，问了多少钱一斤之后，他们好像有了一个约定，让母亲买完其他菜回来再拿。母亲点点头，再去买排骨和生姜。

我见到母亲一会儿在猪肉档口上，一会儿在生姜档口上，一个上午都行来行去，非常精神。我一直跟着母亲的背影，随在她脚后，闻到她的气息，触摸到她的存在。

突然，我听到有人在叫母亲，“梁姨，梁姨……”，是真的有人在叫母亲，不是梦。我沿着声音的方向寻找，远远处，有一个矮小的阿婆，大约70多岁，正朝我这个方向看过来……我大脑长时间检索，没有任何储存的信息，转头看看我的后面，确认后面没有人应的时候，明白是她在叫我——不，是在叫母亲。我站在小路上等待，阿婆的三轮车骑得慢，渐渐缓缓地向我驶过来，直到跟前，我才慢慢看得清楚她的面孔，像见过，又像未见过。

“梁姨，梁姨的老二是吗？”阿婆问我。

我点点头，没有回答。

“我是梁姨的好朋友，你可能不认识我，我见过你。你妈带你来百园菜市场买菜的时候，我见过你，可能你记不得了。你妈经常跟我提老二，说老二最苦，出生在三年困难时期，没得食，只有两斤多。”

我确认这个阿婆没有找错人，她能说出我出生时的重量。

“听说你妈去深圳了，好一段时间了，一直未见她来买菜。你妈有多好呀，经常帮衬我的生意。有一次城管来检查，我跑不快，差点儿被抓了。我急中生智，把我三轮车上的菜全部搬到你妈的三轮车上，用塑料布盖住，结果被城管的人看见了，硬是把你妈的三轮车没收了。我上前不让他们拖走，说不是梁姨的，是我的菜。结果城管不相信。好在你妈及时返回来了，跟城管求情，说这车菜确实不是她的，是这个阿婆的。这个阿婆生活很困难，家中儿子病了，要卖菜去买药，人不到不得已的地步不会摆菜摊子呀，不要没收她的三轮车。你也有阿妈的，阿妈不容易啊。今后我会教育她不要再乱摆摊了，可不可以呢？结果城管把三轮车和车上的菜全部还回来了。”阿婆说得很动情，声音高高的，生怕我听不见。

“城管走了，天也黑了，市场没有多少人了。我说菜拉回去也坏了，要不都送给你吧。你妈不同意，硬是要付钱，说‘你的生活比我困难，算我帮帮你吧。’”阿婆说到最后泪水都流下来了：“这次你替你妈收下两把菜吧，好不好？我们再穷，也是知恩的，也是应该报答的。”

后来，经常照顾母亲饮食起居的莲姐跟我说起了后面的故事。母亲那天买回来的菜，足足有20多斤，塞满了冰箱之后，剩余的全挂在阳台的防盗栏杆上，一根一根，一排一排，整整齐齐，晒了一个星期，像丰收季节的乡村人家。这根根绿菜，蕴藏着老人的爱，无声的爱。母亲用她微弱的爱，去爱着那些比她更弱的人、更需要爱的人。

带着阿婆的两把菜，回到家里。一进门，电话响了，是母亲晚年交的一个朋友阿朝。电话那头的阿朝说，春节的时候，跟往年一样，他给老人备好了大米和油，还有两箱水果，装车的时候才想起来老人不在了。十年来，每年这个时候，他都做同样一件事，但今年的这年货没有送出去。

我百感交集，思绪万千。

阿朝是湛江郊区农村里的一个孩子，幼年家境贫困，兄弟姐妹多，生活十分困难。阿朝从小立志，长大要成为丰衣足食的人，赡养父母，照顾弟弟妹妹。高中毕业，他考上了湛江技工学校，毕业后在湛江市区找了一份临时工作，期间有机会跟随名师学武术，不久长了一身本领。勤奋苦练让阿朝武艺越来越高超，1996 年，参加七省市比赛，获得了 52 公斤拳击散打亚军。

一个偶然的机会，阿朝认识了母亲。母亲欣赏他的技艺，把他推荐给了当时一个开发区的领导。领导爱才，说公安系统正在招聘保安，认为阿朝一身功夫可以在派出所派上用场。就这样，阿朝进入区下属的一个派出所，当起保安工作人员。阿朝天生聪明好学，工作踏实，艰苦的工作总是抢在前面，十年的时间，在单位大大小小立了十多项功绩，被市里选为先进工作者、劳动模范，并被组织重用。

母亲不经意的一个举动，成就了一位年轻人的事业。

阿朝说，母亲是他生命中的贵人，没有母亲的推荐，就没有他今天的成就，也就没有他后来的一切。

而母亲却说，你天生聪明，才华出众，懂得感恩，即使没被这位领导发现，也同样会在其他领域做出成绩的。是金子，总是会发光的。

十年间，他们每逢过节必聚，天南地北，海阔天高，无所不谈。如一对母子，一对朋友，一对亲密的邻里。

* 这个餐柜是 70 年代的标配。橱窗的上面还挂着我读书的时候钩织的小花边，妈妈每年都拆下来清洗一遍，再挂回去。到了晚年，她爬上台不方便了，无法清洗台面上那束花，她干脆就拿一个塑料袋把它罩起来了。

“继续努力，一定能取得更大的成就。”

母亲在不同时期和这些同龄人、后生晚辈的故事，每一个都让我忍不住想写出来。他们的为人处世、三观理念如此一致，他们是不同时代善良的中国奋斗者互相帮助、互相成就的代表。

台风中的母亲

时间来到 2015 年 10 月 5 日凌晨，台风“彩虹”正面袭击湛江。顷刻间，全市狂风暴雨，大树折断，道路不通，城内城外一片狼藉。全市交通瘫痪了，路面无灯，电梯停用，全市停水停电。瞬间，市场一瓶矿泉水卖到比平日高三倍的价格，蜡烛一根要卖到 10 元，旅馆一晚 1000 多元，是平时的七倍价格，而且还缺房。

下午三四点，全城已漆黑一片，伸手不见五指。

母亲独守家中，寸步不敢移动。雷电风雨交加，把母亲困在黑暗的屋子里。所有的通信都已经关闭了，电话打不出去也打不进来，母亲手机没电，与外界断绝了一切联系。

母亲将一个人孤独地在这里度过漫长又煎熬的黑夜，在超级台风暴雨袭击下，母亲有吃的吗？母亲有水吗？母亲的身体挺得住吗？生命有没有危险？

这个时候，有一个人正顶着狂风暴雨，冒着生命的危险，全速地向母亲的住处前行。她在漆黑中摸到车的钥匙，启动了汽车，一刻也不停留，向着赤坎百姓东三路的军休所挺进。

马路上狂风继续发威，各色广告条在半空如群魔乱舞，10 多米高的大树杈不断被刀一样的风刮断，横七竖八倒在马路上。她开着大灯，鸣着喇叭，闪着应急灯，像大象前行，一步一个印，每几分钟，就跳下车，用弱小的身躯，把倒在路中间的树枝残叶拖开。前面已经没有路，警车鸣叫，警示一切路人立即离开，回到家中，千万不要外出。她像没有听到，继续在路面上清理满地的枝丫，硬是劈开了一条路……

平日只有几分钟的路程，这天，她竟开了 50 多分钟。

到达军休所了，母亲的门叫不开。她用尽体内仅有的力气，拍门高喊："梁姨开门，梁姨开门，梁姨快快开门。"可惜，雷声太响，雨水过大，母亲早已紧闭门窗，缩成一团，坐在那张沙发椅上，根本不知道外面在这个时候会有人来找她。

外面的人实在没有办法了，她找来一条大木棍，使劲地往铁门上敲打，铛铛铛，声音响彻大楼，回荡在长廊上。很久很久，大约过了半个小时，母亲感觉到外面有动静，从窗里探头望出，快快去开门。当母亲见到全身湿透、像刚从水中捞起的莲姐，激动得说不出话。两人紧紧地抱在一起，滚烫的泪水一起流了下来。那一刻，没有声音，任何的语言都无法表达。灾难把这两颗心紧紧贴在一起，从此，她们谁也离不开谁。

"停水停电了，我们怎么办？没吃没喝，连电话都打不出去了，怎么办？"莲姐急得团团转，愁容满面。

母亲显得比莲姐稍淡定从容。她拉着莲姐的手，去厨房拉开了严实的盖子，一池清水，有好几立方的水立即呈现在眼前，莲姐喜出望外。这些年，自来水供应十分正常，只有极少家庭还在使用水池，更无须蓄水备用了。但母亲是长年的习惯，也许不是为台风而备，也可能前几天天气预告台风，母亲特别做了准备。

接着母亲又拉着莲姐的手，往房间走，到了她的床跟前，她让莲姐蹲下去，往床底下深处摸。莲姐摸了一会儿，终于拖出了一包裹得严严实实的塑料袋。打开一看，天呀，那是两盏几乎已经在当今城里灭迹的水火煤油灯。莲姐用火柴刮出了火星，竟然燃了，屋子里一下子亮了起来，两个人欢喜得跳了起来。接着，母亲拿出许多早已从阳台收回的晒干了的菜，和提前煎好的咸鱼，还有鲜鸡蛋。这些物资让她们度过了后来最艰难的 7 天时间。

话说回到深圳，5 号那一天，我们几个孩子从不同的方位给母亲打电话，打坏了电话也联系不上母亲，心急如焚。之前看了天气预报，知道有台风将要到来时，就与母亲商量，叫母亲提前返回深圳。但母亲说，她一辈子在台风中长大，经风雨见世面，从来没有什么可畏惧的。台风来了，我们看到电视上的直播报道，不知有多么惊慌和害怕、多么后悔和崩溃。

莲姐为了给母亲的手机充电，冒雨再次冲向大街上，四处寻找充电的地方。大雨中她走了几条大街，足足排了两个多小时队，才轮到充电。6 号上午，母亲给我打来电话，全是化险为夷的消息：“一切都好，一切都好，家里有水有电，有吃的有喝的。孩子们别慌，妈没事哈，妈没事哈，快快去忙你们的工作哈。”母亲报喜不报忧。

多么了不起的老人，多么令人感动并值得敬佩的老人。

母亲跟莲姐的情谊，是从莲姐的儿子小方开始的。小方大学时原来学的是农业，母亲偶然认识他时，他才刚上大一。母亲说："这个专业在城市不容易找工作，前途没有学经济专业的广呢。"什么叫经济专业，或许老人也说不具体。但她知道，那是国家发展最重要的领域，跟金融、证券、保险都有关系。"人要往大路走，事业要往大城市奔，总是没有错的。"小方听了老人的话，在大二的时候改选了专业，由此改变了他的命运。大学毕业，小方被招聘到了深圳，开始了他全新的人生。小方说，婆婆是他生命中的贵人，婆婆是第一个改变他人生航行方向的导师。

然后，小方的妈妈莲姐，又成了母亲的贵人。每次母亲回湛江老家，莲姐都主动去关心母亲的身体，照顾母亲的饮食起居，每天上班前帮母亲把开水烧好。晚上生意档口关门了，还要来陪母亲说一段时间的话，知道子女不在身边，干脆每天晚上过来陪老人住。后来，母亲每一年回老家，都是莲姐陪同，每当母亲有不舒服，莲姐会半夜起床帮母亲倒开水吃药。她们彼此建立了深厚的母女般的感情。母亲说："你帮人人，人人帮你。大家互助友爱，才能成为和谐社会。"但母亲根本不知，国家后来这几年一直在推动和谐中国的建设。

母亲口里随便说出的很多话，后来都被证明是经典，她的智慧从哪里来？难道人体真的有"第六感官"？

妈，你说你帮过许多人，有良心的人不算很多。但后来我知道，你帮助过的人，大部分都在你生病住院的时候，包括最后跟你告别的时候，都来了。人是会变的，人是会被感染和影响的。身体力行去爱、传播爱，世界会把爱回传给你，社会就越来越好、越来越文明，人世间的爱也会越来越多。如果你还在，你会发现，现在的年轻人，越来越懂事了，那些曾经被你培养过的、没有培养过的，他们都很努力，努力地在更多像你一样的老人家的关怀、扶持下，茁壮成长。

经历了这场台风，母亲更坚强更独立，莲姐呵护老人更细心。她们的友谊如同经过了烈火风暴中的千锤百炼，坚如磐石。她们是患难之交，肝胆相照、生死与共。在此后长达数年的时间里，莲姐为我们守护母亲、照顾母亲，风雨无阻。她们之间的感情早已超出了普通的友谊，甚至超越了血缘亲情，让我们深深感动和震撼。

后来，莲姐来了一封长长的信，把她与母亲相处的日子及“彩虹”台风事件回顾了一遍，我含着泪水读了无数次：“台风把你家阳台防盗网的铁皮全吹翻了，有两块掉下马路了，老人坚持要跑下楼拾回来，拉也拉不住。最后我去拖回来了。树枝、树叶，垃圾洒满走廊地上，花盆倾倒落地，木条横七竖八，我一个人奋力抢救了大半天，才保住了这些老人心疼的东西。停电几天，冰箱的东西几乎都坏了，猪肉猪骨我们全一锅煲了，两人吃了四天。老人什么都不舍得丢，我陪她把所剩的全吃了。和老人相处的点点滴滴，如今想起来，仍历历在目，老人家的音容笑颜、善良慈爱触手可及，仿佛从未走远，一直就在身边……”

感谢母亲为我留下了这些朋友，让我每年清明回乡、回军休所看父亲母亲的时候不再孤单，总有茶水饭菜招待，让我感受到母亲走后的故乡，依然是我的家乡。

事后，我查了有关资料，关于2015年“彩虹”台风对广东省的影响：2015年10月，“彩虹”台风造成广东湛江等地9市42个县不同程度的受灾，累计受灾人口353.4万人，因灾遇难人数据不完全统计有22人，直接经济损失达232.4亿元。

2015年“彩虹”台风实际风力最强达到了15级，是我国自1949年以来10月份登陆的最强台风，没有之一。后来，在2016年2月，美国檀香山举行的第48届台风委员会全年度会议上，决定将“彩虹”除名，成为第三个遭到除名的台风名，替补名为“舒力基”。

台风除名，是指当一个台风造成某个或多个成员国(地区)的巨大损失，遭遇损失的成员国(地区)可以向台风委员会提请撤换，这个名称将会被永久除名并停止使用，而后由原先提供名字的国家或地区，再替补名字上来。由此可见，这次台风的破坏力之强，在历史也是比较少见的。

2018年9月7日，台风“山竹”横扫深圳，风力最高达17级。那天夜里，我做了一个梦：母亲提前一天到达深圳，给我储了水，去超市买了足够的菜和米。果然第二天全市停水停电。我与母亲寸步不离，互相守望，顽强抗击。梦醒第二天，台风转移了……

台风无情人有情，就像台风中守望相助的母亲和她的朋友莲姐，也像风雨中永远守护子女的，永垂天际的母爱。

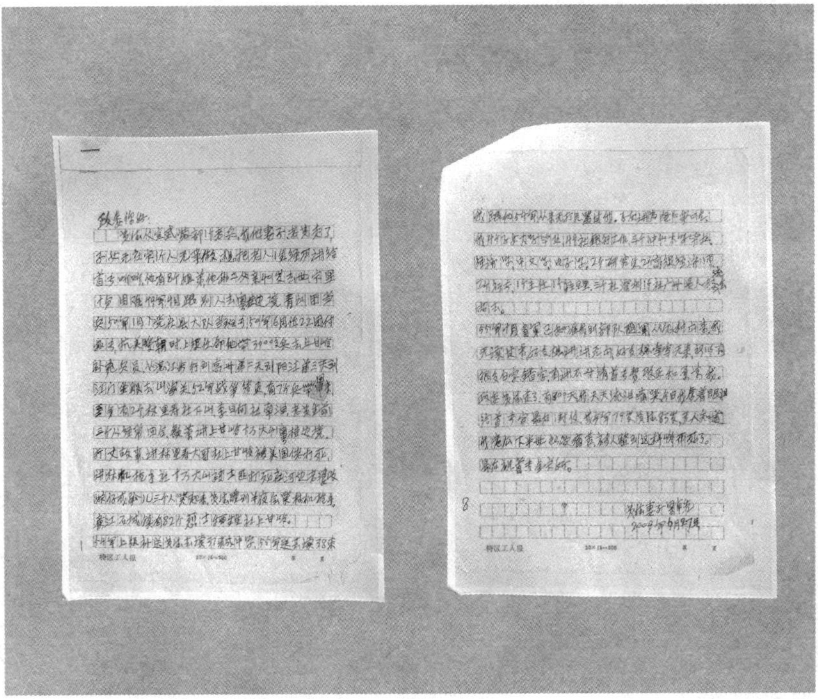

＊ 母亲给“政委”写信，向政委汇报生活和工作。

中篇｜深圳，为共叙天伦而来

“老人家，你真的很有福气啊，你有这么多的儿女，每一个都成长得那么好，我们都很羡慕你呢。”

母亲每每听到别人夸她的儿女时，都特别高兴，脸上露出无比自豪的表情，但嘴上却说：“还要努力，还要再努力。”

找妈妈

2018 年 5 月，骄阳当空，母亲去世后，我第一次回到她在深圳的家……

那些我们不曾理解的坚持

母亲喜欢出大太阳的时候晒东西，尤其是在秋天。秋高气爽，大日头高高挂起时，她会把箱子里、柜子里的毛衣、围巾、帽子、被子，还有父亲的军大衣，统统抱出来，把前后阳台挂得满满的。她常说，太阳好呀，太阳可以把被子、衣服晒得香香的，同时还可以消毒、杀菌……

她的衣柜里，总是有一股香味。不仅是太阳晒过的衣服香味，还有“臭珠”的香味。记得还在信宜的时候，我们没有衣柜，衣服全都装在木箱子里，母亲总会在里面放上几颗“臭珠”。“臭珠”是那个时候最好的防虫防霉的东西。几十年来，湛江家里无论箱子、柜子、袋子，只要不收纳食物，里面几乎都放着“臭珠”。

门打开了，我听到母亲叫我："老二回来了啊！赶快搭把手，帮我把被子挂起来。"我快快地接过被子，厚厚的，沉沉的。老人家一直喜欢用棉花被，她说棉花被子盖在身上，实实在在，有分量。

我把棉被搭在了竹竿上，拉开，然后在上面拍打了几下。母亲说："一边晒，一边拍，棉花就会蓬松起来，来年盖的时候，就会更暖和。"竹竿不够力，中间弯下来了，被子快垂到地面了。我赶紧搬来椅子把被子中部托挂在椅子的靠背上。

做完了这些，我开始收拾房间。

房间台面上，放着她的手机，手机还有电，好像妈妈刚打过电话，刚给我发过微信，告诉我今天的天气，叮嘱我出门注意安全。手机里有母亲给我发的语音，叫我装修时别把她的小木梯搬丢了，她回来还要用。

台钟一如既往地行走着，嘀嗒嘀嗒，不紧不慢，好像在告诉这个世界，时间永远都在；却不知道，人的一生中总有一些时候，尽管时针在动，但时间其实已经凝固了。在凝固的时间里，我和妈妈一起，干着她年复一年为我们干的各种琐碎事儿。

台面中间，眼镜压在一张《深圳晚报》上，报纸上的日期是2017年12月29日，星期五，头版，一只眼镜腿正好压在《敬告读者 元旦休刊》处，好像预示着什么。母亲一直喜欢看报纸，主要是看新闻；眼睛不好了，新闻来源变成了"报纸+收音机"，多数时候是听新闻。收音机里不仅有新闻，有天气预报，还有她喜欢的粤曲。

血压计和血压记录本静静地躺在报纸的左侧，好像刚刚用过，未来得及把它卷好收纳。

报纸右边有个搪瓷口缸，这是当年父亲单位慰问家属的纪念品，缸身那圈“八一建军节纪念”几个字未完全脱落。它已经很旧，口边有些脱漆，露出了里面黑色的内胆，但丝毫不影响母亲“特别好用”的感觉。“倒开水的时候不烫手，万一摔地上也摔不坏呢。”其实她舍不得的，是她心中那些跟父亲有关的故事，那些我们永远不知道的，他们一生共担风雨、共享霓虹的故事。

我端起搪瓷口缸，发现还有半缸水静静地躺在里面，双手捧着，忽然又觉得母亲一生如水。如我们家乡的鉴江、黄华江，源源不断地流淌在我们的生命里。

口缸原本没有盖子，是她自己做的盖子。她用喝完的大瓶纯净水空瓶子，把瓶身下段剪开，然后比着口缸的高度、宽度，把瓶底剪出了一个状似盖子的小圆圈，往上一盖，正好。这个口缸盖子完成了，她左看右看很得意。剪盖边的时候，手还挺麻利的，一边剪一边夸自己：“我的大脑还没有完全老化哟。”

她的许多坚持，比如收集旧物件、旧零件，我们起初并不理解，会说她几句。后来知道这些东西在她这里迟早是能派上用场的，而且还真能变废为宝，也就慢慢地接受了。到最后，干脆我把她想要的东西，全都给她收集起来，放在外厅，供她随时取用和再造。这样一来，母亲再也不用为拾瓶瓶罐罐、为这些瓶瓶罐罐没地方藏而烦恼了，脸上整日挂着笑容，比给她买了新杯子、新衣服还高兴。

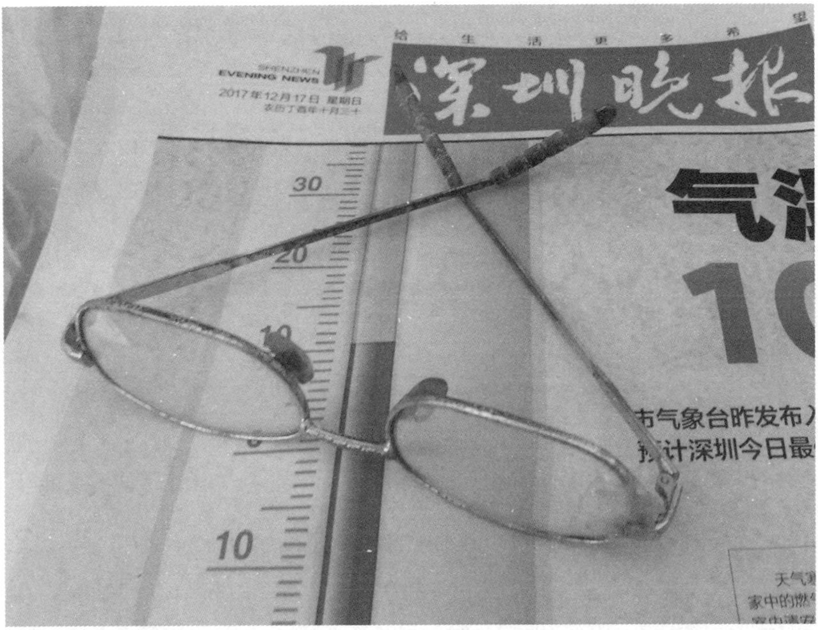

* 母亲屋子里的样子一点儿没有变，她的眼镜依然架在那张报纸上。

唯有你的爱永不过期

台上有些药过期了，我说：“妈，药过期就不能吃了啊。”我在叫母亲，但母亲未回应。

母亲在洗手间里。她常常大便不畅，要在里面坐很久。每次遇到这种情况，我就会声音高高地在外面提醒：“不急，妈不急的。深呼吸，慢慢地、慢慢地，不要硬用力，实在不行就先出来休息一下。”我听到过许多老人因为在厕所里过度用力，血压升高，突然就倒下没了的事例。我特别担心母亲，所以，每一次我都会提醒她。

母亲还是没有回应我。收拾过期药品时，一个药盒掉地上了，我蹲下去捡，发现地下有许多核桃、坚果碎，有一些已经不知道在什么时候被母亲踩得成粉末了。用纸巾打扫时，碰到了一个靠墙的小塑料袋，包得严严实实。小心翼翼地打开一看，是一瓶一瓶的小罐子，上面用透明胶贴着手写的标记：“天那水”“火水”“机油”，还有不知道她用来干什么的“硝基漆稀释剂”。这些东西，是她的“百宝”，家里必备。几十年来，家里这个坏了、那个锈了，打不开了，一转眼的工夫便弄好了。

母亲在我的心目中就是一个万能的人。她的技能用现在时髦的话说，跨界十多个行业，在那个几乎一无所有的贫困饥荒年代，曾无所不能地为我们创造了一切可能。我甚至觉得母亲是我们家的“制造商”，几乎没有哪个行业能赚到她的钱。

我去拆洗床上的被套，手触到床垫上一层厚厚的塑料胶，那是床垫出厂时，为了在运输时不损坏床垫，特地加的外层包装。顿时，我心中一酸，十分难过。

这个床垫已经用了十多年，换了一次又一次床套，从春到夏，从秋到冬，多少轮回，经历了多少潮湿的、干燥的天气？这个床垫竟还保护得如此完整、干净，就像新出厂的产品，商标广告都贴在上面。

我感慨万千。

妈，你太细致了，太为我着想了。怕给弄脏，怕给弄坏，怕我又要花时间帮你再买新的，偏偏就不为自己着想：床垫这样使用不透气，你都不考虑。你曾经说过，你是躺在禾草堆上长大的，盖的是稻草扎成的被子，冬天来的时候，夜里冷得咯咯直咬牙，“新社会好了，现在有床睡觉了，妈知足了，知足了。”

我的泪水忍不住一滴一滴落在床垫的塑料胶上，却渗不进母亲保护好的床垫里。

台面上备着三颗安宫牛黄丸，母亲没有吃。她一定也觉得自己还没有到最紧急的时候，所以并没有拆开。后来听人说，当时她痰比较多，要是及时吃上两颗安宫牛黄丸，或许情况就不一样了。这些话，现在才听到，有什么用呢？只能加重自己的负罪感。

遗香满屋

厨房里，碗还盖在锅里。上面还有两块她未吃完的老姜。我不想倒掉，我得给母亲留着，我怕母亲突然说她要吃姜了，我找不到。

冰箱里有许多母亲爱吃的东西，有麦皮、鸡蛋、排骨，有能降压的香蕉皮，还有弟弟给她捎来的在单位买的馒头。冰箱下面最底一格，全是母亲煲汤的中草药材，党参、北芪、红枣、巴戟、杜仲……一年四季，去哪家她都带着，从未间断。

地上摊着许多地瓜，还有芋头、淮山。地瓜已经长出了芽。

生命还在继续，可是，母亲已永远离开了我们。

“又买这么多菜，吃不完的，吃不完就会坏的……”我耳边响起她给妹妹打电话的声音，她让妹妹来拿点儿回去，“别浪费了。”

餐桌上，摆着母亲爱吃的花生酱。每天早餐吃馒头前，她都会用水果刀背轻轻地刮一些出来，一点一点地往馒头上抹，动作很慢，很享受。直到整个馒头抹均匀了，才开始吃。吃了两口，馒头露出了白内心，觉得味道不够了，忍不住又再去刮一点儿出来。母亲每次刮花生酱都不会刮一大块，而是沿着瓶子内边，轻轻地刮一层。所以，一瓶花生酱要吃很久很久。后来我就改变了方法，我一次给她捎上好几瓶，说是促销活动，很优惠。我说：“注意保质期啊，过期就不能吃了啊。”从此以后，母亲再刮花生酱，就一大块一大块地刮，很快，一瓶就吃完了。

勤俭、节约、不浪费，是母亲这一代人恪守一生的习惯。

我面前这张餐桌是新买的。原来的方台有一个台脚坏了，修过好多次也没有修好，后来干脆换了一张新圆台，而且带扩宽功能，平时人少，像现在这样，直径 135 厘米就够用了；人多的时候，一按键便可以拉开，直径可以达到 160 厘米。一向不肯丢东西、换东西的母亲，这次竟然非常赞同："方台早已经坐不下了。黄家现在人气很高，15 个人齐齐回来，挤得都有人夹不上菜了。"

母亲非常满意这张新圆桌。台面是洁白的微晶石，还闪着点点宝石一般的光泽。台底有接电功能，台面上放锅可以直接打边炉。第一次听说这张新圆桌有如此功能，母亲高兴地拍起手掌，说："真是好呀，真是好呀。谁回来晚了，饭菜可以直接在上面加热。真是好呀，现在的东西都这么科学了。"母亲一边说，一边忍不住低下头去，探视台底下中央部分装的那个电器，但头低下一会儿又抬起来了，看得出来，她那肥胖的身体让她弯腰时有些吃力。她还说，头会晕。

然而，这张母亲非常喜欢的、本以为是我们大家庭今后每年过年都能用上的大圆桌，却未能在 2018 年春节成为大团圆家宴的舞台——随着母亲的离开，它的使命就突然结束了。

到下午，我已经把母亲房间、卫生间、厨房、大厅，全部打扫了一遍。我到阳台给母亲养的花浇水。母亲一生爱花，花对她来说，在艰难的岁月是希望，在美好的年代是快乐。

母亲住院，谁都顾及不到这些花草。可是，"花草也有生命"，这是母亲常常挂在嘴边的话。"只要你好好地对待，天天浇水，就会花开不败，你的日子就会平安富贵。”花是从她心中生长绽放的喜欢与期盼。她一生中，从信宜到湛江再到深圳，日日新、三角梅、海棠花几乎天天开在她的日子里。

母亲走了，花也枯了，阳台散落了一地叶子。水浇进花盆里的时候，我能听到土壤吱吱的吸水声。一盆两盆三盆，很久很久，水满得溢了出来。在吱吱的吸水声中，弯下去的花枝和叶子都慢慢抬起了头。也许就在明天，又会有花儿盛开，但那一定是新的一朵，是新的生命。每一朵花都有它的花期，花开就是花落的准备，所有的生命都是依着这样的时序完成了各自的使命。

是的，明天又会有花儿盛开，但我的母亲再也回不来了。

蛇皮口袋里的意外与惊喜

最后到了我的房间。母亲早就跟我说了：“那个放在地上的大蛇皮袋是从湛江带上来的，那里面有你们几姐妹的东西。妈老了，今后没有能力帮你们保管了。”

一直很忙，一直觉得不着急，东西就在那儿，母亲就在那儿，什么时候看都行，一放就是一年多。

我拉开已经掉线的蛇皮袋，那袋口的拉链早就坏了，袋身原来的深红、蓝、白的颜色已经被洗晒得浅淡多了。这个蛇皮袋为母亲这些年来回深圳与湛江之间立下了汗马功劳，做出过很大的贡献。我给母亲备了几个新的蛇皮袋，但母亲说：“这个还能用。

新的先放着，先放着，以后再用吧。”可是，妈，没有以后了，你不在了，那些蛇皮袋会是谁的行囊？

袋子里，面上是一些毛巾、浴巾、睡衣，可能是我们每次回老家探望她时落在家里的，不知道是妹妹的，还是姐姐的，也或者是弟媳妇的。

手往下伸，看到了一件我 1984 年来深圳打工领到第一次港币工资时，买的一件进口羊毛衣。大红、高领、收腰，母亲说非常好看。我说：“妈，这衣服就留在老家了，现在款式也变了，你想我的时候就可以看看。”没有想到 38 年过去，母亲还替我保管得好好的。而我，后来有了许多许多衣服，早把这一件完全忘了。

袋子里发现了一个鞋盒子，打开一看，竟然是十年前我为父亲买的一双鞋。那天，我陪父亲到天虹商场，父亲试穿了好几双鞋，试来试去，最后说就喜欢这双最贵的，果然“一分钱一分货”，穿着特别舒服。父亲的消费观念跟母亲正好相反，每天他去菜场买肉，一定是买最好的。他说，我都 80 岁了，该吃的该穿的都不要省了。

可是，这双鞋子怎么现在还是新的呢？莫非父亲后来被母亲做思想工作，“留着以后再穿”了吗？母亲是父亲的收纳盒、储蓄所，父亲的钱放在她这里，每一分她都能放大着用。能够不花销的，她都节省下来了。她要开支的，除了米油肉，其他大多都自力更生制造了、解决了。所以，母亲又是父亲的生活秘书、大管家、外交家。

如果父亲一直穿着这双鞋，那一天，他是不是就不会跌倒？是不是就会有后来的日子，甚至一直走到现在呢？

没有人能告诉我。

翻到后来，我已经有些累了，没有太多的好奇了。继续翻着，只是觉得母亲带上来的每一样物品，不管是什么东西，都要把它看完。

蛇皮袋的最下面一层是一个单独的塑料袋子，一层一层打开，只见这个塑料袋里套着一个旧塑料袋、里面还套着一个旧塑料袋。这么精心包装，里面会是什么重要的东西呢？我用手抓了一下，软软的，还有些空气，空隙之间滑来滑去，像是布，又像是被子。

袋子里装的是什么呢？我有些期盼，又有些害怕。我不知道母亲会带什么东西给我。我跟母亲说了许多次了，把爸妈宝贵的值钱的东西都留给弟弟，他是咱家的男丁、黄家的传承人。

这个套了三层的袋子终于被打开，袋口露出几件五颜六色的衣服。我不敢确定，再往下掏了一下，干脆把整个袋里的东西全部倒在了床上。天呀，这是女儿婴儿时的衣服，女儿小时候在老家生活的衣物。散在床上的衣物足足有30多件，还有女儿的尿布垫、背带、开裆裤、外风衣。

我有些意外，也有些惊喜。30年了，搬了好多次家，许多东西搬着搬着就少了，搬着搬着就不见了。这些我以为再也见不到的东西，突然在母亲这里找到了，我格外高兴。

把衣服拿起来，凑近了闻，还能闻到衣服有香香的“臭珠”

的味道。很快，整个屋子都弥漫着这个味道。这是母亲的味道，我小时候熟悉的味道，女儿在外婆怀抱里成长的味道。我泪流满面。

离去的，永驻的

“快回去吧，我这好好的。你那么忙，又该耽误你许多事情了。”母亲在叫我。她总是这样叫我。每一次来看她，她都怕影响我的工作，每一次都“赶我走”。

“走的时候，记得把电视机的机顶盒电源插头拔了，把手机充电器插头拔了。记得了吗？”她经常从微信里看到这些知识，每一次，也都这样吩咐和叮嘱我。

“妈，不急，我有时间，我现在不忙了。日日夜夜都可以陪着你了。只要你需要，我每天 24 小时都可以在你身边。”

再也不用忙那些永远忙不完的工作，见那些永远见不完的客户了。从今以后，我的所有时间都是你的了，亲爱的妈妈，我将陪着你，好好地生活着：每年回一次老家，给父亲上坟烧香；陪你去红树林公园看日落；陪你去香港昂船洲，再看看海军基地驻港的战士们，再看看你喜欢看的维多利亚港的夜景……

“等你退休了，我就把我写的回忆录给你看啊，你要帮我改错别字，还有很多不会写的字，帮我填进去。我还有许多许多的事情要告诉你……”

“好的妈。我们还有许多时间，今后你随便讲，慢慢讲。”

我真的以为我们还有很多的时间，我们的好日子才刚刚开始。我太盲目自信和乐观，以为母亲至少还有 5 年，10 年，甚至更长的时间，甚至永远好好地在我们身边。所以不以为意，漫不经心，让日子一天一天地就这么溜走。

台面上摆着母亲和大家合影的许多照片，几个孙女围着她，有拉她手的，有抱她腰的，我们静静在后面站立着，一家人其乐融融。她在每一张照片里都很慈祥，圆圆的脸蛋，白皙皙的皮肤，还有花白的头发。她笑起来的时候，眼睛眯眯成一条线，很好看，很快乐。

我说，我准备做一本家庭大相册。从父母结婚开始到四代同堂，照片记录着我们家 66 年的变迁，记录着我们家经过 66 年的风雨洗礼，亲情依旧。母亲说，“这个主意好”。

妈，现在大相册做好了，我放在你台面了，你随时可以翻看了。我们在相片里见面，永久地见面。

这一天，我在母亲的屋里整整待了 10 个小时，仿佛跟母亲做了一次深度交流。母亲从洗手间出来，我握着她的手，扶着她走下大厅，看着母亲半躺在那张休闲椅上闭目养神，轻轻荡着双脚，慢慢睡着了，我的眉头也慢慢舒展开了。母亲累了，累了几十年，母亲该好好休息了。

我开始关窗，拔插头，把母亲房间的门轻轻关上。拉门那一瞬间，我看见母亲对我笑了。

这些年，我一直坚持来看她，给花浇水，给母亲过生日，陪母亲过年。轻轻地来，轻轻地离开，生怕惊动到老人家的休息。

母亲屋子里的样子一点儿没有变，那搪瓷口缸、那血压计仍然摆在台面上，她的眼镜依然架在那张报纸上。她的笔和未写完的回忆录也放在老地方。我不敢去乱翻，生怕把她的东西搞乱了，母亲回来就找不着了。母亲说："一找不着东西呀，我心就慌，血压就会马上升起来。"

妈，一切都在呢。花好好的，衣服整整齐齐地放在柜子里，被子都洗好了，台上的东西我一样也没动。家里的生活用品每一样都配好了。我知道你回老家了，每一年的下半年，你都会回来，不是吗？所以我就在这里等着你，一直等你。

重回团聚时光

时间回到2013年，终于说服母亲来到深圳了。回到子女的身边，是女儿内心多年的呼唤。父亲去世后，那种“愿得一心人，白首不相离”的感情，让母亲多住在湛江。那里有她和父亲太多回忆。尽管有莲姐这样的挚友陪伴，但是儿女始终不在身边，也是缺憾。这次经过多年孤单的回归，孩子们在深圳有了一个真正的、有母亲的家，大家可以长聚在一起了。

来深圳，家团圆

当思念变成了一种习惯，终于近距离见到母亲的时候，我竟然没有立即叫“妈”，更不知道应该向前轻轻地拥抱她——心里是那样渴望，可行动上却只是去帮母亲拿行李。“来了就好，来了就好”，嘴里说出这些话的时候，幸福的眼泪已开始不自觉地往下掉。

行李大大小小有十多包，塞满了弟弟的车尾箱。弟弟说：

“妈，你下次来我们就得租个小货车了。”弟弟在跟妈妈调侃。

母亲说：“还是要你这个老司机开。”妈妈最喜欢弟弟去接她，不仅仅因为他的开车技术好，其实更多的是心情，一种由衷的高兴和自豪。她觉得自己有一个儿子，儿子亲自来接她到深圳去，在别人眼里，她特别有面子、有尊严。母子都换了一种相处的方式，彼此更懂得了对方，岁月的蹉跎和磨炼，让弟弟更懂得了自己的母亲，话中充满了亲密的关怀和亲昵的爱。

几乎所有的父母从老家来到在外工作的子女身边，都会带很多东西，我们的母亲也不例外。除了日常要用的、要吃的和老人自己的中药、西药，她还带来了 20 多斤糖、20 多斤花生、20 多斤地瓜、一大袋老姜和四小箱红枣，以及很多盐巴。母亲带来的这些食物，都是她在老家的批发市场里专门挑选的。

红枣很小，是来的前几天她自己骑着三轮车去排队买的。轮到她时，她小声跟批发市场的老板讲了很多好话，说她是要带到深圳去啦、要给她的子女啦、那里没有这么好的红枣啦……终于，老板高兴了，就按十元一箱的最低价格批发给了她。

“别看这些红枣小，煲起汤来特别甜，比起你们超市里大颗的红枣更甜，而且吃得要放心，不是转基因的。”其实母亲懂不懂得“转基因”，我到现在也不知道，但看她说话的样子，好像很内行。我即时伸手去抓了几颗闻闻，多新鲜啊、多香啊，简直是鲜香四溢，顺便就送了两颗入嘴。

“好吃吧，好吃吧，一点儿也没骗你呢。”母亲看到我这样吃小枣，喜形于色。

母亲生怕我会说她，因为我告诉过她很多次，深圳的超市里什么东西都有，品种丰富多样，什么吃的用的都不用从家乡带来。我是心疼我的妈，她这么大年纪了，腿还不方便，还就喜欢自己骑车到郊区的批发市场去。现在，她可不再是当年在松香厂前面的斜坡骑车飞翔的母亲，万一被人撞了可怎么办呢？然而，母亲的执着女儿拗不过。母亲多年执着地做这件事，还有一个很大的因素，就是这些红枣比我们深圳超市里的要便宜很多，深圳买一包就是家乡买五六包的价格，尽管家乡的红枣是她自己掏的钱。

这世间，父母为子女贴心贴肝地付出，都是无价的呀！

老生姜带着泥土，粤西大地的泥土，故乡的泥土。没有洗过水的那些老姜在超市里还真的很少看见，放在地上就可以保存很久，一直都不会坏。盐巴是托人到盐场去收购的，那是纯天然不带碘的，她知道我做了甲状腺手术，不能吃带碘的盐。那时深圳超市里大部分盐都带碘，我只能到香港去买，每次托人都很麻烦。母亲的心，细细密密，就像当年在车缝社走的针脚，一丝不乱，千里牵挂。

等到周末了，一家人大大小小都来看老人，围着母亲吃了一顿丰盛的团圆饭后，母亲站起来，开始分配她带来的东西，一人一包，一样一袋，不管你喜不喜欢，不管你需不需要。她的逻辑是她喜欢的就是你喜欢的，她需要的就是你需要的，不由分说都得让大家带回家，“够你们吃一阵子了啊”。忙碌完之后，母亲脸上渗出了汗，红扑扑的很可爱。她开心地脱掉外衣，穿着小背心，坐在厅里的椅子上，拿着她那已经被磨掉了表皮的小折扇子，不停地扇、不停地摇。似乎她完成了一项重大使命：她仍是这个家的“大总管”，给孩子们及时供粮补给。那种养育儿孙的满足感，让她仿佛年轻了几十岁。

我竖起大拇指说：“妈，你真的是很棒！我们活到80岁都还想有一个这样的妈。”

母亲听完之后撇了一下嘴说：“谁会长生不老呢。”

“我就要我的妈长生不老，我们永远有妈叫。”那个时候，我就是这样想的。

妈妈有多能干

母亲回到深圳，我们的幸福指数立刻倍增，三两天就能够见到母亲，三两天就能喝上母亲煲的汤，尽管母亲的汤煲得并不怎么好吃。后来她慢慢发现我们每次都不喝她的汤，就开始每天煲两煲汤，一煲是她自己的，一煲是给我们喝的，我们大家喜欢吃的那种汤。

有了母亲默默的坚强的支持，儿女们可以继续追星赶月。那段时间，我的工作业绩迅猛提升，业务考核年年排在单位前列，还完成了十多万字的专业论文。我知道，那个最大功臣就是母亲。没有母亲的照料、后方的供给，我可能什么也做不成。

幸福指数倍增还来自家里的一些变化。多年来家里老化的水龙头、水管什么的陆续有问题了，风扇不转动了，纱窗也都穿洞了。没想到，这些问题在非常短的时间内全部被母亲搞定了：开不动的锁、连不上的电线、转不动的风扇，还有拧不开的龙头，全都活了。用现在年轻人的说法，母亲就是“技术控”“手工帝”。年轻时候扎实的功底一点儿都没丢，而且不减当年。现在，虽然很多东西都可以随时买到、直接更换，但她仍然保持着传统的手艺和老习惯。这是她喜欢的一种劳动和生活方式，手工操作给她带来的快乐无法替代。

母亲还亲自改造了洗手间。多年前装修时，考虑不周到，镜子下面没有足够的位置盛放口杯牙刷。原来说好了要请人来钻四个孔，左右固定安装一个承架，在上面装一块玻璃。但是母亲没等人到来，就自己动手了。也不知道她去哪儿弄来了一块长板，还找到了锤子、钉子，只用了半天工夫，就把洗手间改造好了，增加了许多功能，变得又宽又实用。“要不是我来了，这些事情都没人给你搞，请个人做还得花人工费呢。”

母亲继续很得意地说：“这些活儿，你们今后都要学会。很容易，学一遍就会了。”我在旁边“嗯”了一声，就像小时候一样应付她。暗自想，现在社会分工如此细致，每个小区都有物业管理处，谁还会干这些活儿呢？

咱们的母亲会干。

母亲房间里的学习台其实是一张梳妆台。台下面是四个大抽屉，可以放八宝物件和杂物，比如她的血压计、各式各样的药袋、电话本儿、剪刀小刀，还有给她买的牛奶麦片，顺手全都收纳在这四个大抽屉里了。但它毕竟不是一张正式的学习台，坐在那里，双腿没有办法往里伸。有时候在上面看报纸、写字，就得把身体往前倾斜，腿叉开贴着两边，时间长了这种姿势很不舒服。

“妈，我们换一张写字台吧，这张台实在是太旧了，都有十几年工龄了，也该退休了，况且你的腿伸不进去，不好用。你说好不好？”

“我觉得好用，不知道有多方便呢，我一伸手就能摸到四个抽屉，我要什么就可以在里边找到，还不用我站起来。”

其实真的是一点儿都不方便，只是为了给女儿省钱，她硬是说很方便，说她习惯了。或许，还有一个因素，就是过去这四个抽屉父亲用了十年，每次用的时候她都觉得父亲还在，里边还放着父亲的东西，她有一种亲切感。

我是懂的，再也没有话可说了。

终于有一次，梳妆台有一个抽屉拉不动了，不知道是久了功能退化还是因为放的东西太重了，轨道脱落了。母亲拉不开，不能随手用她的血压计，不能随时拿到想要的东西，急得满头大汗。血压计不能随时拿出来可是一件大事呢，万一血压高起来不能及时量怎么办呢？母亲终于同意更换学习台了，于是说好，周日放假陪她去天虹商场挑选。

但是，周六的下午，我就接到母亲的电话，说抽屉修好了。

“怎么修好的呢？”

“我在柜子里找到了你原来购买家具的发票，上面有电话。接电话的维修师傅一听是个老顾客，还是个80岁的老太太，立刻就上门来维修了，因为过了保修期，只收了50块钱的上门费，很优惠呢。”

厉害了我的妈！我一听，又惊喜又怜爱，一个小时候没有读过书的老太太，耄耋之年，居然能通过我十年前买柜子的发票，用最方便快捷的方式解决了这个问题。抽屉修好了，我又找不到理由硬要她更换这张学习台了，留下了一个非常大的遗憾：因为这一次之后学习台再也没有坏，所以我也就没有了要去更换学习台的念头。一直到现在，这张学习台仍然放在母亲的房间里，跟她用过的物件一起，怀念着她。

话说母亲回到深圳的第二周，阳台水龙头关不住了，开始滴水。起初我以为是水龙头长锈了关不住，或者是不小心拧过头了，正苦恼着要不要更换，她说：“没关系，关不住正好，每天拿个桶子接水，用来浇花、冲厕所，不浪费，好处多着呢。”我不解母亲对这事儿怎么一点儿都不急，这可是一个见到问题就要动手修理的技术能手啊。后来才知道这是母亲的绝活，她可以把很多坏东西修好，她也可以把一些好好的东西变为她所要的效果。她在水龙头上下接口处拿掉一层小胶垫，拧压的过程中它缺乏了弹性不能紧闭，水会自然渗透出来而水表不会动，这个道理过去我是听说过的，没想到不知不觉中竟在自己家见识到了。

“妈，一个月也用不了多少水，十块钱就够我们用好久的，你女儿付得起。”我耐心地跟母亲说。母亲回答：“十块钱也是钱，十块钱过去是我们快两个月的生活费了。省一点儿就是一点儿，日子就得省着来过。”多少年之后，我一直都没有说穿母亲这个秘密。

母亲和我们这代人都经历过资源和能源相当匮乏的年代。她的大半辈子，一直在国家电力不足中度过。起初是没灯，靠火水灯照明；后来有了电灯，电压不稳定，常常停电；再后来就是电价提了，她舍不得那些电费。人离灯关，对她来说是一种条件反射。半夜起床，她会摸着床头的手电筒，直接移步进洗手间。我开着走道灯，她会悄悄爬起来关掉。

上辈人的这种俭省的习惯点点滴滴影响了我们一生，即使是经济条件毫无压力的今天，我仍然是近乎本能地人离灯关、洗过衣服的水留着冲厕所。每次我洗完菜之后，都仿佛听见母亲在叫：“哎，把那个水给我留着浇花。”每天都帮她浇花，那些花可以做证。

天生大智慧

母亲是学习型的母亲，更是实干的母亲。从信宜的劳动能手到湛江的砍价好手，再到深圳的经商高手，她在任何年代、任何地方都能发现机会、把握机会，然后付诸行动。

有些故事，我也是后来才知道的。

20世纪90年代，母亲在深圳帮我们带孩子的时候，还见缝插针地做了一些“小生意”。周末，先生和我轮流换班照看孩子，让母亲出去转转，从紧张又繁忙的带娃生活中放松一下。那时母亲身体很好，骑着自行车从红岭路到罗湖桥，又从东门老街到上海宾馆，那时候从深南路到上海宾馆，就到了深圳市区最西面了，再往西走便是山野和农田。闲不住的性格，让母亲一边走一边观察。她发现爱华市场（现位于福田区）有不少人每天用单车尾架拉着一箱箱水果送进一些小铺档口，走近一问，原来这些人是在做批发生意，从圆岭市场批发，拉到爱华市场，每箱就可以赚10块钱。母亲一个周末可以拉10趟，一周就有100块钱的收入。

后来听姐姐说，“文化大革命”时期，为了补贴家用，母亲买回了许多萝卜，晒干、腌制成咸菜，悄悄拿到市场上去卖，不让父亲知道。母亲的脑子真的好用，什么时候都是、什么事情都是。有时候，我发现我们这些年读的书，还真不如她的实践经验——或者说，聪明跟学历没有太大的关系。

1990年深圳股票交易刚刚开始，母亲跟着我们炒股票，其实她也不知道股票为何物，只知道买了就能赚钱。这些钱比她在车缝社、松香厂工作来得快，甚至比她拉水果批发来得快，而且无需体力。当时母亲手上有攒了多年的3000多元退休金，她交给我先生帮她买“深发展”，3.9元入市，不到两个月，“深发展”涨到了176元，我们都认为会突破200元，紧紧握在手中，母亲却追着先生把她自己的那部份全部抛出，净赚了将近40倍，之后股市进入了一个长时间的动荡和下跌的阶段。我很惊叹母亲如何有这种先知先觉。她的回答是："我只知道我工作了一辈子，退休这么多年，手上也没有这么多的钱，我很知足。"多么朴实又深刻的道理！"见好就收""适可而止""股市有风险"，全是这些道理，但母亲一句也说不出来。

那时候还发生了一件事。老乡章小姐怀了第二胎，计划生育办公室到处抓人，章小姐从深圳返回家乡，又从家乡跑回深圳，每天东躲西藏、诚惶诚恐，生怕被计划生育办的人捉到会罚款和开除。因为各种各样的原因，章小姐得了孕妇综合症，灰心丧气，甚至得了抑郁症。母亲在红岭路的深圳大剧院广场遇见了每天都到这里来散步的章小姐，给予她极大的鼓励："你一定要坚持下去。是泥团也会滚大，何况是人。无论多么艰难，一定要想办法生下来。不管是男是女，有多少钱也换不到一条生命，长大了就有用了。"

母亲的话极大地鼓励了当时悲观绝望的章小姐，在万念俱灰下挺过了最煎熬的日子。后来小孩出生后，非常聪明，学习成绩一直保持在班上的前几名，长大后出国留学，成为了人才。章小姐自强不息，也成就了一番事业，后来发展成为中国平安保险深圳最优秀的区域经理之一，荣获了2012年度中国平安十佳优秀客户经理称号。

现在章小姐仍然和我们有联系。她常说："如果没有你妈妈当年的鼓励，我都不知道能不能坚持到最后，把这个孩子生下来。所以这个小生命跟你妈妈是有重要关联的，她就是我家二宝的第一个贵人。”

母亲的大智慧就是“先见且知足”。知足的母亲不仅是全家的宝，也用先见和热心肠扶助与她有缘的每一个人。

内外平衡大师

“母亲的协调平衡机制”，是我给总结出来的。母亲并不知道管理上有“协调机制”这个概念。

母亲的协调能力，在年轻的时候，就表现得非常出色。母亲17岁当村长时，负责村里的生产、劳动、分配，全村大小老幼人员的管理和协调，这是一个庞大的系统工程，母亲能把它们整合得滴水不漏。嫁给了父亲后，父亲兄弟姐妹多，家境贫困，作为家中长嫂，几十人的大家庭，一切大小事务，事无巨细都得自己牵头协调解决。说到管理我们家兄弟姐妹，在母亲那里，更是小菜一碟。

话说姐姐16岁高中毕业那年，“上山下乡”热火朝天。“到广阔的农村去，接受贫下中农再教育”的口号响彻南北大地。姐姐被学校老师和同学们高涨的热情所点燃。

16岁，一个孩子到农村去能独立生活吗？这是母亲最先的担忧。但姐姐态度坚决，母亲终于在报名表上签了字。放光荣榜这天，墙上却没有姐姐的名字，姐姐回来哭得像个泪人。母亲一把拉起姐姐去找县“知青办”要说法。得到的答复是，“按规定要年满 17 周岁的应届毕业生才有资格报名”。母亲当场念出了放榜中几个人的名字：“张某某，6 月生的，16 岁；赵某某，8 月生的，16 岁。为什么我的女儿 4 月生的 16 岁就不批准呢？”知青办的领导哑口无语。

“知己知彼，百战不殆”。父亲打仗厉害，母亲兵法也不弱。她去找领导的时候，提前做了调查，掌握了全部情况。

人生处处都是十字路口，只有把握正确的方向，才不会迷失。姐姐上山下乡的经历，注定了她新的命运的开始，如果不是那几年艰苦奋斗的知青生活的磨炼，姐姐就不会走上高考的道路，毕业后就不会被分配到湛江地区国有专业银行，成长为当时最年轻的信贷科长之一。

后来我的留城、弟弟的工作分配、妹妹的接班，无一不体现母亲在这错综复杂的人事、劳动分配关系中的协调能力。

或许母亲这些能力，并不是天生的，只是生活的磨炼，军嫂的使命、责任所在，是她不断地经历、不断地总结、不断地修正形成的。我们四兄弟姐妹，性情不同、爱好不一，能力有大小，强弱各不同，动静有差异，母亲不得不一边当娘，一边护弱制强。兄弟姐妹成家后，她每年轮住在各家，一边照顾我们的子女，帮助我们照顾家庭，一边搞调研，收集“情报”。到了哪一家，就主持这家的“吃喝拉撒睡”，发现这家有的那家没的，她就寻找时机，正面、侧面引导，创造机会，让这些生活物资在四个子女之间合理流动、调配，甚至在父母老家的亲人之间流动、调配。我乐意看到这样的局面，在母亲的大爱下，这个大家庭变得更加均衡、和谐。

还有一些生活碎事，我也是记得的。

有一段时间，母亲厨房煤气炉断续几次打不着火，妹妹拿起一叠平时信箱里派来的宣传单，打了一个水电维修店的电话，师傅很快上门了，查完之后说："方案一，更换新的。方案二，维修，260 元，保质期包一年。""既然能修好，就方案二吧。"母亲说。

那天我们有事不在家，妹妹拗不过母亲，接过母亲递过来的 260 元交给师傅，师傅走了。我回来问："有保修卡吗？"

"没有。"妹妹回答。

"有工作牌吗？"

"没有。"妹妹接着回答。

"有发票吗？"

"没有，"妹妹继续说，"说好了过两天寄来。"妹妹很自信，终于帮助母亲解决了一个生活困难，很有成就感。

"给钱前，应该有一个手续，没有保修卡、没有工作牌、没有发票，会很被动。"我批评妹妹处事不严谨。

但妹妹坚决地表示师傅一定会寄发票来："师傅走的时候就是这样说的。"

果然，第三天，炉子又打不着火了。妹妹连续两天打电话催，对方说很忙，要过两天来。过了两天再打，电话关机了。

大家开始责备妹妹，太相信人，办事没有经验，"瞎帮忙"。

你一句、他一句，妹妹非常委屈，眼泪流下来，像犯了天大的错误。

一周过去，电话投诉到那个水电电器维修部，他们表示没有安排过这一单维修，有人冒牌了，也很无奈。怨气升级，妹妹干脆躲起来，妹夫出来表态，他想办法一定把这个事情办好，给大家一个交代。第二天，母亲给大家打电话，炉子搞好了，可以使用了，请大家放心。

之后没多久，我给母亲炖汤，发现这个炉子并非之前那个炉子，只是样子有点儿像。一问，谁都不说话。不用问了，真相是母亲给办了。她自己掏钱让妹夫买回了一个相似的炉子，并对妹妹说，不许说出去。看似一场升级风波，被母亲及时灭了。

有一年春节，母亲通知所有的子女集合到深圳过节。由于之前发生的一些事情，我与姐夫有些不同意见，我们好些日子没联系了。母亲告诉我："你姐姐、姐夫要来深圳过年了，你是东道主，要做好接待工作。"在母亲的布置下，我把所有的床单、被子洗了、晒了，并买好了过年的食物。等姐姐过来之后，我才知道，母亲给他们打电话，说是我邀请他们来深圳过年，并把年货都备好了，"不来就浪费了"。在母亲的精心设计安排下，一些误会开始逐渐消除。

妹妹的婚姻是一个不能不说的故事。

20 世纪 90 年代末，年近三十、性格内向的妹妹的婚事，成了母亲的新愁。好心人不断来说媒，有国家机关的、有国有企业的、有银行的、有税务局的。但母亲看上了当时条件最差的安铺镇里的一个年轻人，觉得他善良、朴实，比较可靠。经过接触，进展顺利，妹妹很快就与这个年轻人结婚了。

结婚后夫妻生活是愉快的。不久，他们有了一个孩子。妹夫的踏实、肯干，让他很快考入了深圳市运输系统一个单位，正式成为一名深圳人。接着，妹妹考入了平安银行，有了稳定的收入，有了自己的房子，孩子上了当地好的学校，这一切都是妹妹之前没有想到的。

妹夫一家的命运由此而改变，也是妹夫后来慢慢体会到的。

妹夫的母亲眼睛白内障很严重，几乎看不见了。母亲没有告诉妹夫，自己悄悄寄去钱，让妹夫的母亲做了手术。妹夫老家的房屋太旧了，屋顶到下雨的时候，要拿脸盆来接水。母亲给他们请了水泥工，帮助他们修复了房子。还有，妹夫的父亲后来生病住院治疗，母亲和妹妹家承担了他的全部开销，让妹夫家度过了最艰难的时刻。尤其在妹夫突然生病、两腿快不能走路时，母亲联系了乡下名医给他治疗。

原来是两个毫不相干的个体，组合在一起了，共同取暖，共同分担，同舟共济。两颗漂泊的心灵，终于找到了停靠的港湾。我们每一个子女家庭的背后，都有母亲的身影。

顽皮又懂事的母亲

俗话说，“老来小，老来小，越老越小”，“家有一老，如有一宝”。80多岁的老母亲，越来越像个顽皮又懂事的孩子，就是我们的“大小宝”。

逛逛深南大道

只有母亲在深圳时，我们的周末才是真正的周末。这个时候，我可以把所有的事情放下，陪母亲去“逛街”——这是我们母女一系列的、隆重的约会。

我载着妈妈，行驶在深圳最美的深南大道。

坐在车里的母亲，一路盯着窗外。宽阔的八车道上车辆川流不息，两旁的高楼大厦像魔术般快速从眼前闪过。蓝天、白云、红花、绿叶，是深南大道的标配，也是深圳四季的常景。春节临近，中轴带草坪上的花坛成了最抢眼的景色，花坛形状多样，上面摆放着五颜六色的鲜花，与地面上的野菊、蔷薇、美人蕉、铃铛花，还有深圳市市花三角梅，一起组成了花的海洋，给每个从这里经过的人带来温馨和吉祥。

深南大道是贯穿深圳东西的主干道，从 2 公里扩展建到 58 公里，贯穿着深圳的发展史，也贯穿着千千万万在这里打拼、探险的深圳人的故事。在母亲的眼里，这是一条世界上最美丽的大道，也是最神奇的大道。因为这一切，真实地与她的儿女密切相关，也就与她密切相关。

母亲开始怀旧："好在那时老二没有返回老家，否则就没有今天了。"她说的是 1984 年 7 月发生的一件事情。那年，命运好像特别垂青我，首先是我被推荐参加了广东省经济管理干部学院招生考试，其次是我顺利地通过了香港招商局蛇口工业区的招聘考试，并很快前往深圳蛇口工作。

广东省经济管理干部学院的录取通知书是我到深圳入职后次月收到的。当我拿到入学录取通知书时，喜悦的心情无法用任何语言来形容：那是我向往已久的、倾注了我巨大心血换来的，通往大学学堂的入门券。我终于可以上大学了，可以回到梦寐以求的教室里，重新拿起书本，掌握专业知识，将来成为一名知识分子、祖国的栋梁。

可是，那时的情况和当初考试时已经发生了很大的变化。我已经来到蛇口，就职于一家外资公司。尽管写字楼里的人全讲英语，我起先一句也听不懂，但一切都是新鲜的，一切也都是极具挑战的。性格让我不能选择离去。对特区、对未来，我充满着好奇。尽管这里到处开山辟路、尘土飞扬、百业待兴，我却莫名地兴奋、莫名地向往。

直到今天还常常听人说：早期来深圳的人都是来寻梦的，每个人心中都揣着一个梦想，每个人都有一番探索创新的雄心壮志，每个人都有一种为天下人敢于闯先的冒险精神。然而，我并没有这么高的境界，未来一切对我来说都是未知的。那时候，我甚至连“经济特区”的特别含义都没有完全理解。我跟母亲说，我特别想读书，又特别想留在蛇口工作。但蛇口那时候没有一所成人学校，哪怕一所培训机构也没有。

母亲的原话我至今还记得：“回去读书，今后就会成为国家干部，留在家乡发展，成为公家人了。国家培养了你，就要有良心回报社会，这是一条从政的道路。在蛇口，伴随着特区的发展而成长，或许是一个全新的经历，也会成为你全新的人生。随着特区建设，教育发展，深圳会成立、兴建许多大学，你同样可以在这里读书。蛇口没有，深圳有，你可以去深圳工作和读书，两不耽误。”

“往大路走，往多人行的地方去。”这是母亲经常挂在嘴边的一句话。

这番话，像一盏明灯，在黑暗中照亮了我，让复杂的事情变得清晰了。我从那年开始准备成人大学考试，开启在深圳的求学之路。在随后 20 多年里，边读书边工作。学习和职业就是我前行的双轨。直到 2007 年，我读完了第二个研究生和清华大学的 EMBA。

深南大道东面尽头是黄贝岭，母亲很早就来过，那时候我孩子的奶奶住在这里，她有时候会骑车到这里来聚会。后来，孩子的爷爷、外公走了，奶奶和外婆成了更亲的人。每年春节期间，我都会载着母亲来看看家婆，跟她们吃顿年饭。母亲总会捎点儿家乡的特产，家婆也会给母亲带点儿过节的点心。生命本无血缘，岁月让这个家庭变得不那么完整了。但两位老人一直握手问候，直到家婆90多岁去世，母亲每年的春节还都会想起她。一段深深的亲家情，系着四代人。

车从黄贝岭转过东门回到红岭路，由北向南路过了自来水集团，转入了爱华市场。进入爱华市场，眼前熟悉的景象一下子让母亲跳了起来，她想起了当年曾经在爱华市场做水果批发生意的情景，想起了那时儿女让她在家享清福而她又闲不住、瞒着他们悄悄赚钱的那些时光，一路感慨唏嘘。

母亲不愿意去商场，除了她不敢站上那个不停滚动的扶手电梯，就是不想我给她花钱。她说："老了穿不了那么多的衣服，家里的衣柜已经装不下了。"

"那我省下来的钱留着做什么呢？"我问。

母亲说："孩子读书要花钱啊，将来她成家要花钱啊，你们买房子要花钱啊。"

我说："妈，孩子都大学毕业长本领了，也会自己赚钱了，我没有地方花钱，就是留着给妈用的，妈能用钱，我才开心。"

母亲说不过我，又找了一个"真正的"理由："商场空气不好，我缺氧会头晕。"那个时候我以为母亲只是说说而已，后来我才知道母亲真的一直缺氧。医生说，她松香厂的工作环境对身体有一些影响，早期的化工、高粉尘等特种行业环保和劳动保护并不完善。有些人晚年会出现肺活量不足或肺组织受损引起陈旧性肺部炎症，甚至慢阻肺。后来母亲突然入院，检查她的血氧很低，需要立即抢救，我们才彻底明白了医生的这句话。

“五星级”吃鱼可真难

到了中午，母亲饿了，为了让母亲好好地享受一顿午餐，我没有跟她商量，就把她带进了一家五星级酒店。

“妈，你想吃点什么？”

“炒粉和白粥。”母亲不假思索地说，跟女儿也无需客气。

“阿婆，这是自助餐，包位的，你吃多吃少都是一个价。”一个年轻的帅哥服务员扶着母亲向前走，快言快语地说。

“多少钱一位呀？”母亲很好奇地问。

“加服务费298元。”帅哥也是不假思索地说。

母亲听到了这个价格顿住了，再也不肯迈动一步，说：“我不饿，我不饿啦，回家煲白粥吃。”不由分说地往回走。

“玩了半天哪能不饿呢，妈，你不饿我也饿啦。我们要吃一点儿东西再走。”我坚持。

“那你吃，我等你吧。”妈说。

犟不过老人，我灵机一动：“妈，今天有优惠，活动买一送一，两个人吃饭只需要付一个人的钱，你不吃也是这个价。”

母亲像个孩子一样真信了，乖乖地走进来，坐在靠门边的一张桌子旁，我给母亲拿了一点儿炒粉，没有白粥，她说："这么少怎么够吃呢？"

"别急，慢慢吃，才开始呢。"我跟母亲对话，然后去干了一件母亲想不到的事情：我把去了骨刺的鱼肉与猪肉一起弄碎，装在一个盘子里端到母亲跟前，让她来尝。

"好吃吗？"

"好吃，"母亲低头吃着，问，"是什么肉啊？"

"猪肉。"我说。

"这么好吃的猪肉，还挺烂的，适合我们这些老年人。"然后，母亲好像发现了什么，又问："怎么我从来没吃过这个味道的猪肉呢？"

我说："这是五星级的酒店，有大厨，味道当然比我们自己家做的要好吃多啦。"

母亲点点头，深信不疑，一会儿就把一盘肉吃完了。母亲原来是不吃鱼的，更不吃海鲜。母亲说她不像海边人，生长在海里，却不吃海味，说自己白做了湛江人。什么原因我们一直不太清楚，或许她天生就怕腥味儿，她说年轻的时候闻到腥味就会吐；也可能慢慢地对这种食物有拒绝的意识，又或许那个年代根本就没有美味的海鲜。

从那以后，母亲开始吃点儿鱼了。当然每一次都不提醒她，也不强化，这是一个我"蓄谋已久"的改造母亲饮食结构的大工程，希望她饮食更均衡，营养更全面，身体自然更好。我没有想到，母亲坚守了这么多年的饮食习惯，就这么被她非常信任的女儿轻而易举地“拿下”。我喜欢母亲如此快乐地“上当”，这样的“上当”故事后来还有许多。

我于是像父亲手下的运输兵，把各式各样的小菜运送到她跟前。母亲吃得不亦乐乎，全部都消灭干净。“好啦！吃饱了。”母亲站起来让自己顺顺气，拿着手杖沿着高低错落的取餐台，一遍又一遍地看着上面各色的菜品，兴致勃勃地数着她平时爱吃的菜式，有十多种，有些她自己还叫不出名字来。在水果区，母亲拿起了两个苹果和橙子，还有三华李。

“还能吃得下吗？”我问。

母亲笑笑，说：“试试看。”

起初我不知道母亲的意图，带着怀疑的目光。到了后来我明白了，这顿饭吃得她太心疼，尽管说打了折，她还是认为怎么吃也不用那么多钱，心里有点儿不平衡。

左看右看，总想把一个苹果放进她的小布袋里，又怕被服务员看见了会挨批评，影响女儿的名声。那一瞬间，跟我们小时候某些时候的神情和心态一模一样。我说：“没关系，吃不完的一两个苹果就大大方方拿着吧，退回去不卫生了。但是不要再拿其他东西了。在这里，298 元的消费是值得的，因为你在这么高档的场所，这么豪华的五星级酒店，做了两个小时的客人，体验了服务，这么一想还挺划算的，对吗？”母亲没有吭声，算是同意又不同意。

* 我像父亲手下的运输兵，把各式各样的小菜运送到母亲跟前。母亲吃得不亦乐乎，全部都消灭干净。

母亲光临我的办公室

下午我带着母亲到我的办公室，因为当时我工作的单位就在这栋楼上。推开办公室的门，第一眼就能看到茶几上有一盆正在盛开的水仙花，一簇簇，一团团，黄蕊香袭，溢满四周；细细的青绿的叶子不甘于寂寞，缭绕花蕊，打情骂俏。“真好看。”母亲情不自禁地伸手托起了水仙花的花瓣。“花果是有生命的”，这也是母亲常挂在嘴边的一句话。

母亲对花就像对宠物一样。这次来深圳，她生怕一走，那些每天都要浇水的花就会凋谢了。“日日新”这种每一天都会开、但每一天都要浇水的花，干脆把它带上出门。跟随她一起移居来深圳的，还有四盆其他的花。

“花开主人有喜事。”哈哈，她怎么会知道呢？这一年我们单位的业绩真的很好，做了两个大项目，单位的利润快速增长，还拿到了总行的两个大奖，那两天正在整理先进材料、写述职报告。母亲有着非常敏锐准确的直觉，她在跟我一起生活时常常说出一些令我很惊讶的话，就觉得好像心有灵犀。

她站在办公室窗前往外看，眼前的购物公园过去是荒凉的山头和农田水塘，现在却是深圳中心区，热闹繁华，有多条马路纵横贯穿东南西北。地下是亚洲最大的交通枢纽之一，连接香港、广州的福田站。600 米高的 118 层平安大厦正在修建，头顶“长”着两个像牛角的吊机，一会儿摆在左边，一会儿摆在右边。购物公园和 COCOPARK 的人流穿梭不停，过去一望无阻的香蜜湖高尔夫球场的全景，现在都被华安保险、招商证券、投资大厦这一栋栋大楼遮挡了。

聊了一会儿，我们正想离开办公室，碰上了同事小卓来单位加班。小卓说："刚刚送我妈妈去医院做理疗，来得稍微晚了些。"

"你母亲有什么病吗？"母亲见到我的同事，马上热情起来。

"中风的后遗症。"同事说。

"你母亲多大啦？"

"70多了。"

"躺了有多久啦？"

"有几个月了。"

母亲转身去打开她那个出门从不离手的小布袋，我还没反应过来，她就从袋子里找出一个小本子，戴上眼镜，舔一下手指，一页一页仔细地翻着。

我问："妈，你在找什么呢？"

母亲说："我有一条方子，是过去你爸爸半身不遂的治疗方子，民间秘方。你爸用完之后一年就能站起来走路了，特别神。那个方子我帮了很多人，也教过很多人，都很灵。"母亲一边说着一边低头找，翻了半天，母亲只找到了上面写的一段话，却没找到那个方子。

她说，那时候她还不太会写字，总是用符号来标记，很不好意思。然后她告诉我的同事，回去之后会把那个方子找出来抄下来，然后打电话告诉他。随后，她把我同事的电话记录下来了。

同事望着老人，非常感动，眼泪都快掉出来了，说："老人家真让您费心了。您这么好，这么善良，这么乐意帮人。我之前经常想，我们这位领导一定有一个好母亲，今天见到您，真是深深感受到了。"

母亲被别人夸的时候，依然会像个乖孩子一样害羞，甚至有些不好意思，说："顺手的，顺手的，不费力气。"

"你几个兄弟姐妹呀？"母亲问。

"一个。"我的同事回答。

"这么少吗？"

"计划生育，妈想生也不给生。"

她不再问了，因为这个话题对她来说太沉重，当年没有儿子是她多么大的一个心结，为此受了多少委屈！现在她的儿子也卡在这个计划生育问题上，她没有男孙。我看到母亲脸上闪过浓浓的忧愁。

"你没吃饭吧？"母亲问。

"还没来得及，正想去打个盒饭呢。"

母亲伸手从布袋里拿出刚才从餐厅带出的两个苹果，毫不犹豫地递给小伙子："赶快吃，这长身体的时候千万别饿坏了。"

母亲的这个举动让我怔住了。想想刚刚在餐厅里，她设计了各种细节，甚至让我站起来挡住服务员的视线，以便她能侧着身子悄悄装这两个苹果，多不容易啊！可现在，她一下子全部贡献出来了。我看着母亲，也非常感动——我总觉得，我们的成长绝不是无缘无故的，我们的基因里有她这些品质：只要有可能，就尽一切能力给予别人帮助。

后来她还真找到了那个治疗半身不遂的药方，打电话告诉了我这个同事，兑现了她的承诺。

四个孩子，四张名片

母亲不仅帮别人开方子当土郎中，治起自己来也是让专业的医生护士忍俊不禁。

有段时间她因为患老年病在广州医院住院。“不知道得想多少办法才能让她配合医生治疗呢，”姐姐讲起母亲的故事也是一大堆，“母亲怕扎针抽血，每次扎针检查她的血糖指标，她都不高兴，有时候还会骂人。‘我的血糖不高，你们老要来抽血，抽呀抽呀，我的血就没有了……’她不知道那一丁点儿血，不算什么抽血。”

每次抽血，姐姐都会想许多办法，甚至把护士长请来。护士长说：“梁姑娘，你的皮肤好好哟，白皙白皙的，一块斑都没有，漂漂亮亮的。让我看看你的手好吗？我知道你枕头下面放着许多宝贝哟，自带了许多药，还有什么手电筒、风油精、救心丹……我们查房都没有揭发你呢。把手伸给我看看，看看啊。”趁母亲不注意，护士长眼疾手快，扎完了，走了。

母亲说：“护士长真好，今天没抽血。”

哈哈哈，妈你真好哄，要人表扬。

母亲住院的故事很多，她经常指挥医生，说医生这个不懂那个不对。医生开出的药，她总是要医生给说明书，看完说明书就会说，这个药副作用很大，吃了会头痛，胃不舒服，拉不出大便。反正，她趁大家不注意，会悄悄地把药藏起来，或者两颗吃一颗，三次吃成两次，然后告诉你她吃完了，很乖的样子。起初姐姐也未弄明白，一直到有一天，明明是好转了许多天的病情又有反复了，医生以为药量不够，又增加了药剂量，母亲才说出实情，大家听了哭笑不得。

“你再不听医生的话，医生就赶你出院了。不听话的阿婆谁都不欢迎。医院现在床位紧张，许多人排队都进不来。别人要收十几万，你每天才收几百元，医院做你的生意亏本了。”

母亲听了这话被吓着了，赶紧回复：“快快去做工作。今后我听话了，按时吃药，保证不偷偷减量了。”

母亲住在医院里就有安全感，每天有人量血压，每天有人给她发药，她心里不慌张。但她的脑子很好用，医务人员要跟她斗智斗勇，小心周旋。

“老人家，你真的很有福气啊，你有这么多的儿女，每一个都成长得那么好，我们都很羡慕你呢。”母亲每每听到别人夸她的儿女时，都特别高兴，脸上露出无比自豪的表情，但嘴上却说：“还要努力，还要再努力。”

这四个子女就像母亲的四张名片，她到了哪里都不掩饰。在她的小本子上工工整整写着几行字：“一个是XX银行行长；一个是XX银行行长；一个是银行会计专家，精通业务；一个是银行高级客户经理，吸收过许多存款。”然后在下面写上总结词：“我们家孩子的分工可以开一家银行。”我看到了，用手掩着嘴巴偷偷地笑母亲，心里想：在她亲人面前只要母亲能开心，真的不需要谦虚。

是的，妈，这就是你最值得骄傲的四张名片。过去在老家被别人欺负和看扁的四个孩子，现在终于出人头地了，妈可以挺胸抬头走路了。尤其是这些孩子一个个飞向了大城市，生根开花，令当年部队里多少干部、家属羡慕。

高尔基说：“世界上的一切光荣和骄傲，都来自母亲。”是的，孩子的一切都来自母亲。我饱经风霜的母亲、历尽艰辛却百折不挠的母亲、没有上过一天学堂的母亲，一个兢兢业业工作，全身心照顾家人、照顾父亲50多年的军嫂，这些都是你最值得炫耀的出色的作品。

银湖公园的老小孩

又一个周末的上午，我带着母亲上银湖公园。

这段时间无论走哪儿我都尽量带着母亲，甚至周末去企业考察项目的时候也带上她。母亲像个特别听话的孩子，一路完全服从我的安排，那开心的样子分明在告诉我：她也喜欢跟我待在一起，她正安心地享受着女儿带给她的一切。

母亲喜欢自然，喜欢在户外享受阳光和空气。她知道我这天带她去银湖公园，还有一个原因：就是想去公园里面的银湖水会游泳。母亲太了解这个老二了，我什么时候去看病、哪个地方不舒服，她都知道。比如我患肩周炎，痛得晚上睡不着觉；比如我的腰，痛得晚上要躺在地板上……这些她全知道，而且她寻找到很多民间治疗的方法，教会了我：比如她用六种药配出的药水，往痛处一擦，就会迅速止痛消肿。来深圳之前，她会把各种配好的跌打水、止痛水什么的托人给我捎来。母亲笔记本里抄着这六种止痛药的名称："跌打药酒、正骨水、云香精、樟脑水、十滴水、扭伤灵，6 种合起来外用，效果很好。"

小的时候在村里，男孩子夏天可以跳到山塘里玩，女孩子不敢。所以不会游泳的母亲对会游泳的人有一种羡慕和好奇。

进入银湖水会的门口，要更换统一的衣服。因为她体胖没有合适的码更换，就跟别人说了半天好话："不游泳只是看一看，行吗？"看到老人家这样恳求，服务员就放行让她进来了。

起初只是坐在一张休闲椅上，看着我游泳；后来，一边吃着送来的零食，一边翻着台面上的报纸。她识字不多，只会看一些大小标题，看着看着就眯上眼睛，睡着了。醒来之后，见到我还在游，就东张西望，细细地观察这个游泳池周边的环境。

她发现在一个浅水池里安装了很多各式各样的机械设施，职业的敏感，一见这样的东西，她就来精神了。跑近一看，原来是很多水上健身器材。好奇的她，卷起了裤腿下水去了，在水里摸摸这个、摇摇那个。

那个时候我们的小区里没有健身运动设施，这些对她来说都是新鲜的。摇动着手轮，转动起来把水带上来，打湿了衣服。“哎呀哎呀”，她叫起来，像一个做错事的小孩，生怕大人会过来责骂。

“这可怎么办呢？”她闯了祸似的，在水中直叫我，游泳池的管理人员来了，把母亲扶上来，用毛巾把她包住。因为没有可换的衣服，很尴尬，我请服务员帮忙到外面的商场买一套四个加的大码衣服过来。母亲怎么也不同意，说：“这里边没有四个加的衣服卖，没有合适我的，况且买了就浪费了。”我说：“总不能湿着穿在身上，那可要感冒啦。”可还是拗不过老人，最后只能用大毛巾包住母亲，把湿衣服脱下来，用吹风筒把衣服吹干。真是跟顽皮的孩子一样啊！

一直忙到午后，我们上二楼吃饭。母亲说刚才吃零食都吃饱了，肚子不饿，其实是担心我花钱。我告诉她：“妈，这些消费都包在我们的入门票里边，您要把它消费掉，否则才叫浪费了。”

母亲说要吃酸菜猪肚煲。据说这是一道不够健康的菜，老年人是应该少吃猪内脏，而且腌过的酸菜含有亚硝酸盐等物质，所以我有些担心。我说：“妈呀，这些东西不太健康，腌过的东西不太好，动物的内脏不要吃。”“谁说的？我都吃了一辈子了也没见长个啥。”母亲反驳我。

还真是，母亲经常吃剩饭剩菜，尤其在老家的时候，她会煲一大煲汤，然后分两三天吃完，而且还经常要吃咸鱼和萝卜干。一些坏了的水果和青菜，被保姆扔了，她也会偷偷捡回来。听说过一个老太太吃一箱苹果的故事吧？每天挑快坏的那一个苹果吃，一天一个，天天吃烂苹果，直到吃完一箱苹果了，也没有吃上一个好的。母亲就是这样一个人。

我们这一代人的母亲很多都是这样的人。贫穷和饥荒，给她们带来了深深的阴影。她经常跟我们讲小时候白天去捡野菜，晚上去帮官太太带孩子，总是将这家人吃剩的饭悄悄装回来，当作全家人的晚餐；有时候在地主家干活，还趁别人不注意，去捞缸里的猪潲吃。这些经历总是让我心酸难过，不知在那样贫苦的环境下妈妈是怎样活过来的。

不知道是不是真的有非常好的肠胃和抵抗一切外侵的能力，或者说有强大的免疫系统，母亲的肠胃始终没有任何的问题。所以我也不再说话了，任由她想怎么吃就怎么吃。“都 80 多岁了，让她吃吧，能吃就是福。”姐姐经常说。

母亲得到了许可，就像一个小孩一样手舞足蹈，非常高兴，吃得津津有味，满头大汗都顾不上擦。阳光透过窗户照进来，把母亲的脸映得红彤彤的，横竖分布在母亲脸上的皱纹很匀称，那一道道皱纹分明是一道道生命的烙印，而今天我看到的，就是一道一道美丽的风景线，记录着母亲经历过的沧桑岁月。

“好吃吗？”我问。

母亲抬起头来，半眯着眼说：“好吃。”母亲回答的时候没有睁开眼睛，她晚年眼睛怕光，对着强光就更不舒服。我继续往母亲的碗里夹菜，母亲欣然接受着。在女儿面前，她无需拘束，她是那样放松自在，就像我童年吃饭的时候，母亲总是往我的碗里夹菜，看我大口吃肉。那时候，母亲为了不让我看到她碗里没肉，自己总是站着吃饭。

母亲在享受美味的晚餐。吃着吃着，母亲突然说："我做梦都没有想到我也会有今天，孩子们还能让妈过上这么好的生活，我好知足好知足。"

"好知足"是母亲的口头禅，经常说。其实生活给她的苦难更多，她总是把苦难接收了，然后得到一点点，就知足，并回报。

当年，母亲怎么知道老二会是今天这个样子呢？母亲不知道，老二也不知道。但是母亲分明好像知道，否则她怎么会把当时用草席卷起来的老二放在大树下半个多小时之后又跑去把她抱回来？怎么会把"卖"了的老二又从别人手上抱回来？她又怎么知道老二在三岁那年大病过后还能够再一次活下来呢？母亲不知道，老二也不知道。还有，母亲又怎么知道1984年她投出的那张赞成票，让她的老二从山区里飞了出来，落脚到了深圳，从而改变了老二的命运呢？她不知道，老二也不知道。

但是好像老天知道，好像命运知道。

母亲与弟弟的情

“家家有本难念的经”，从某种角度来说，也是指家庭关系的复杂，特别是多子女家庭。毕竟家庭是社会的最小单位，是社会的缩影。

因为在不同的时期、不同的地点出生，时代环境、世风民俗、家庭环境，甚至在家庭关系中的位置，都影响着每个人的成长。但是无论怎样，血脉始终是强大的内在联系，即便曾经在很多观点、选择方面有所误会，也会随着时间的推移，找到一条和睦的路走下去，就像母亲与弟弟的情。

在这个家庭里，最重要的两个人物的故事，似乎我绕不开，因为这里面也有我的故事。

“豆米二”女孩的悲情

我小时候曾被“卖”给父亲单位的同事。这事儿，跟将要到来的弟弟有关。母亲是在我两岁的时候怀上弟弟的，那时候，母亲并不知道怀的是男孩儿。

父亲的老家特别重男轻女，如果谁家没有生儿子，那家的女人就像干旱的秧苗、有病的瘟鸡，抬不起头。我出生之前，已经有了姐姐。生下我之后，母亲的日子很不好过。我的奶奶一直给她这个生了两个女儿的儿媳妇使冷眼，常因一些小事对我的母亲表示不满。

母亲做一个穷军人的媳妇已经十分不易，要养育姐姐和我，要好生伺候着家婆，还要照顾着父亲家里的兄弟姐妹。母亲那时身体虚弱，父亲的工资远远不够一个家庭的开支，所以母亲什么都舍不得吃，更舍不得穿。

尽管如此，也逃不过她的命运。奶奶瞒着我父亲，做了一件很伤害我母亲的事。在我一岁多的时候，趁着我父亲不在家，奶奶单独把我母亲叫过去两次，偷偷跟我母亲说，如果不生下一个男孩，黄家从此就断了后代，没有了香火，在村里抬不起头——奶奶劝我母亲跟我父亲离婚。

母亲起初是坚决不答应的，但经过奶奶的多次劝说，母亲竟也觉得，自己没有给黄家生下儿子，好像就真的是对不起这个家族。到后来，母亲便不再吱声了。这个时候，奶奶趁机跟我父亲说，让他多在外面少回来，如果有合适的女人，就把这个离了，必须要给她生一个孙子。

母亲在绝望中做了一个决定：无论如何都要给这家人生下一个儿子，哪怕生下来“吃糠咽菜”，也要给这个家庭留下香火。

“家中没有儿子就是女人的过错”，过去那个年代或许大部分妇女都是这样忍辱负重，为了家族的兴旺发达、后继有人，什么苦难都是可以承受和忍耐的。

母亲怀弟弟的时候，国家仍在三年困难时期，家家都吃不饱、穿不好。正好邻居参谋长家虽然夫妻恩爱，但一直没有怀上孩子，他们不断劝母亲把我送给他们。“你们家小黄工资不高，你们有两个女儿，现在又怀孕了，你生病不上班，这一家人莫非等着饿死吗？”参谋长夫人说。

“这是我的骨肉，就是饿死我们也要在一起。”母亲流着泪对她说。

“你的家婆都劝小黄跟你离婚啦，你自己都保不住，还顾得了孩子吗？”参谋长夫人没有放弃，经常对母亲说这样的话。

“我就是没吃没穿，也不把她送人，我要把她们养大！”

“我们也会像对待亲生女儿一样照顾她，给她好的教育、好的生活，将来一定会长成高高胖胖的、健健康康的孩子。今后让老二常回来看看你……”

这对夫妇无论做了多少说服的工作，都不能动摇母亲的心。母亲说：老二出生后奄奄一息，曾被扔过一次了，现在还能活着，说明老二命大，之前那么难的日子都熬过来了，还有什么更难的呢？

母亲怀着弟弟的时候，身体反应特别大，整日呕吐，茶饭不思，身体孱弱。到了6个多月的时候，发现快流产了，天天打保胎针，屁股被打得肿起来了，无法坐椅子。100多支保胎针打过头了，母亲身体又出现新的不适，怀孕10个多月未生产。这对夫妇知道后，给母亲介绍医生，经常来看母亲，并且见面总是笑脸相迎、嘘寒问暖。冬天时送来一些柴火，有时煮了猪肉汤也会给母亲端来一碗。

有一次，我发烧，高烧不退，母亲急得六神无主。参谋长夫妇知道后，赶快帮忙把我送到医院，打完针烧退了，主动提出抱我回去，给他们照顾几天，直到我康复了，才送回来。参谋长夫妇的举动感动了母亲。时间长了，终于抵不过这份真情，母亲开始犹豫：这家人很善良，一定会善待孩子，老二到了他们家至少不会饿死，活下来才是希望。

为了给父亲生下一个儿子，母亲做了最坏的打算，如果第三个不是男孩，那就生第四个、第五个、第六个，一直生到男孩为止，像她的母亲那样。所以，母亲要面对长期生育下去的重大工程。与其这样让老二饿死，还不如让这家人收养了。

当这家人再次提出收养我的要求，并把一沓钱放在母亲面前时，母亲再也没有力量回绝了。

我就这样被抱走了。

弟弟是母亲的大救星

父亲行军野营回来后，发现家里少了老二。母亲把缘由说了，父亲二话不说，跑到参谋长家，一声不吭就把我抱回来了。父亲对母亲说：“哪怕是泥捏的，她滚着滚着也能滚大，何况她是一条生命！将来这家人转业了要回东北老家去，天寒地冻，老二会不会冻死？”

母亲听着，在旁边泣不成声，她何尝没有想过这个问题！“老二到了另一个完全陌生的家庭里，有了新的爸爸妈妈，命运发生巨大的变化。今后参谋长转业了，老二被带去遥远的北方，天南地北，怕是一辈子都见不上了……”只是现实过于无奈。抱走我的那一刻，母亲的心在流血，哪个母亲会忍心把自己的孩子送给他人呢？那是她身上掉下来的肉，那简直是要她的命啊！

上天有眼，在母亲受尽了苦难、煎熬之后，给了她一份厚厚的礼物。家里唯一的男丁、我亲爱的弟弟出生了！当母亲知道第三胎生的是个男孩的时候，激动得昏死在产床上。

弟弟的到来，改变了母亲在家族里的地位。弟弟满月之后，母亲抱着他去串门，上哪家都扬眉吐气。奶奶的态度也一百八十度大转变，主动来到母亲身边，帮着做这做那。这个男孩的到来，成了母亲命运的大转折。弟弟是母亲的大救星。

小的时候，我对奶奶的印象不深。我和姐姐都不是奶奶带大的。几个叔叔生的大多数是儿子，所以，奶奶很忙。她说她只带“香炉”（男孩），不带“脚拨”（女孩）。姐姐回忆，从她记事开始，就自己带自己，还要照顾更小的我。

长大后，我们一点儿也不恨奶奶。那个年代，老人的封建思想不是她自己造成的。在老家，过去生女孩，是不能入族谱的，还不能入祠堂，甚至不能和男孩一样平等地享受分田分地。没有男丁的家庭，就是绝后的家庭了。

每年回老家看奶奶前，我都会在母亲的指导帮助下，精心为奶奶缝制一件新衣服，给她买糖果、饼干。姐姐参加工作后，每次回乡考察，都会把节省下来的钱给奶奶当零花钱。奶奶到处说：“我们家二嫂教出来的女儿很懂事呐，好有孝心呐，我过去错怪了她……”

奶奶也是一个了不起的女人。28 岁守寡，含辛茹苦，独自一个人养大了七个孩子，表现出无比坚强和超凡的能力，直到所有孩子都成家立业、建屋娶妻，个个都过上了好日子。奶奶一生坎坷多难，但晚年子孙满堂，幸福安康。她的孙辈及第五代有 100 多人，真是香火旺盛。

奶奶也是一个伟大的母亲。

20 世纪 60 年代，国家非常贫穷，物资极度缺乏，医疗条件也很差，很少有从生下来就一直体壮健康的孩子，至少我们家四个孩子有三个都不是这样。弟弟一生下来也是有多种疾病，在他两岁多时，一次重症送医院，三家医院都拒收，说这个孩子快没气息了，已无药可治。母亲哭断了肠，绝望中把弟弟用麻布卷起来，抱回外婆家。外婆偷偷放进箩筐里，一头放着米，一头放着弟弟，挑着到当地“大仙姑”那里救治。大仙姑按照当地的风俗为弟弟弄法驱魔、浇水灌汤，外婆在旁边帮忙配合。不久弟弟“哇”地哭出声了，几天几夜没有气息的弟弟真的奇迹般地活过来了。

有些事情至今都没法解释，但弟弟鼻梁下方现在仍留着当年罐烧凹下去的一块疤痕。弟弟得救了，母亲和外婆却被抓起来批斗了，说是搞迷信，不相信科学。尤其说外婆是主谋，把外婆批斗得死去活来。外婆受不了这种折磨，差点儿疯了。

“外婆一辈子为你们几个孩子担惊受怕，吃尽苦头，后来日子好起来了，外婆却走了……”母亲想起外婆的时候，常常自言自语，泪如雨下。母亲每次说起她的妈妈，都是跟我们几个孩子有关的事情。母亲很少说春花墩，她思念家乡总是会说她的妈妈……

救回来的弟弟，成了我们家的“心头肉”，母亲对他的疼爱无以复加，含在嘴里怕化了，捧在手里怕摔了。母亲再也不敢让他离开半步，上班背着他，买菜背着他，上任何地方都把他带在身边，甚至到湛江参加一年一度的职代会也带着他。开职代会时，代表每人只分得一份饭，妈妈把饭喂给弟弟吃，自己舍不得吃一口。最后弟弟把菜吃完了，剩下一点点白米饭，母亲再倒开水冲进碗里，涮着碗边上一点点油水，全部喝进肚子里去。

家和万事兴

后来十几年，弟弟在家里享受着至高无上的待遇，我和姐姐还有后来出生的妹妹，都帮着母亲照看弟弟，逐渐弟弟就成了我们家的中心，众星捧月。

长期以来，母亲对这个儿子无尽的疼爱。从小到大，从不让他受风吹雨淋，从不让他受到一丁点儿惊吓和委屈。不让他跟调皮的孩子在一起，不让他干丁点儿的坏事。母亲对这个唯一的儿子寄予了极高的期望，希望他长大后顶天立地，功成名就。

弟弟高中毕业之后，就被安排在母亲的单位。随父母搬迁到湛江后，弟弟考上了银行学院。弟弟每一个重要阶段，母亲都尽全部力量支持弟弟。

弟弟成家之后生下了一个女儿，这也成了压在母亲心上的巨石。母亲经受过没有儿子时的种种歧视，吃尽了重男轻女的苦果，她经历的这些磨难并没有让她改变多年来形成的重男轻女的思想。她从前体会到弟弟的出现改变了她的命运，于是她用自己的观点去想象如果弟弟没有儿子，她百年归老将无人为她护送香火……黄族无后，这是何等凄惨和绝望的事情啊！多少次，母亲偷偷地哭呀，哭肿了双眼，伤透了心，就是不知道怎样能让儿子生个男孙给她。

母亲曾经想过让弟媳辞职回家，起初都遭到了弟弟和弟媳的拒绝。在毫无办法的情况下，她也把弟弟召去了，希望弟弟不要断了家族的香火。为了能让弟弟再生一个男孩子，哪怕让弟弟与弟媳暂时假分开，再娶一个，一直到生了男孩为止。

这件事让弟弟非常为难。后来，不知是记起了当年自己家婆施压带来的痛苦，还是感觉无力对抗国家的政策，母亲终于没有再坚持。

弟弟成家之后，随着家庭成员增加，他们在一起的时候，不可避免会有磕磕绊绊。然而，无论女儿对她多么好，母亲的封建意识还是深深扎根在骨子里，认为儿子家才是她的家。

天底下的母子都是血肉相连，哪个不牵挂呢？嘴巴是硬的，但是心里总是惦记着对方、关心着对方。弟弟下班后经常给母亲带来单位的馒头花卷，给母亲开药。有一次，朋友来看母亲，带来了一个哈密瓜。母亲说："等我儿子出差回来一起吃。"结果几天后弟弟回到家，打开哈密瓜早已坏了一半，但母亲依然开心快乐地吃着烂瓜。因为，这个瓜是与她心爱的儿子一起吃完的……

随着年龄的增长和阅历的丰富，弟弟逐渐成熟，体会到了母亲越来越弱和老人的各种不容易。于是，主动回老家把母亲接过来。那之后，不仅陪伴的时间多了，妈妈身体不好的时候，还会嘘寒问暖地照顾她。

2017 年 11 月，弟弟最后一次接母亲来深圳过年。为了让母亲到深圳后过上更舒适的生活，我们把母亲住的房子做了彻底的装修。我和弟弟一起精心量尺寸、做衣柜，挑选能坐着舒服、软硬适中的沙发，更换那些坏了的衣架，配了适合妈妈身高的镜子，让她每天起床能够很方便地梳头。同样的原因，弟弟的家里也进行重新装修。

一切都是好的，一切都是有期待的。一家人喜气洋洋，都觉得那年一定是最好的年，我们还提前给母亲买了过年的新衣服……

母亲来到弟弟家，看到弟弟新装修的房子漂漂亮亮的，特别满意，特别高兴。尤其是得知弟弟在当时工作上识破了一起两亿元的假汇票诈骗案，获得总行全行通报表扬，更觉得儿子成长了，终于成了她心目中希望的样子。她的脸上溢满自豪与幸福。

母亲对子女们最大的期待，就是一家人团团圆圆、和和气气，遇到大事好好商量，小事莫过于计较。“家和万事兴”是中华民族的优秀传统，也是家族行稳致远的平衡之道。

开心过大年

“开心过大年”是那年中央电视台春晚主持人的一句重要台词，也是我们家那年过年的重要主题词。于我而言，母亲回到深圳，女儿从美国归来，为这个大家庭的春节团圆注入了新的内容。六年多过去，这一老一小久别重逢，不变的是丫头的乡音和母亲的颜容，还有大家围着母亲过年等着派利是的童年情景……

“春节交响”总指挥

这一年春节，母亲是总指挥：这场盛大的年会，是母亲亲自策划的。

一个多月以前母亲就开始布置分工：老大准备海鲜大盆菜，老二准备干货年果，老三去拉米拉油，老四去买年橘和对联。母亲手上仍然有四张大牌可用。

从腊月二十开始，母亲已经把屋子从上到下装扮了一遍，指挥着小辈们挂灯笼系彩带，从大厅这面墙挂到那面墙，张灯结彩。当门联、福字贴满了大厅、窗户的时候，整个家顿时充满着喜气洋洋、祥和幸福的节日气氛。

母亲站在大厅中央左看看、右看看，满意地欣赏着她的杰作。突然，她发现阳台外面有人时不时把目光投进来，就觉得不自然了。第二天，母亲不知道从哪里弄来了好几块薄薄的铁皮板，把两边的阳台从地面往上到 80 厘米高的地方遮挡起来，打上几个孔固定，挡住了路人的视线。做好了这个，她又发现阳台的防盗网铁杆生锈了，就穿起大围裙、戴上袖套，当起了油漆工。哦，别忘了，这可是她的拿手活。我给母亲打下手，不到两天工夫，两个大阳台焕然一新。更重要的是，她从楼下弄来了许多别人家丢弃的小盆子、小坛子，种上了十几种花。没多久，家里阳台上的花花草草就琳琅满目了。

年夜饭的大厨是弟媳妇，还有姐姐。母亲早早就把已经煮好的鸡、一刀猪肉、果品摆在一张朝南的桌子上。斟满了茶，削好了苹果，点燃三支香，嘴里喃喃地说："老头子，大家都回来了、到齐了，留学美国的外孙女也回来了，请你也回来跟我们一起过年吧，你也好久没有见他们了……"然后在旁边烧起了纸钱。纸片像黑蝴蝶般飘向空中，好像打通了天桥，见到了父亲。母亲跟父亲说了许多话，说着说着她的眼泪潸然落下。那种全神贯注、旁若无人的神态仿佛父亲真的回来了。母亲完成了与父亲隔空的一个约会，心情慢慢平复下来，心里似乎舒畅了许多。

二十多盘菜端上来，摆满了一大桌，倒上了酒和饮料，大家可以开吃了。这时候，每个人做的第一件事就是拿着酒杯敬母亲，敬这位劳苦功高的，百折不挠、坚强不屈的，我们心目中无比伟大的女神。“妈，过年好！”“妈，辛苦了！”“妈，祝您健康长寿！”子女们你一句我一句，接连不断送上了祝福，母亲捧着一碗饭，眼泪吧嗒吧嗒地往下流：“要是你爸还在，就好了。这福全给我一个人享受了。你爸过去出生入死，吃尽苦头……”

我们看到，母亲终于走出了父亲离去的悲痛。我们开朗、快乐的母亲回来了。

大年夜的照片，很快在我们的微信朋友圈传播开，母亲收到了许多来自朋友和老乡的祝福，幸福满满。

吃完年饭，开始派利是。母亲派利是派了50多年，过去派给我们，现在派给孙辈们。过去我们不叫利是，叫压岁钱，母亲用她的绣花手给每个孩子绣了一个精致的、不同花样的红色小布袋，祈愿儿女年年岁岁平平安安、快乐长大。母亲会在年三十的夜里，悄悄把这个红色的小布袋放在每个孩子的新衣口袋里，压在枕头下面，年初一我们一觉醒来的时候，每个孩子都会收到一份惊喜。

母亲派利是有一个细节很有意思。每年我都给她准备新利是封，但母亲总是把它收起来，把去年或前年用过的利是封拆出来，接着用。小辈们就笑她：“去年是龙年，今年是蛇年了，图案都不一样。”母亲很机灵：“龙跟蛇，一个叫大龙一个叫小龙，差不多。”母亲总怕小辈们调侃她，有时她又很爱面子。

母亲的利是早几天就装好了，那时候她的脚还灵活，她自己还可以在别人的陪同下去银行取款。几个孙辈一人一个，装得鼓鼓的红包。我没有问她里头装了多少钱，只要她高兴，怎么装我们都很快乐。

母亲的退休工资很少，所以我们兄弟姐妹每个月都会给她寄生活费，挣得多的多寄，少的就少寄。作为母亲生活的补贴，即使每个月加在一起有好几千元，也仅仅够她在老家请个保姆和她们的伙食费，所剩无几。每次我问母亲够用吗，母亲总是说："够用，够用，花都花不完。"我就不由商量，给她再寄上一些，心想：即使是够的，临时应急手上多一些储备，她就会心不慌。

这些钱母亲不但没有花，还攒下存了起来，每一个月积点儿，一年一小堆，十年就一大堆。母亲用这些钱帮助了很多亲友。

讲故事美梦如歌

派完利是的母亲坐在餐桌旁一个无灯直照的角落，半眯着眼，听着小辈们打牌的声音，听他们高叫大喊。母亲年轻的时候打牌吗？母亲喜欢热闹，尤其是儿女在她身边，闹也好、吵也好，她就有说不出的舒服。她坐在那张专门给她买的有靠背的可伸缩的藤椅上，身心放松，背和头轻轻地往后仰靠着，有时还荡着小腿，静静地享受着。

我看着母亲，看得着了迷。在小辈面前，我属于不入时的人群，干打牌这个活儿不利索，无法精准地测算对方手上的牌，所以我没有加入他们的“战斗”。

“妈，你给我讲你的故事吧。”我拿来了照相机，不光是拍照，也想录像。姐姐说了好多次，说妈妈一生经历丰富、百般磨难、顽强不屈、自学成才，还培养了一屋子的大学生，非常了不起。应当让孙辈们好好地把老人传奇的一生记录下来，将她的精神世代传承下去。但是，这些孙辈哪有时间？他们现在比我们还忙，不是忙加班就是忙考证，况且他们对老人的了解和认知有多少呢？又会写成什么样的一部书呢？我不敢奢望。

母亲特别乐意讲她年轻时候的故事，讲她17岁当村长，讲父亲怎么追求她，讲她在车缝社工作的时间最长，讲她在松香厂里干的活儿最累，不管讲哪一段，她都兴致勃勃，充满激情，似乎又回到了年轻力壮的时代。打开了话题，母亲的讲述就像关不住的水龙头，我快速地记录着……

十一点多，母亲回到上屋睡觉了。干了一天的活儿、说了很多话的母亲，累了。不一会儿，母亲的房屋里传来均匀轻柔的鼾声。在这个团聚的夜晚，听着母亲呼吸的声音，我感到一种置身摇篮般的幸福。

我睡不着，母亲的话像歌谣一直萦绕在我的耳边，让我思考良久。我睡在隔壁的房间里，门是敞开的，母亲的鼾声一阵一阵非常有节奏地传来，像一首歌，天籁般的母亲的歌。

小时候，我们睡觉的时候，总是母亲给我们唱歌，雷州的民歌一首又一首，一遍又一遍，把我们从婴儿唱到儿童、唱到少年。我们就这样快乐地在母亲的怀里长大，有妈的孩子天不怕地不怕，有妈的孩子是个宝。现在，我们陪母亲过夜是一种回归，是爱的传递和回馈。

密密缝，日日写

第二天起床已经近晌午了，丰盛的新年早餐摆满一桌子，有馒头、白粥、燕麦，锅里还盖着鸡蛋和面包。

吃完了早餐，厅里寻不见母亲，两个阳台也没有见母亲的身影。我推开母亲房间的门，看见母亲趴在书台上，一针一线缝她的袜子。

母亲很少穿袜。即使穿，穿的袜子大多是孙辈们穿出洞不要了的。她拣起这些袜子，用她灵巧的手一针一针织补。织补之后的袜子不仔细看，看不出是补过的。母亲说："一个小小的洞就丢掉了，多浪费呀。过去我们连有洞的衣服也穿不上，别说袜子了，我小的时候连鞋子也没有。"孙辈们就跟她调侃："外婆，时代不同了，按您这个思维做法，商店里的袜子就卖不出去啦，制作袜子的工厂也该关闭啦，就会有不少人下岗了，失业率上升，GDP 就下降了，社会就不稳定了。"母亲不予理会，这些道理她可能懂也可能不懂，反正她坚持她的习惯，谁也别想改变。我们给她买来一打一打的新袜子，大部分她都没有穿过。在她去世后多年，我仍然把它们整整齐齐摆在衣柜里。留住了这些，就像留住了母亲的印象。她的勤俭精神，像一面镜子，让我们在生活中时时刻刻地对照着自己。尽管生活到了今天，我们的物质条件已经有了极大的改善，不再像母亲当年那样入不敷出、为温饱奔波操劳。而我们一直厉行简朴节约，也是当下的一种良风。

台面上摆着母亲的针线、剪刀、穿孔针和缝纫的工具，还放着一打一打母亲装订好的、吃完药的药盒子展开后做成的本子。早期母亲是为了把这些药名和药物说明保存下来，后来我发现母亲在上面陆续记录了不少东西。她把每一张药盒子上的文字，抄往她的旧日历本上。日历本是母亲最初的一个写字本，像一本32开的书，360页，很厚。

母亲取出去年的日历本，上面记录着她每天三次的血压变动情况，包括吃什么药和有什么症状。起初记在报纸头上，后来她发现记在旧日历本的背面更好，每天记一页，刚好360页一整年。但写了一个星期，她发现一天一页很浪费，便改为几天一页，一本旧日历可以用三年。旧日历本慢慢成了记事本，比如谁的生日，谁家的孩子生病、建议吃什么药，还有读书、看新闻联播时遇到的生字，她都会一字一字地记下来，一行一行、密密麻麻的。再后来我发现母亲开始记她的出生年月、五行，她父母及兄弟姐妹的出生日期和八字，她年轻时候的一些事情，她的经历、她的遭遇、她和爸爸的一些故事，还有她和老乡和战友们的聚会时间表，这是母亲最早的回忆录。

“妈，你可以写在本子上，我买了好多软皮抄，就是给你写字的。你写在旧日历本的背上，还有些写在报纸头上，我们不方便看。”

她说：“我写在报纸头上和旧日历本上，是因为我经常会写错，有些字不会写，只是记了一个符号，等我哪天看电视看报纸发现了这个字，我会把它填进去。写在旧日历本后面也是为了方便查找，能够把这个废物利用，写错了我撕开也很方便，但是如果写在软皮抄本子上，我一旦写错了就撕掉，那个小本子很快就被我撕完了。”母亲找到了她不写在本子上的理由。

“妈，下次你写什么你告诉我，我来帮你做笔记就好了。”

她又说：“你们工作那么忙，有时候一周才能见上一两次，我闲着也是闲着，回忆能帮我想起很多的事情。多写也能防止我的脑萎缩，又可以当认字写生字，把过去的事情多多少少记下来，今后你们谁有兴趣，也可以看看。”

母亲的一生都很勤奋：年轻的时候是为工作奋斗，有了家庭是为儿女奋斗，父亲在世的时候是为了照顾父亲而奋斗，父亲去世之后她跟自己身体上的疾病做斗争。为了减少给儿女们带来的麻烦，她坚持万事自理，坚持每天运动，过去是站起来运动，后来腿脚不方便，每天坐在椅子上或躺在床上都坚持运动40分钟。

运动操是她根据自己的身体状况自行编的，下蹲上提、左右摇摆、抓拳踡腿，只要身体没有不舒服，她从不间断。而阳台就是母亲的运动场，也是她观景看人的观光台。家里北面的阳台，正对着小区的中心花园，楼下是小区的一条主路，每天人流车流不断。早上一拨一拨送孩子上学，中午一拨一拨接孩子回来吃饭。晚上七点后，中心花园是最热闹的，有跑步健身的，有出来遛狗的，有小孩骑单车的，还有大妈在跳舞。广场舞的曲子响彻四方，在楼与楼之间回荡，整个小区都在震动。母亲不去跳广场舞，就会抓住阳台栏杆跟着节奏摇摆着肢体，半个小时便满身大汗。

阳台上的守护神

阳台还是母亲打造家具的维修车间和储物间。

母亲喜欢收集矿泉水瓶、饮料瓶。我们喝完她就会顺手放在阳台一角。后来我们发现她也会在花园拾矿泉水瓶，就劝阻她。她说，小时候让我们拾黄皮果子核、用完的牙膏壳，能换回作业本和不少生活用品。我们只好依了她。

我们家阳台的下方有一个小区垃圾堆，谁家丢什么东西，母亲在阳台里能看得清清楚楚，看到合适的东西母亲就会下去捡。起初大家劝她不要去捡，一个是怕她行走不便摔了跤，同时也觉得扔出来的东西不干净。在被说的时候，母亲低着头，一声不吭，特别委屈。当她重新赋予这些废弃物品新的生命，做出一些阳台上用的花架子、花盆、小板凳的时候，我们就很惊喜于母亲的工艺和她的用心，从此我们就用更宽容的心态去体会母亲的情怀了。

阳台更是母亲观望和等待孩子们回家的前哨站，平时到了日落时分，母亲会在阳台晒太阳，看着一拨一拨的孩子放学，她睁着眼睛从这头看到那头，寻找她的小孙女，直到小孙女出现在她的视线中，她就高兴地挥着手：“在这里，在这里。”

如果约好了我当天回来吃饭，母亲就会一直盯着阳台下面那几个车位，直到最后一个空位将要被别人占用的时候，她便在阳台大声地往下叫起来：“那个车位是我女儿停车的位置，麻烦阿叔你把车停到别的地方，好吗？”

这位先生抬着头看着阳台的老人，再看看四周，接话说：“哪里写着是你女儿的车位呀？你女儿的车在哪呢？”

母亲说：“一会就到，一会就到，她已经给我打电话了，我是一直帮她看着这个位子，因为我的腿脚不方便，我下不了楼，她给我拉来米呀油呀，停得远了她搬不动了，所以多谢你大叔，辛苦你了。”

母亲不断说着好话，可怜巴巴的样子，让这位先生只好把车停到别处去。我们的妈真是一个好站哨，小的时候守护我们的生命，现在还尽己所能地守护着我们，包括守护着我的停车位，哪怕她 80 多岁了，也是我们的守护神。

新春发心愿

春节期间我带母亲去了许多地方游玩，包括花市、公园、商场。

后来我才知道母亲最想去见她的老乡。异地他乡见上了老乡，说上几句家乡话，她心情就无比舒畅。中学同学晓铭开了一家设计公司，并在关外买了一栋别墅，把他的父母都接到深圳来了。母亲一听说去探访信宜的老乡，一大早就穿好了衣服，把自己收拾得干干净净、整整齐齐，等我出门。

同学的别墅在宝安西城，一个离市区不远、山青草绿的地方。别墅很大，上下有四层，别墅的外面还有一个很大的院子，院子里有鱼池、小亭、石桥、流水，有果树花草，角落里还有一块菜地。母亲见到那块菜地里的菜绿油油的，就情不自禁地走近观看，还忍不住下地拔掉了几根杂草，说："在城里还可以种菜？"母亲突然被过去的岁月所唤醒，一下精神起来，羡慕这家院子里的花草和鸟儿，还有菜园。

母亲见到了晓铭的父母非常高兴，能在深圳这个地方见到熟悉的老人格外不易，所以见面就显得十分亲切。晓铭的父亲原是信宜一所中学的校长，写得一手好字，90多岁了，头脑非常清醒，还与母亲聊起了信宜解放初期和土改时期的一些旧事，聊着聊着他们才知道，原来他们是湛江地区第一批共青团员，也是第一批参加土改的工作人员。回忆起往事，回忆起百废待兴的年代，两个老人热血沸腾，仿佛又回到了"大跃进"的青年时代。

走的时候，这家人从菜园拔了许多青菜，捆成一把给母亲带回家。晓铭的父亲喜欢写打油诗，还即兴写了一首："我望子成龙你望女成凤，我们愿望都得到了实现……"这首诗后来不知道被母亲夹在哪一个日历本上了，原稿我一直也没有找到。

离开别墅的时候，我看到了母亲那种留恋的目光和表情，心里就默默地下了决心：努力奋斗，一定要给母亲买一栋大房子，有花有草，还有菜园，让母亲有生之年能够享受到最好的生活。

“改造”母亲

母亲做事是有原则的，尽管她很节省，有时候还有点儿想占小便宜，但在大是大非面前，她从来不含糊。

拒绝最好的种植牙

说起母亲的牙齿，有一段故事。母亲的牙齿在她 70 岁之前就一个一个陆续下岗了，她便自己配了一副牙。不知道是因为技术问题，还是其他原因，换上去的假牙慢慢变形，向着一边倾斜，合嘴的时候，一边高一边低，慢慢地，嘴巴就歪了。最重要的是，每次吃饭，吃得很吃力，咬肉很费劲，硬一点儿的东西都不能吃。长此下去，饮食会出问题，营养也会跟不上。几年后，姐姐在广州安排好了医生，想给她重新更换一副牙齿。但母亲执意要回湛江老家，找她熟悉的医生做。拗不过老人，大家只好顺从。

没多久，回到老家的母亲通报大家：牙齿终于做好了，而且是最贵最好的材料。

我们大家终于都放心了。不过，当母亲从老家来到我们身边时，我们很快就发现：牙是重做了，装上去，嘴巴也不歪了，但是，装上去的牙齿并不好用。

看得出来，母亲吃东西仍然不舒服，一用力，牙齿就会松动。尽管每次吃饭，我们都用剪刀把菜秆、肉剪碎，以方便她吞食，可母亲仍然经常悄悄地取出那口假牙，慢慢地嚼，慢慢地吞，慢慢地吃饭。终于有一次，我看见了，忍不住问：“妈，你把牙齿拿下来了，你用什么东西来嚼呢？”母亲说：“牙头肉。”“牙头肉能嚼东西？”我第一次听说。“牙头肉原来嚼不了，但时间长了，锻炼它就能嚼了。”

我终于明白了母亲的心思：她觉得没把牙装好，自己承担责任，为了不给女儿添麻烦，再不舒服也自己克服了。

为了给母亲重新种一口新牙，我开始了解哪家牙科的种植牙种得最好，哪个国家的材料最好、最适合老人。我选好了种植牙齿的专科医院之后，就告诉母亲：我同事的先生是牙科医生，今天正好有公益活动，可以为80岁以上的老人免费检查牙齿。母亲听我这样说，一口答应了跟我去医院。

瑞尔牙科在深南大道东海大厦有一个营业部。诊室大厅虽然不大，但布置得很温馨。

护士很热情，分别送来了茶水和饮料，还有水果。见母亲细心观察环境，旁边会讲广东话的患者主动跟她聊天：

“阿婆，你是来补牙的吗？”

“不是，我女儿带我来检查牙齿。”

“检查哪一个牙齿？”

“我是一个牙都没有了。满口都是后来装的。”

“那你要种牙。”

“怎么种？”母亲很好奇，第一次听到种牙的概念。

“就是一颗一颗往牙床里边种。种一颗要来四五次，一口牙至少要种几年才能种完。”

“那种一口牙要多少钱呢？”

“至少要30多万。”

母亲听了，脸上的肌肉紧缩起来。

在母亲问钱的问题时，我不断地向那位患者递眼光，但还是晚了，她脱口而出，我连控制节奏的机会都没有。

母亲听完立即起来，嚷着要回家。那位患者的话，把老人给吓坏了。30多万！不是要她老人家的命吗？尽管一分钱都不用她出，但这可是她一辈子都没有的积蓄呀。女儿给出的钱也是钱！母亲不由讨论，平时谁给她贵重的东西她都不接受，在她身上花钱比登天还难。

一场精心的策划，就这么没有准备地、意外地被破坏了。

配眼镜也要讲战术

说起母亲的眼睛，也有一段故事。母亲的白内障已经好多年了，起初看东西费劲，后来是慢慢看不清了。我们都劝她做手术，她一直摇头：“不做不做。我们身边许多老朋友，做了白内障手术仍然是看不清楚的。”母亲坚持着，一直到什么也看不见了，上厕所连纸篓都找不着了，才被我们连哄带骗上了广州的医院，治疗了比较严重的右眼。手术后不久，母亲的右眼看东西果然清晰多了，就高兴地说：“早知道效果这么好，就应该早做了。”我们在旁边“嗯嗯”，心里却暗自在笑！

没有多久，未做手术的左眼也渐渐地看东西模糊了，这次不用动员做工作，母亲主动跟着姐姐去了广州。手术前，她悄悄地与手术教授对话：“这个左眼帮我做个看书的，行吗？”教授很迷惑。母亲连忙解释：“右眼做了手术，我可以看到飞行的鸟、天上的飞机，但是看书很吃力。”还没等到教授解释，她又接着说：“我想把左眼做成看书的。因为我特别喜欢看书，可以吗？”后来她跟我们说，教授终于按照她的意见，把左眼做成看书的了，两只眼睛的度数不一样，用途也不一样。

我无法验证母亲与教授的对话是不是真的，也不知道白内障手术是不是可以那样做。但这次手术之后，母亲的问题多了起来，几个月之后，她就开始抱怨，说这次医生的手术水平不如以前那个好，后来做的左眼，看东西总是痛的，要不就是晕的，总之就是不如前面的那次手术效果好。

起初我们以为手术后有个适应期，后来就怀疑可能有炎症，直到半年后，母亲的抱怨一直不断，每次都说看书不到半小时就不舒服了。我这才恍然：莫非真的像她说的那样，一只看书，一只看飞机，双眼视力不一样？

“不是的，就是手术不行。”母亲坚持这样说。我建议换一副眼镜，她还是说：“我换了许多副眼镜了都不舒服，你爸爸留下的两副，我自己也有一副，你姐姐也给了我一副，都不行。”

“妈，眼镜不是多几副就好，眼镜只有合适你的才好，眼镜只要合适的，有一副就好。别人的不一定合适你的度数，每个人的眼睛度数和情况都是不同的，还是要去专门店测度数，配上的眼镜才会比较准确。”一番解释之后，2017 年 2 月 2 号，正月初六，我陪母亲走进了亚洲眼镜店。

坐下来之后，柜台服务员很热情，主动帮母亲验光，检查眼睛。

“小姐，我有眼镜，不用配，家里有好多副眼镜，用不完。”

“阿婆，看左，看右，不要眨眼。”服务员专注地工作着，没有理会她。

“小姐，配副眼镜多少钱呢?”看服务员没有搭理她，母亲又问。

母亲的好奇心与生俱来，对什么都感兴趣。因为好奇，有所钻研，因为钻研，所以常常亲自动手解决问题。用她的话说，年轻的时候在乡下，鸡和鸭打架都跟她有关。

我在旁边不说话，不停地眨眼，服务员领会了，回答说：“阿婆，眼镜有贵有便宜，老花镜一般不贵。”

“最便宜是多少呢？”母亲接过服务员递过来的测光镜不停地追问。

“有 100 多元的，也有几百上千元的。”小姐说。

“哦。”母亲终于放松下来了。

“可以再便宜一点儿吗？我今年都 85 了，深圳有好多针对老人的优惠政策。”母亲又问。没想到，她会跟别人谈深圳的老人政策。

“会的会的，阿婆，你放心，现在是过年，会打折。”小姐说。

“打多少折呢？”母亲不放心，继续追问。

我不停在背后打手势，服务员完全看明白了，回答说：“你配合我测完你的度数之后呢，我就帮你查价格。”于是，母亲乖乖地配合了，不再说话了。

“阿婆，现在我检测你的眼镜，左眼是250度，右眼350度。而现在你的眼睛实际情况是左眼150度，右眼300度。也就是说，你现在戴的350度眼镜，高了，尤其是你的左眼，长期超过你本人的度数，所以你戴着不舒服，看东西头晕眼花。”

“哦，哦。”母亲好像终于明白了一点点。但为什么老家配过的也不合适呢？小姐说有两种可能，一是随便在眼镜店里选了一副戴上去，二是你的眼睛发生了变化。

在一问一答中填完了交款单，母亲见我要付款，赶紧提起了她那个旧布袋子，对我说：“我有钱，我有钱。”我说：“妈，女儿的钱也是你的钱。”母亲说：“我真的有钱，我真的有钱。过年过节你们都给了我好多钱，我还有红包，所以我的钱用不完。”

见母亲执意要去买单，服务员机灵地说：“阿婆，现在不用交钱，做好了试过了，合适了你才付款，不合适还可以换，直到你满意为止。”

终于，母亲不执着交款了，而且说深圳的服务真好，做了还不用交钱，还可以退货。我趁机说：“老妈，你那口牙当初要是听了我们的话，在深圳种了，岂不是天天都可以吃大鱼大肉吗？

不至于现在每次吃饭都要拿下来，多麻烦。好东西都吃不上了，对吗？”母亲低着头，摆弄她的布袋子，不接我的话，不知道是不是有些后悔。

我们这个妈呀，就是太有主见了，太遵循她原来的观念，别人无法轻易改变她。同时呢，又觉得她脑子好用得很，还能与我们争辩。自己快 60 岁的人了，身边还有一个 85 岁的妈跟自己讨论、争辩，不是挺幸福吗?

护肤有原则

服务员跟母亲聊天的时候，我悄悄去交款。服务员夸母亲皮肤好，说她脸上一块斑都没有，白皙白皙的，问平时都使用什么牌子的护肤品。母亲摇头哈哈大笑，说：“我这辈子从来不用护肤品，市场上有什么牌子也不知道。每天冲完凉之后，连雪花膏都不抹的。”服务员用惊讶的目光看着她。

母亲不用护肤品，我可以作证。母亲的皮肤确实好，年轻的时候还不怎么明显，越到后来越感觉到她与众不同，尤其干完活儿的时候，脸上带着微微的汗，红润红润的，我凑近帮她擦汗的时候，仔细端详了她这张脸，皱纹纵横万千，却白皙皙的、光滑滑的，一丁点儿的小斑都没有。我很少见到 80 多岁的老人，脸上这么干净。

母亲的好皮肤来自天生。她从来不用护肤品，年轻的时候，是没有钱买不起；后来有条件了，她又不需要。我买过各式各样的面霜，悄悄放在她的床头、台面上，就是想着她有空的时候，冲完凉的时候，有兴趣的时候，能打开看一看、抹一抹。但几个月之后，我再观察那个盒子上的封条，一直都没有被撕开。

母亲天生丽质，却从不向人炫耀。你跟她讲女人要保养之类的话，等于白讲。

曾经有一次，我带她去美容院。她的腿走路不太灵，我想帮助她改善血液循环。按腿的时候，美容院的小姐发现了这个老太太的皮肤极好，就打起了主意：“阿婆，你皮肤这么好，平时都用什么产品呢？”

“我什么也没有用过。”母亲说。

小姐不放弃：“你这么好的基础，要是用了我们家的产品，会更加年轻漂亮。”

“我不用。”母亲一口就回绝了，又好奇地问，“美容院的产品很贵吧？”

“折后不贵。”

“那你们做一次脸部护理要收多少钱呢？”

“打完折之后300多块。”

母亲一听，更不搭理她了。

小姐接着说：“阿婆跟你商量一下，我们给你拍几张照片，摆放在我们店门口，然后，我们免费送你十次护肤按摩。好吗？”

“为什么？”母亲问。

“做广告宣传，让人更有信心用我们家的产品。意思就是说，你80多岁，用了我们家的这些产品，皮肤才能够这么好。”

“但是我还没有用过呢。”

“那你用了十次之后，就更好了。”小姐偷换了概念。

“那叫骗人。”母亲不假思索地脱口而出，这个心直口快的老人一点儿都不拐弯抹角。

这件事，给我印象很深刻，母亲做事是有原则的，尽管她很节省，有时候还有点儿想占小便宜，但在大是大非面前，她从来不含糊。

给服装厂厂长买衣服

我总爱给母亲买衣服，短袖的、长袖的，有口袋的、没有口袋的，只要看到喜欢的就买。母亲的皮肤那么白，基础那么好，我想把母亲打扮得漂漂亮亮的，想让她看起来更精神、更年轻。

母亲特别喜欢有口袋的衣服，无论是上衣还是裤子。若是一件衣服里有几个口袋子，她会高兴得将两只手臂高高地举起，像个小孩子跳起来，“好嘢，好嘢”。

母亲口袋里装着她的许多宝贝，有时我帮她洗衣服，竟能从口袋里掏出十多样东西，纸巾、牙签、眼药水、风油精、橡皮筋、别针，还有救心丹、心痛定、阿司匹林……起初我不明白，这些东西原本放在她的台面上，随手可拿，母亲为什么要天天装在口袋里呢？后来我终于知道，母亲的腿活动不灵了，行动不方便，而且记忆力也渐渐减退，急起来的时候总是找不着，慌张中血压就会有大波动。慢慢地，她总结学会了许多让自己方便的方法。

给服装厂厂长买衣服可不是一件容易的事情。母亲对衣服的要求很高，夏天衣服的领子不能是立领加内衬布的。她说，那样的领子会很热，容易出汗。母亲的衣服两侧缝线边下面一定要留长长的叉口，说万一衣服窄了，还可以改一下，有扩宽的功能。

眼下的服装设计师大都比较年轻，走时尚路线可能销路会更好，却往往忽视了老人的需求。比如，80 岁以上的老太太，大多数身材都没有 S 线条的小腰了，她们的衣服不应该还有收腰的设计。每一次母亲拿到新衣服，都要嚷嚷着让我们帮她把腰线拆掉。又比如，老人的内衣，即使是买大一个号码，穿的时候，还是要把手抬得高高的，才能套头穿进去。这个过程，母亲感觉特别费劲。“怎么就没有胸前有扣子的内衣呢？”母亲问。还有，冬天的保暖厚衣服一般都很沉很重，母亲穿在身上虽然暖和了，但行动却十分不方便。

后来，有了羽绒制作的衣服，我便专门给母亲买又轻又暖的羽绒背心，还有长袖的加厚的羽绒大衣。起初母亲穿在身上，一个劲儿叫好：“又轻又暖和的，好像没穿衣服的感觉。”母亲很满足，比起过去没有衣服穿的年代，比起后来的棉花做的冬衣，真的是大大地好。老人就是这样，小小的改变都能够让她很高兴，很欢喜，很满足。

可是，终于有一天，要出门了，我们陪她去见她的老同事老战友。她穿上了她最喜欢的羽绒服，很认真地照着镜子看来看去，确认已经收拾好了，只待到大门口换了鞋出门的时候再拉上拉链。但在门口穿上鞋准备出门时，她低下头，双手去找拉链，却怎么也对不齐拉链的头儿，加上肚子大，视力又不好，弄了半天也没把衣服链子拉上去。母亲急得满头大汗，一屁股坐在凳子上生气了："这些年轻人有理论没有实践，设计的人不是穿衣服的人，哪会知道老人的实际情况和需求呢。"

从那以后，我一有空，就给母亲找有纽扣的羽绒衣，那时候没有网购的说法，跑遍了深圳大小商场，常常是空手而归。很失望，仿佛市场上没有母亲要的理想的衣服，是我的错。

直到有了网络，网上购物开始，才很方便地解决这些问题。

母亲早几年的衣服仍然喜欢自己缝制。包括她的内衣内裤，还是自己买称斤布做的。别忘了当年她是服装厂的厂长，车缝达人。当然她坚持做衣服还有其他原因，一来她说多动手保持大脑的灵活，二来为了更省钱。尽管她的晚年生活已经无需再"节约"，儿女的经济条件完全能让她更富足地生活着，但这是母亲身体和精神的内在需要。

母亲的衣服太多了，用她自己的话说，多到穿也穿不完。但在那几十年繁忙的职场生涯中，给母亲买衣服依然是我最强烈最真实的想念母亲的方式。

平时想念母亲的时候，我能够两三个小时站在一个柜台前，左挑右选，用尺子量要买的衣服的尺寸、要剪裁改动的尺寸，找给衣服加口袋的布料。在比较中、改造中，想象它们穿在母亲身上的样子……

就像我们小时候，母亲用碎布头给我们姐妹们缝制花布裙，尽力改善着孩子们的成长生活，今天，我也一样，尽可能给母亲"改造"出美好的晚年生活。

母亲没有老，母亲不会老

生活中所有热爱的部分，其实是那些活生生的瞬间故事。故事，是我们在这个世界上最需要的东西。故事意味着生活中的变化、陪伴以及点滴记录，有时很自我，有时又很雷同，好与不好都会在我们心中留下痕迹。

耄耋之年，母亲在渐渐地变化，许多她计划中的事情总不能按时完成，有些事情她也没法独立去做了，低头修水龙头的时候，会头晕眼花；蹲下去维修阳台花架，会站不起来了。她开始对自己这种状态表示不满："妈老了，眼睛也看不清楚了，妈什么都做不了了。妈再也不是年轻时候的妈了。"

"妈，你不老，还是过去那个能干的妈，我们到了你这个年龄，可能都赶不上你呢。何况我们每个人都有这么个过程，养子女就是防着这一天。我们大家都会全力照顾好你的。"怕母亲自责，我们姐妹轮流给母亲打气。

"过去想干什么就干什么，现在心有余力不足。人老了才知道多么凄凉，都没有用了……"母亲继续唠叨。

是啊，光明往往会让世界显得生硬，有轮廓，会召唤她不停地忙碌。而母亲现在感觉什么都做不了了，世界在她眼里，开始不敏感了，越来越模糊了。

粗心的孩子妈也爱

我们一直以为，母亲的脚特别耐寒，冬天大部分时间都不用穿袜子。晚上睡觉，她的脚从来不盖被，“我的脚总是发热，盖被子睡不着”。

后来，我慢慢知道，母亲一直不穿袜子是另有原因的。母亲有脚病，一直治疗一直未痊愈，什么药都抹过了、各种方法都试过了，反反复复，就是断不了根。每次穿袜子，她的脚就会出汗发痒，很不舒服。最后她干脆就不穿袜子了。久而久之，母亲的脚确实比常人更耐寒。我托人从日本带回了两种“灭虫”药水和药膏，每天要上药三次。我叮嘱母亲：“妈，记得每天三次用药膏，用完了就会好的了。”

母亲“嗯”了一声，我关门上班去了。

我多么粗心，多么愚蠢，多么不懂事。

母亲白天经常一个人在家，她身体那么肥胖，怎么弯得下腰在脚丫子上涂抹药膏呢？尤其是后期，母亲的腿和腰都不利索了，她干脆把第二盒药停下来了……我又在想，这么多年来，母亲的脚趾甲长长了，是谁来为她修剪的？直到我那一次骨折，打上石膏，在家一动不能动，才深深体会到，老人身边没有人照顾是何等不易。

母亲在我家住的时候，她走路时习惯四处扶壁，生怕自己跌倒。我在洗手间给老人安装了扶手、防滑椅，台阶处钉上了扶手杆，但她依然习惯走到哪里都借墙之力，扶壁行走。我见了，竟对母亲说：“你的手有时候是不是有油渍？摸在墙上，久了墙就发黄了。”母亲迅速把手缩回去了，一动不动立在那里，半天不说话。

我多么粗心，多么愚蠢，多么不懂事。

我竟不知道一个80多岁的老人，还能生活自理、不给我们添加麻烦，多少次找了各种各样的理由，把一个又一个保姆辞掉，就是为了不让我们批评她，不让我们难堪。

母亲离世后，多少个日子，我常常伫立墙前，流着眼泪叫妈妈。多么希望见到她扶着墙壁到处行走，随心所欲。让那些白墙渐渐发黄、渐渐发黄……然后，我叫着妈妈，又去给她刷白墙。我甚至千百回，梦见母亲抓着我的手，一遍遍地教我怎么才能把墙刷得最好，不让墙有“泪痕”。

母亲最后一次回到深圳时，我把房子维修了一遍，大厅和阳台重新装修了，然后，我请她以“装修总监”的名义前来验收。母亲站在大厅中央，挺着大大的肚子，微微弯着背，上上下下、左右回头，说这部分装得好、那部分装得不好，内行得很。最后又说，阳台上，把她临时架起的木架换成了不锈钢架，钉上一块一块铝薄板，虽然结实了，但不够通风透气，外面路上的风景行人全给挡住了，什么也看不见了。

我多么粗心，多么愚蠢，多么不懂事。

阳台是妈的世界，是妈连接外界的桥梁，我竟把母亲看世界的窗口堵上了。

夕阳照在红树林

2017 年 11 月 27 日，我们带母亲去红树林公园的海滨长堤游玩。

那是我们最后一次与母亲在一起的户外活动。起初，母亲不肯去，我们硬是要她去：我们都安排出时间来了，也已经提前告知她了，但她临时不去了，我们便觉得她不体谅我们的孝顺。

用我们的意志，强加于她的意志；让她配合，完成我们的孝道，不管她高不高兴、愿不愿意。我们经常以自己的主观来判断母亲的需要，就像年轻时她也如此判断我们的需要一样。就像我给她买衣服，买了一件又一件，买了冬天的再买夏天的，春秋交错之时，总觉得母亲还缺一件厚一点儿的衬衣。

或许我们自己都没有意识到，那只是一种弥补亏欠的心理，一生亏欠母亲的不安和愧疚。去采购衣服，就是让自己稍稍心安，而不是母亲需要更多的衣服。

多少年之后，我才彻底明白，我们所能给予的一切，恰恰是母亲最不在乎的，而母亲真正需要的、渴望的，却是我们最难给出的。母亲需要的是陪伴，是儿孙绕膝，是陪着她过平平淡淡的日子、吃得饱睡得香的寻常日子，而不是绸衣满身的荣华富贵，但母亲从来不说出来。而我们好像有千万个理由不给她这些，一直到母亲突然转身，离去。我们就带着无限的悔恨，默默地走向自己的最后的日子。

我多么粗心，多么愚蠢，多么后悔。

母亲有件比较厚的双层背心马甲，穿了好多年。母亲特别喜欢这件马甲，春秋两季，总是穿完了就洗，洗了又穿，一直穿到这件衣服上面的小碎花都脱落了，领子都发白了，领口子也裂开了，仍然穿着它。我买了一件新的马甲，但她就是不要。她说这件衣服最好穿，又好洗，其他部分都好好的，丢了多可惜。还说，里面是全新的，她有空把领子拆了，翻过来，这样，这件衣服又像新的了。这是母亲年轻时轻而易举就能干成的事情，但这个当年的“车缝达人”，后来却一直没能完成这件事情，直到去世。

当一个强大的、无所不能的、年轻的母亲，渐渐地变得什么都干不了、什么都无能为力，只能靠着别人的帮助才能完成生活中的许多事情，她内心一定极度苦恼和彷徨。

为了鼓励母亲，我们想了许多办法。

有一天，我给母亲买了一件神秘的礼物。我把平时想念母亲时买下的东西一件一件拿出来，逗她开心。

“妈，你把眼睛闭上。”我俏皮地对母亲说。母亲眨了眨眼，不太情愿配合，但最后拗不过女儿，乖乖地坐在椅子上，双手平放膝盖，眯上了眼睛，等待这个神奇的时刻到来。

“噔噔噔……噔噔噔……”

我迅速拿出了一条闪光的长棒，在母亲眼前转来转去，像孙悟空的金箍棒，一会儿有灯光，一会儿有音乐，把母亲弄得眼花缭乱。

“这是啥东西呀？这么老大不小的。”母亲问。

待我把长棒定在她的眼前，母亲眼睛一亮：“哎呀，这是不是老人手杖呢？”母亲又惊讶又高兴。

“正是。”

“现在科学太发达了，连老人手杖也有带电筒带音乐带报警功能的，落地还有四个爪。”母亲好奇地摆弄着，不停地夸手杖又轻又结实。

我知道母亲喜欢，喜欢得不得了。

“多少钱呢？”老人突然问，“你爸留下的那两个手杖都没坏呢。用不完，用不完。”母亲连续说了两遍。

“不用钱，买衣服送的。”我回答自如。

“那衣服很贵吧？才送这个东西？”母亲脚虽不灵，脑子好使得很。

“衣服也打折了，很便宜。”我继续回答自如，不能让母亲看出破绽。

“可以退吗？可以退吗？”母亲追着问。但我当没听见，没搭理她，换了个话题：“网上说，国务院最近针对老年人发布了新政策，我念念给你听听啊。”

“什么政策呀？”果然，母亲很快被我带入另一个频道。

我装模作样地面对手机，读内容：“国务院最近准备试行，90 岁以上老人看病住院全部报销，100 岁以上老人免费分配一套房子，110 岁以上可以一妻多夫……”

母亲听了特别来劲儿，大笑起来，笑得前倾后仰，微微歪的嘴巴都合不拢了，眼睛更是笑成了一条线……

那一天，我与母亲在红树林长堤散步的情形至今难忘。

我第一次这么闲适认真地远眺对岸的香港元朗。青山绿水，远处香港元朗白色的楼房一栋挨一栋，密密麻麻。香港的高楼倒映在深圳湾的海面上，海平面上下，就像是一幅完整的水墨画。据说，天上的太阳与底下的水面，在光的作用下，会折射出不同的光与影，产生海市蜃楼般的效果。听常来这里跑步的人说，这种景象不多见，但我和母亲却同时看到了这一奇观。

红树依偎在岸边浅水的地带，一簇簇、一片片，树连树、根连根，高高低低，密密稀稀，婀娜多姿，生机盎然。偶有海鸟飞过，停歇在树枝丫头上，间或啼鸣，仿佛是为了让岸上的人知道它的存在。

海面上散落着几只小船，远处有一个长方盒连着一个长方盒的养鱼浮排，浮在水面上，像是为岸上的行人构图造型。海堤边不时有海水撞击，海草带着鱼腥味随着海水一阵一阵向沙滩涌上来……

“那是香港吗？”母亲指着对岸问。“原来离我们这么近。”母亲自己回答了。“香港回归了，漂泊很久的孩子，终于回到了母亲的怀抱。香港同胞的生活会越来越好，将来去香港更方便了……可惜，你爸爸不在了，都让我一个人享受了……”母亲一有感触，就会自言自语重复这句话。一想到父亲，她就会眼泪潸潸。

我与母亲坐在长堤旁的椅子上。弟弟与孩子们骑车远行，荡游蛇口后海去了。

“妈老了，总想找时间跟你说说话……”

这是母亲的口头禅，其实母亲随时随地都可以跟我说许多话，这一次我也不太在意：“妈你说。”

“妈年纪大了，妈总是有百年归老那一天……”

“妈长命百岁……”我没让母亲继续说下去。

风有点儿大，我给母亲戴上帽子和墨镜。太阳西斜，照着母亲的脸，也会刺激到她的眼睛。

“长命百岁那都是说的吉祥话，谁都会有走的这一天。妈这辈子没有什么遗憾的了。妈走后，最放不下的就是你的弟弟和妹妹。你要看好你的弟弟妹妹，他们毕竟比你小，多让着他们，就像小时候一样。你是姐，知道吗？他们有什么困难，你一定要帮助他们，照顾他们。他们是你的骨肉，手足，打断了骨还连着筋啊……”

我的泪水沿着脸颊往下流，摸着母亲布满皱纹的手，一个劲儿地点头：“嗯，嗯，嗯。”

我不知道母亲那一天为什么无端端说起这番话，突然觉得母亲弱了，变得越来越小了。当我们长成参天大树，就该为母亲遮风挡雨了。我当时有一股强烈的冲动，想紧紧地拥抱母亲。这个动作，从长大之后，一直就没有做过。我小时候，母亲就是这样抱着我的，抵挡一切的外侵，寸步不离。这一刻，该我抱抱母亲了，轮回的时刻到了。我这一刻不抱母亲，何时再抱母亲？我亲爱的妈妈！

可是，这一天是周末，红树林长堤人来人往，熙熙攘攘。我竟没有好意思把母亲抱在怀里，错过了最后一次拥抱母亲的机会。

晚霞特别美。彩云一层一层，一圈一圈的，布满了天空，热烈又鲜艳，像一朵一朵盛开的彩莲，挂在天幕上，美丽得出奇。我让母亲站着、坐着，拍了许多照片，有些正面，有些侧面，有些拍成了剪影。尤其其中一张侧面照片，母亲手一抬，伸向远方，背后满天彩霞，绚丽夺目。

母亲这一天精神很好，神采飞扬。看着母亲，我暗自想，等我退下来了，今后要留出长长的时间，长长地陪伴母亲，过着长长久久的日子。陪母亲看日出，陪母亲看日落，把所有欠缺母亲的日子都补回来。

但那时候我没有意识到，每一天的日落，都是生命的减少。一起生活的时间就会缩掉一段。人生的相聚，有定额。人生的离散，有期程。我以为落日天天灿烂回头，晚霞天天能华丽登场，却没有去深思，每个美丽的当下，一旦说出“当下”二字，即已逝去了。

命运就是这么残酷，没有给我一次补救的机会。当我终于放下了手中的工作，完全可以安静下来全身心照顾母亲的时候，母亲却不在了。“子欲养而亲不待”，留在我相机里的母亲的照片，成了我们最后的合影。

母亲最美的形象定格在这一刻了。

后来，每一次看母亲的这些照片，我的脑海里都会不断

＊ 梦中又和母亲一起去红树林看夕阳。

回放着跟母亲在一起的情景，母亲的那些叮嘱，又在我的耳边响起……

叮咛无价，信宜有情

我喜欢写作。每当我写作的时候，母亲会扶着她的手推车，静静地立在大厅里，不出声。母亲喜欢看我写字，看我低头伏案。看我老久老久不起来，便会叫一下：“起来走走咯，起来走走咯，有这么多东西写吗？”

“嗯，嗯。”我头也不抬。

她知道我有腰病、颈椎病，天气不好时久坐就会发作，所以，会继续坚持叫我：“起来走走。”

“就好了，就好了。”我仍不抬头。

她了解我的脾气，叫了也白叫，坚持一会儿，也就放弃了。

有一天，我写作的状态不太好。而母亲善于察言观色，尽管工作上的事情我从来不与她交流，但当我心情不好的时候，她洞若观火，清清楚楚。

那段时间，一位自己亲手培养提拔的下属做了许多不合适的事情，伤害到集体的利益。我苦恼至极，后悔当初投入太多，倾尽所能去培养他。

母亲知道后耐心劝我：“想开一点儿，想开一点儿。你是领导，培养他是你的责任之一，你要比一般人更有胸怀。他没有做好是他的不对，与你无关。如果他什么都比你强，那他就应该当你的领导而不是你的手下了。对不对呢？人对你好，你要对人好，是应该的。人对你不好，你还仍然能对人好，这叫不简单。”

母亲坐在我的身旁，手搭在我的手心上，语重心长地接着说：“人这一辈子很长啊，最后谁帮助谁都还未定呢。我这一辈子，帮了许多人，不是每一个人都有良心的。但我也得到了许多人的帮助，所以我才有今天美好的生活，这叫因果。人在做，天在看，老天爷看不下去就会出手帮助你渡过难关……”

注重自我修养和全力帮助别人，是母亲的两种美德，就像信宜有竹和南玉这两件珍宝一样。我是这么认为的：信宜是藏在大山里的一个“宝贝”，母亲是这大山孕育出来的“宝贝中的宝贝”。

信宜是竹的海洋，南玉的故乡。

信宜竹编享誉世界。在竹山公社，从母亲的松香厂里望出去，远处近地，山上山下，一片片、一排排的竹子，望不到尽头。后来我有机会参观了信宜平塘镇的“马安竹海”，那场面更为壮观。站在高处，群山连绵，峰峦叠嶂，竹林成海，苍翠欲滴。举目远眺，万顷竹波滔滔，满目苍绿，风吹竹涌，竹涛阵阵。深入其中，如同进入仙境。

母亲的回忆录里没有写她与竹子的故事。但我知道，母亲喜欢竹子，她对竹子很熟悉，也很有感情。她知道竹子身上内外都是宝，经常挖回竹笋，换着法子给我们弄菜吃。小时候，我们喉痛，出现热症时，母亲会上山砍嫩竹子，破开竹节，让我们大口饮竹芯里的水。很快，孩子们喉痛的症状就会得到缓解。

信宜的冬天十分寒冷，山风来的时候，阴冷入骨。母亲会用竹篾编织成一个一个小“火笼”，让每个孩子晚上焐着火笼，手暖了可以写字完成作业。

火笼是信宜山区独特的产物，状似竹篮子。编织火笼的时候，织到一半就要提前把两层陶盆放入竹篮子里；使用火笼时，往陶盆里放几块烧着的火炭。大人拎着火笼可以串门、上班，有些农村的同学，家里穷，无棉衣穿，会带着火笼上学堂。

母亲骨子里有竹的精神，一生凌霜傲雨，坚忍不拔。用她朴实的人生装点着我们的世界，却从不要求和索取。就像郑燮《竹石》里面写的：“咬定青山不放松，立根原在破岩中。千磨万击还坚劲，任尔东西南北风。”竹子生在恶劣环境下，长在危难中，却依然自强不息、坚定乐观，这不正是母亲一生的真实写照吗？

信宜南玉，被称为中国四大名玉之一，这里是广东唯一的南玉产地，被称为“玉都”。南玉，玉质柔润，石纹雅致，碧绿如翠，晶莹如冰。

小时候，我们三两同学会去玉雕厂玩耍，满地开挖出来的玉石未经加工，像一块一块又老又丑的旧石头，粗糙又普通，歪歪斜斜地躺在地面上。我们喜欢从这块石头跳到那块石头，谁要是先掉到地上，谁就输了。

后来，母亲拾回一些不合格的玉石废料，用铁网捆成一小堆，放在路上的水沟里，填作垫脚石，踩着踩着小路就平整了，母亲说，比砖头耐用。还有大块一点儿的，就放在洗衣地板上当矮凳。

那时候，知道信宜玉石叫“南玉”，比较稀缺，但家家户户总有玉雕厂的亲人或朋友，所以女孩子脖子上几乎都有一串南玉颈链，至少也有一颗桃心型的南玉吊坠。老人家都有一个南玉玉镯，图吉利，保佑老人跌倒不伤经络。那时的玉镯是圆身的，不像现在大多数都是半圆身的，材料很实诚，像信宜人。长大后，知道南玉越来越名贵，就给母亲买了一个，母亲一直戴在手上。再后来出差去云南腾冲，据说，那里的玉比南玉更通透碧翠，我就给母亲买了一双，希望她换上新的，但母亲戴上几天又换回南玉了。不知道是因为怕摔坏，还是因为对南玉更有感情。直到她离世，那个戴了几十年的南玉镯也没有脱下来，随着她一起去了。

如今，信宜泗流玉石矿经过数十年的开采，南玉资源消耗殆尽，已于2000年完全停产闭矿了，玉雕厂也早已关闭。母亲留给我的一串南玉项链，成了无价之宝。

竹与玉的气节与品格，在母亲一生中都得到了很好的体现。无论是她面对艰难时况的不屈和坚强，还是用心给孩子编织温暖的火笼，又或者是用心为他人铺路行方便，帮助许多萍水相逢的人们，她一生都在用行为感染我们。

大爱无言，大道无言。母亲其实是我的思想老师，讲的全是她学习来的、领悟到的生活中的大道理。在艰难岁月中，母亲学会了如何化解烦恼，摆脱自己的命运，而不是被动等待命运来摆布。现在，母亲又把这些经验和家风传给了我们。

小时候，母亲照料谷粮，儿女才可以幻想着星星和月亮。长大了，母亲照料我的谷粮，是我精神上的谷粮，让我在迷茫中仍知道方向。

母亲是我心中那一盏永不熄灭的明灯。

音容宛在

母亲的回忆录中存在大量的语录，有些是她妈妈教她的，有些是她自己总结出来的。

在这里列几行，略表纪念——

“忍字不如让字好，让字不如忍字高。”

“日日待客你不穷，夜夜做贼你不富。”

“施比受好。”

“害人终害己，帮人终帮己。”

“年轻不怕吃亏，力出力又回。”

“帮人不要求回报，回报是老天爷看着给你的，你付出越多，你得到越多，走到最后你才知道。”

“轮回有定数。你帮助过的人，或者他一辈子也没有帮回你。但是会有你从来没有帮助过的人来帮助你，这个人就是你生命中的贵人。这个才是真正的轮回。”

……

或许妈会回来呢？妈妈肯定会在故事中回来。

下篇｜每说一声再见，就是逝去一点点

我一直都觉得，妈是可以把所有事情都忙完之后再去找的那个妈，是随时都能听我倾诉、随时都能关心我、对我不嫌不弃的妈，是我有事情可以任意在她面前哭和闹的妈……

但我却忘了，她终有一天是会不在的。

入院即病危

所有人可能都忘记了，其实我们都过着借来的日子，都必须珍惜每一天。

母亲进入了重症监护室

2017 年 12 月 30 日，我用厚厚的绷带把伤脚捆在一个大拖鞋上，拖着骨折的瘸腿，冲进母亲在深圳的家。一进房间，只见母亲正大口喘气。

“妈。”妈没回应。

“妈妈！”妈妈仍没回应。

十万火急，叫 120 来不及了。我找人帮忙把母亲架上小车，飞速送往 D 医院，加急挂了呼吸科的号。

呼吸科医生问：“哪里不舒服？”

母亲说：“想咳，咳不出痰来。”

“平时吃什么药？”

“拜新同，阿斯美。”母亲在喘气之间费力地回答。

医生好像没听清楚，叫母亲写出来。她在挂号单背面写下了几个字，这时，她还是清醒的。

医生用血氧脉搏器测量后，诧异地说：“血氧饱和度这么低？”迅速再量一次，他果断地说：“立即入院。血氧饱和度低到常人一半以下了，很危险……”

“很危险”的母亲在走道上的一张临时加床上，很快上了吸氧机。

70，80，85，指标升起来了，我暗暗松了一口气。

转眼，70，60，50，数字又开始往下掉。“快来人呀，又掉下来了。”我在走道上大喊。

年轻的医生不慌不忙地过来看了看，说：“看来要进ICU了。”

ICU——重症监护室，10多年里，母亲从未有过进ICU的记录。之前电话里面还说只是“小感冒”，怎么才几个小时就变得如此严重，要进重症监护室？

“一定要进重症监护室吗？不进重症监护室会怎样？进了重症监护室又会怎样？”

对大多数病患家属，特别是危重病人家属而言，这些问题只是后面更多问题的开始。而那些在重症监护室发生的问题，也许有清楚的答案，也许有完全听不懂的答案，也许，只有生死的结果。

“不进重症监护室，可能今晚都过不去了。”医生说。

“如果进重症监护室呢？”

“可能抢救过来了，也可能抢救不过来，还会引起并发症。”

可能？可能！可能……

在病床上意识渐渐模糊的母亲、身边慌乱的弟弟，还有暂时联系不上的姐姐，那一刻，六神无主的我把他们——平时熟悉的医生、朋友、同事，我所有的社交关系——都自动屏蔽掉了，脑子里不断“嗡嗡”回响的，全是各种“可能”。

6时许，重症监护室的欧博士来了。

“你母亲年龄偏大，多种慢性病，目前已经呼吸衰竭，二氧化碳很高，如果不及时插管，生命有危险。”

“什么危险？”

“呼吸停止。”

“如果插管？”

“也有危险，比如插管失败，大出血，并发症，呼吸停止……”欧博士继续说。

“如果不进重症监护室呢？不插管呢？”

“危险更大，过不了今晚。”

这是进医院后短短几小时里第二个医生这样说，我不得不认真听进去了，问：“过不了的意思，就是我母亲很可能今天晚上就会出问题，就可能随时停止呼吸吗？”

“是这样。”欧博士明确地回答。

我全身冒冷汗，不知所措。弟弟也紧张得哆嗦。姐姐在赶来的路上打来电话：“在医院，不听医生的，听谁的呢？莫非我们胜过那些实践了几十年的医务人员吗？”

我们是不是应该保守治疗？赌一把？我迟疑地表达了我自己

的另一个想法。

“万一赌错了，妈没了，谁来担责？”弟弟说。

是呀，这么大的责任，谁来担当？

“医生，你的意见呢？”我问管床的医生。

她年纪也在40岁左右，家中必有父母，直觉这东西也很重要。

“如果是我，我也会把母亲送进重症监护室抢救。如果家中的经济条件允许，想让老人多活几年，就应该积极治疗。经济条件允许，谁会放弃对母亲的抢救治疗呢？”

经济条件允许，积极治疗，不放弃抢救。

这些条件都满足，也必须满足。医生的话，戳中了我的心窝，字字千钧。随即，我的心已坚定：必须救母亲！毫不犹豫，哪怕是倾家荡产。

不留遗憾，是大部分家庭处理亲人生前身后事宜的第一选择，甚至是唯一选择。事死如事生，是我们的文化传统。一个新生命的诞生，可能最具仪式感的就是酿藏那一坛女儿红，待到红妆出嫁，启封庆贺。而生命一旦如日落西山，且不说达官显贵，就是寻常家庭，至亲挚友都会不远千里甚至万里奔丧祭奠。因为新生是尚存一切可能的未知，而离别是一切不再可能的确定。

没有跟意识不太清醒的母亲商量，来不及跟母亲说上几句话告别，甚至来不及给母亲多盖一床被子，在姐姐、弟弟同意的情况下，我一手提着母亲的吊瓶，一手扶着母亲的吸氧罩，就像在战场上奔跑，要抢在更凶恶的病魔来到之前，把母亲送到最安全的地方去。

而当时唯一安全的地方，就是重症监护室。

母亲进了重症监护室，是漫长煎熬的开始。那时候并不知道是漫长的，但很清楚一定是煎熬的。相对于当天晚上有可能就没妈妈了，我们甚至为后来的漫长而侥幸。

“每时每刻都要开着手机。尤其是前 72 个小时，最危险的时间。”医生说。

72 小时过去了，母亲一切生命体征正常，暂时度过了危险期。

通常，在第七天，在病人生命体征稳定的情况下，重症监护室会给病人重新做一个诊断。整个重症监护室治疗的过程就是会诊—确诊—治疗的过程，大概包括了这样的流程：如果本院治疗组对病情有分歧无法统一，就邀请上级医院或者指导医院专家会诊；统一病情诊断；提出治疗方案；做好家属告知解释；实施治疗方案；观察治疗效果；然后重复，直到治愈出院，或者……

1 月 5 日，第 6 天，重症监护室胥主任主张拔管，认为在重症监护室时间超过一周，是窗口期，会有新的感染风险。但其他医生有不同意见，认为拔管有风险，可以更换胸插管治疗，说万一拔管出去又不行，再进入插管，风险更大。胥主任建议上级医院来医生会诊。

家属把亲人送到医院，就意味着对医院的完全信任，把亲人生命权和治疗权完全让渡给了医院和医生，自己留下的是知情权。大部分时候，家属对医院的建议是言听计从的。一切的考虑，不外乎经济条件是否允许、能不能过不留遗憾这一关。

我们姐弟仨同意了。很快，S 医院重症监护室的蒙主任来给母亲会诊了。她开出了会诊医嘱：

一、加大营养，丙种球蛋白、白蛋白，由每天一瓶增加至两瓶。

二、增加一种抗生素，因为担心已经有其他的细菌了。

三、有条件可以转院，到上一级医院，进行更专业更系统的治疗。会诊的最终结果出来了。

在纠结中转院

曾经在某本书里看到过一句话："上帝，他在每种可能的场合掷骰子。"而 2018 年 1 月 6 日这天，我完全不清楚该如何亮出自己的底牌，因为我根本没有底牌。

那天是周六。也不知道从什么时候开始，下雨了，越来越密、越来越冷。经过七天重症监护室的治疗，母亲病情未见明显好转，体温在 37° 与 39° 之间徘徊。

拔不拔管？

转不转院？

"留下来我们也会全力积极抢救治疗。"D 医院胥主任这样表态。

"现在情况还稳定，转到我院我会尽力治疗，但谁也不能给你打包票的。"昨天 S 医院蒙主任浓浓的广州口音一直留在我耳边。

"你们转不转院？今天第七天了，要赶快做决定了。医院要做去留准备和决定。”院方催促我们做决定。

“刚刚有一个病人出院了，空出一个床位，四个病人都在等这一个床位，你们来不来？”S 医院的蒙主任也发来短信。

“没有人会知道老人的病情发展趋势，更没有人能告诉你转院是好还是不好，连医生主任、医务人员都不知道，你更不可能知道。我是支持你转院的。因为你要救治你的妈妈，你有这个强烈的愿望。不转，不去做最好的争取，你会心不甘，对不对？作为女儿，我特别理解你的心情。该做的做了，最终是什么结果都能面对，你就不会留下遗憾，对不对呢？”在另一家医院医务科工作的朋友打电话给我分析。

现任主治医生的承诺、上级医院专家的邀请、在治医院的催问、医生朋友的分析……最后，我们家属的决定仍然是：不留遗憾。

当地勤救护车停到面前时，我发现它比我想象得更简陋。严格说，它不像我认知中的救护车。除了氧气瓶、小型移动监测器，还有医生的小药箱，别的什么也没有了。

民航竟也有救护车，之前闻所未闻。“为什么不叫 120 呢？”

胥主任说：“120 是往医院送，一般不往外地送。当然，有另一个系统的 120 可以往外送，但要预约，要找人。”

紧急时刻，怎么能做到预约？况且这地勤救护车是蒙主任建议的，是 S 医院合作单位。

一男一女两个年轻人站在简陋的小推车前，一瓶破旧到脱皮的氧气瓶，看上去脏兮兮的床单上还落了几根草。两个多小时的路程，就要把母亲的生命托付在这样的设备和医护手中，我犹豫了：这是冒险。

后来我曾想象，重症监护室就像一台一旦启动就无法停止的机器，像在轨道上疾驰的列车。上车的人，无论是病人还是家属，在这台机器上都无法下车，要么就到站停下来，好好的，与来迎接的亲人拥抱；要么就被带走，奔向无尽之地，留下送别的人们。

在转院路上，镇静剂渐退，母亲睁开了眼睛，恢复了一些意识。她躺得太久，想动，她的好奇和求知心让她伸手去摸药瓶，想看看药名。“药水给她推快一点儿吧。”坐在旁边一直不说话的曾医生开口了。

在飞驰前往S医院的路上，地勤救护车后面狭小的空间里，四个人的心态各不相同。

面无表情、例行公事的曾医生，将母亲抬上车后，一直埋头专心刷着手机，一路上不刷手机的时候，除了说刚才那句话，就是在堵车时打开车窗，放进高速公路上搅拌着粉尘的尾气。

职业，对一些人来说只是生活的过渡，对另一些人来说是对生命和理想的热爱。倘若两者都做不到，为何不能像同车护士小舒一样，在本职范围内释放一点儿善意?

“先不加剂量吧，老人好不容易清醒，我想跟她说说话。”我阻止了曾医生给母亲加快点滴频率的提议。

“嗯。”护士坐下去了。心善的姑娘帮老人捏了捏小腿，低声说：“改善一下老人的血液循环。”母亲听到了护士的这句话，投去了友善的目光。

母亲的一生是隐忍的，一切她能够解决的问题，她都自己解决。甚至到了十分不得已的地步，她也不愿麻烦我。她常说："老二多忙呀，她属于他们单位的，我不能让她分心。"母亲以前习惯了父亲的忙，父亲经常不在家的时候，她也会这样说："孩子爸忙啊！他属于他们单位的，我不能让他分心。"

有一次回湛江探亲，邻居阿姨告诉我，2005年，母亲的腿病犯了，关节痛，腿肿得像一个大水桶，穿不进裤子、走不了路，每天度日如年。晚上睡不着觉，痛得她起床撞墙，额头上一块黑一块紫的肿块。"你跟孩子们说一下吧。"邻居看不下去了，劝她。但她说："不能告诉他们，他们都要上班，说了会跑回来，影响工作。"

妈，你太隐忍了，忍得什么事情都自己扛下了，却让我们错判了你，以为你无比坚强，强大到自己可以搞定一切。

母亲的耳朵很大，又长又厚，我用手轻轻摸着。都说长着这样耳朵的人会长寿，母亲一定会好起来的。

母亲的脸很好看，生病了也好看，白里透着红，粉粉的。或许是因为一直有一点儿发烧，所以此刻的母亲比平时更好看，又或是平时我很少像这样细细地端详母亲。

电话在震动，我没有接。母亲却盯着那个已经调到震动状态的手机，一直不转移视线。她期待着什么样的事情发生？或者是在等什么好消息？突然，我想起了一件事，低头翻查手机。

终于找到了，手机里响起了声音："解放初期，大家选举我当春花墩村长……"母亲很意外地看着手机，那是她在说话。没错，确实是她在说话，她在手机里说话。那是上个月她跟我介绍情况的时候，我悄悄录的，我还同时录了视频。声音非常好听，清脆、明亮，中气十足。

母亲眼睛放光，聚精会神，惊喜又兴奋。听着听着，她的视线慢慢移到我的脸上，好像在问我："你什么时候录的呀？我怎么不知道呢？"

我做了一个调皮表情，告诉母亲："你不是要写你的回忆录吗？我给你留着，整理出来，今后我当你的第一编辑，好不好？"

母亲笑了，脸上的肌肉动了动，但她的嘴巴不能咧开，碰都不能碰。

"我知道你同意了哈。等你病好了，你把它写完，我来帮你印刷成一本书，给你兄弟姐妹和他们的孩子，给我们和我们的孩子人手一份，发扬妈妈的光荣传统，传承妈妈的革命精神，教育后代不忘本，永远做积极进取的、对社会有贡献的人。"

母亲的药效可能真的全退了，她把被子撩开了一个角，露出了小腿，她还会把小腿缩回来，竖立在担架床上。这个动作，我和护士同时都注意到了。母亲的四肢仍是那么正常，一个 86 岁的老人，躺了 7 天，手脚却还能如此灵活，多么了不起。

"妈棒棒的。"我伸出大拇指。

"阿婆棒棒的。"护士一直听着录音里的故事，也由衷地给母亲点赞。

母亲直盯着我举起的大拇指，眼睛一眨一眨。每眨一下，我都能领会到母亲的意思。母女之间，天然地有上天赐予的基因密码，外人是永远无法解读的。我们在神交，看着她的眼睛，我便知道她想说什么。母亲的眼里充满故事，但她的脸上却看不见风霜。我抚摸着母亲的额头，手指轻轻地伸进她的头发，往后梳理，一遍又一遍。母亲像一个婴儿，一动不动，任由我在她头上拨弄，很享受的样子。

窗外下着雨，降温了，今天比昨天下降了 11 度。我怕妈冷，轻轻地把被子往上拉了一下。“不用盖这么多，她还在发烧，要敷冰块。”护士把被角轻轻地撩开一点儿，我去捂母亲右肩，怕她的肩部上方受风。就这么近距离贴着母亲的身体，感受着她的温度，看着她的脸，握着她的手。

雨越下越大，救护车的鸣笛声和红蓝闪烁的急救灯光穿透了雨幕。那平时听着刺耳的救护车的声音，我曾以为今生都跟我无关。而在之后的几年里，每当我听到救护车的鸣笛声声，心都会不由自主地打战。

到了 S 医院，医生来抬担架的时候，下着暴雨。我打着石膏的脚全部泡在水里了。

“打起雨伞，打起雨伞。”我高声叫着，母亲的脸上一滴水都不能淋到，针头和氧气瓶一滴水都不能淋到。

曾医生在急催：“快点儿快点儿，我一会儿要去见同学呢。”

躺在推车上的母亲被快速推进 E 号楼。那一刻，莫名的，我想起托马斯 · 格雷的一句诗：“耕地人累了，回家走，脚步踉跄，把整个世界留给了我与黄昏。”

* 母亲觉得佩戴假牙不舒服，总是悄悄取出假牙，慢慢地咀嚼食物。我忍不住问：“妈，你把牙齿拿下来了，用什么嚼东西呢？”母亲说：“牙头肉。”

透明与不透明的 E 号楼

生命是有磁力的，一个人生前有多善良、付出了多少爱，生死之间所呈现的磁场就有多强，对核心附近的加速就有多快，不惜一切代价的愿望就有多坚决。

有亲人进了重症监护室的家庭，哪个又不是如此呢？

别无选择

从医学伦理学角度，伊齐基尔 · 伊曼纽尔（Ezekiel Emanuel）将医患关系划分为三种类型：家长型、资讯型、解释型。

最古老、传统的关系是“家长型”。医生用专业和经验，做出关键的抉择。在这种类型里，医生做出的决定就是最好的。

第二种是“资讯型”关系，同“家长型”关系相反。医生告诉患者事实和数据。其他一切随患者来决定。“这是甲方案的作用，这是乙方案的作用，你想要哪一个？”这是一种零售型关系。医生是技术专家，病人是消费者。越来越多的医生成为这个专业销售的样子。医生对病人的了解越来越少，而对技术和产业链的了解越来越多。这种关系越来越普遍，尤其是在选项清楚、得失明确、人们偏好确切的情况下。从检查、药品、手术……到你接受的风险，你拥有完全的自主，也最大程度避免了医患纠纷。

因此也就有了我和母亲刚进 S 医院 E 号楼，就签下的 12 份“生死契约”：

气管切开术知情同意书

气管插管术知情同意书

有创呼吸机辅助通气知情同意书

无创呼吸机辅助通气知情同意书

输血治疗知情同意书

动静脉穿刺置管知情同意书

深静脉穿刺置管知情同意书

持续肾替代治疗（CRRT）知情同意书

纤维支气管镜诊疗操作知情同意书

外出检查意外同意书

留置鼻室肠管手术知情同意书

留置鼻胃管手术知情同意书

这种冰冷、生硬的仪式，仿佛让我们在母亲入院的这一刻，帮母亲签下了所有的“同意”，让医生后来做出的一切，包括正确的、不正确的治疗和决定，有了免责的理由。

后来，当我重新整理当时的记录时，我才知道：我一直希望获得第三种关系，也就是“解释型”。前两种都不是我想要的，我既想知道更清晰透明的信息，又需要决定权，同时我也需要专业建议，医生能帮我确定想要什么，问我:“你认为目前什么最重要？比如是治疗手段优先？还是病人的尊严感受优先？是技术优先？还是经济负担优先？你有些什么担心？”了解答案以后，再介绍甲方案和乙方案，并告诉我有没有辅助的机构和部门帮助我理解这种担心？哪一种方案最能够帮助我实现优先目标。但是，在目前的医疗管理和决策体系下，这几乎不可能。

“难道我们还有别的选择吗？妈在里面抢救，万一有突发情况，为了赢得时间，我们都得尽快签上字，以便医生及时处理，”姐姐说。姐姐的表达没有任何问题，那也是她的妈。

“在医院里，你不相信医生，你还能相信谁？老人的性命也只能交给他们了。无论是对是错，无论前面是阳光大道，还是万丈深渊，这一刻，你都别无选择。”这是一个患者家属口中的选择，也许这也是所有患者和家属需要面对的现实。

从一个重症监护室到另一个重症监护室

转入S医院重症监护室，一切还要重新开始。后来我常常想，在D医院最初7天的治疗，在母亲病情稳定的情况下，转院是不是最佳选择？因为转院过程中的感染暴露风险，以及转院后在新医院出检查结果的等待期，母亲脆弱无比的免疫系统被拖垮了。

办好入院和后续手续，我赶回深圳处理工作。第二天，姐姐打电话给我："要送妈妈去 CT 室做肺部检查，就换气瓶那几秒钟的时间，妈妈的血压突然掉下去了，心率异常……"我放下电话，提着前一天带回来还未来得及洗刷的衣服包，又踏上了和谐号动车，往广州飞奔而去。

在母亲的最后一个多月里，我坐了一生中最多次的火车，拖着瘸腿在深圳和广州两座超级城市间奔波，疲惫、跌倒、流血。然而，这一切都没什么，因为我所有的亲人都这样，姐姐、弟弟、晚辈、父母家的亲人、母亲的挚友们。

生命是有磁力的，一个人生前有多善良、付出了多少爱，生死之间所呈现的磁场就有多强，对核心附近的加速就有多快，不惜一切代价的愿望就有多坚决。有亲人进了重症监护室的家庭，哪个又不是如此呢?

而当时，这个磁场是在医院新楼工地旁边，是跟正在装修的科室共用一条通道的重症监护室 E 号楼。在各种规则、各种流程、各种人情、各种家庭背景、各种治疗决定、各种悲欢离合的透明或不透明的影像叠加下，混合着希望的多色和绝望的单色，在工地巨大的噪音、粉尘、刺鼻的装修气味，医院药水和消毒水气味中，在监视器前呼唤、在走道上的哭喊声中站立起来，对一些人来说，这是生命的堡垒，重生的标志；对另一些人来说，这却是生命的旋涡，生离的节点。

这一天，医生用了很长时间给我们介绍母亲的病情："你母亲一直发烧，38.2 度，血压靠用药，高压维持在 140 至 150 之间，如果稍调，指标很敏感，马上跌至 100 以下。心脏情况暂时还稳定，但基础病太多。尤其是糖尿病患者，呼吸机降参数，二氧化碳就升高，感染就得不到控制。心功能不好，是不能脱机的。若感染控制不好，下一步要考虑气管切开，可能能更好地管理气道的痰。”

医生耐心地讲述母亲的情况，这是透明的。

抢救了 5 天，在跟病魔的赛跑中，我们依然落后。我双手合十，不停弯腰：“谢谢，谢谢。”

我们患者家属不懂得生命医学的知识，医生就是专家，交给他，你就要相信他，并全力配合。除此之外，我们没有任何作为。每一次，看着谈话室挂着的一面面救死扶伤的锦旗，就知道这个科室团队救治过无数的生命，获得了许多功绩。我们应该相信他，尊敬他。我希望有这样一天，母亲得救了，我也做一面大大的锦旗，高高地挂在医生办公室的墙上。这也是透明的。

家属在重症监护室外，多数时间就是等待，在这里等待一切。世界并不因此而停止，情绪也并不因此而平静，相反只会用更大的波动来回应。里面是 86 岁的病危的母亲，外面是 60 岁左右的三姐弟。孩子们根据昨天的医嘱，在等待从重症监护室出来去做 B 超检查的母亲。

然而，约定的时间已经过了很久，母亲还没有出重症监护室。我的焦急溢于言表：“怎么会这么不守约定的，都到了几点了？”

“医生心里有数的，不出来一定是有事情。或许妈妈正在治疗，又或是病情有了变化？”姐姐一边安慰我和弟弟，一边介绍她去年陪母亲在 S 医院治疗的情形和经验，最后还劝我说：“你这性格太急，不沉着。做不了医生。”

“谁说我要做医生呢？谁不焦急？换上谁的妈在里面能不焦急？”我并不想顶撞姐姐，只是，此时此刻，大家心情都不好。

7 个多小时过去了，我终于忍不住第三次按响了对讲机。“11 号床阿婆，今天有些情况在处理，处理完了会告知你们，耐心等待吧。”对讲机里终于有人说话了，不知道是医生还是护士。

10 个小时过去了，原定上午 10 点就开始的检查，一直等待到晚上 8 点依然无法进行。今天的 B 超检查，完全应该在昨天做 CT 的时候一起完成的。对于重症病人，难道医院就没有一站式减少暴露、流程优化的绿色通道吗？为什么没有？

“你的意见提得很好，我们也希望你向医院办公室提意见，我们对患者也很同情，每一次出去，都会有各种风险，都有回不来的可能，我们压力也很大。”看来医生也很无奈。

我失控地大哭起来

医患沟通，通常一遇到“走流程”这头怪兽，就会双方都败下阵来。

就像二楼的大装修，施工现场管理一片混乱，装修处甚至都没有用一块蛇皮布挡一下。天天有人在医务科投诉。姐姐在投诉书上签了多次名字。但医院太大，领导太忙，任何一条意见，提到院长办公室讨论，都得等半个月一个月。工作要走流程、报预算，可重症监护室病人的病情没有预算表，也不可能预算。这些客观状态和问题如此透明，但是在体系面前，却都变得并不透明了。

这种不透明，最终就像压力锅一样，不是在医患纠纷中爆发，就从医疗管理内部崩溃……或者像那场发生在E号楼的大火，看似猝不及防，其实早有征兆。

那天，探访时间已到，不到两米宽的走廊里挤着几十个病人家属，还有穿着警服的男人。我还未看清楚发生什么事情，家属们已经群情激奋："走，我们一起去打110报警。如此严重的噪音和烟尘竟无人来管理。"

嘈杂中，施工工头就站在旁边，却是一副爱理不理、无动于衷的样子。

"你们太不像话了。医院最重的病人都躺在里面，生命垂危。我们家属每天扛着巨额的人民币来这里，是送病人来急救的，不是来受这种污染和刺激的。这种污染严重超标的环境，如何确保病人不受感染？太没良心了，难道你们都没有父母，没有兄弟姐妹？没有妻儿？没有亲人生病入院吗？如此冷漠和无情，太残酷了，简直毫无人性……"

家属们越说越愤慨，情绪如烈火一般，很快就紧紧地围着工地，开始砸东西，有人还高叫着院长的名字。

随后，医务科来人了，跟病人家属解释、协调……

5点25分，楼下有人大叫："起火了，起火了！快跑呀！"

我拖着瘸腿，飞快跑下楼，到了大楼外面，只见熊熊大火从 E 号楼楼角边升起，像一条火龙，直向天空，气势如虹。我下意识拿出手机拍照，眼见着火势越来越猛，而且势头得不到控制。

围观的人很多，没有一个人想起打 110。姐姐扯着嗓门喊：“打 110 呀，打 110 呀！”她一边叫一边打电话，旁边有几个保安竟束手无策。

“赶紧打开灭火器，赶紧抓水枪……”场面非常混乱，病人家属和医务人员都被眼前这突如其来的火情吓蒙了。

大火一直在燃烧，毫无停止的迹象，火苗一簇一簇向上喷，直逼架在上空的十多条电缆线。这些线是通往 E 号楼的电线、网线，所有的照明、空调、设备、监测器、呼吸机、心电图……一切设备，都靠着这些电缆线支持运行吧？

我突然想起母亲，母亲在电线的那一头，母亲正吸着氧，身边还有监测器。母亲跟所有的重症监护室里躺着的病人在一起，甚至那些医务人员也和他们在一起。

此时，医院警报还未拉响，我想去救我的母亲，想如何去救我的母亲。大火继续燃烧，像吐着黑烟的狂龙。我三步并作两步又跑回二楼重症监护室门口，拼命敲门。之前聚集在门口的人都不见了，室内也没有人应答。是不是里面的病人全部都转移了呢？转移到哪里去了？这么短的时间，他们就做出了如此迅速的决定吗？不像。

母亲一定还在里面，因为没有人接母亲，就连我都没有接到通知，母亲一定还在里面！一想到母亲有可能昏迷不知人事、大口地吸着氧，根本不知道外面发生什么事，我心急如焚，想着：必须赶紧去抓住一台推车，我要第一时间冲进去，把母亲接出来，安全转移。然而，重症监护室无人开门，怎么叫也无人开门。

我又慌忙跑回到了一楼。大火如魔鬼喷毒，毫不收敛，继续向上发威、发威。天空浓烟滚滚，不断向四周扩散，张牙舞爪。

火离电缆只有不到一米的距离了，随时会使电缆燃烧爆炸。我死死地盯住那团火舌，祈求火势能够弱下去、压下去。但没有，反而好像越烧越烈，电缆线随时一触即燃。我手上什么工具都没有，只握着一瓶矿泉水。我冲上前去，想把矿泉水盖打开往里泼洒，但火势太大，我根本靠不上前。

大火烧到电缆线了，很快就会烧到重症监护室了。E 号楼整栋大厦立即都会停电、停水、停氧气了。母亲还在里面，没有医生护士救母亲，母亲逃不脱这场灾难了，母亲将和重症监护室里的病人及医务人员一起葬身在这场大火中，牺牲了，可能什么都不会留下……

一想到这里，我失控地大哭起来："快快救救我的妈妈！"就像小时候，有人欺负我的时候，我大声高喊"妈快快来救我"。那时，母亲就会及时赶来，挺身而出，为我驱恶扫害。

我跪下了，向路人和围观者求救："快呀快呀，出人命了。"千钧一发之际，医院门前终于响起了救火车的声音，震天动地。但外街上车水马龙，繁华的大街上人潮汹涌，救火车掉不了头，根本进不来！还好，救火车随即绕道，从医院后门挤进来……火势得到控制。

大火终于在 6 时许灭了。后来我听人说，起火原因是现场一个工人随手把烟头扔到了一堆易燃材料上。

除了听从、执行，我们还能做什么？

2018 年 1 月 12 日，是母亲转到 S 医院的第 7 天，我终于再次见到了当时指导并安排转院的蒙主任。她说自己非常忙，几乎都在外面开会或会诊。

“你母亲的检查结果陆续出来了，仍然是‘鲍曼不动杆菌’感染，刚刚又把医嘱改签回来了，但已经有耐药情况。基础病多，肾功能不太好，炎症不好控制，”蒙主任耐心地向我们介绍，“你母亲化验结果对‘B’是敏感的。外面有一种特效药，这个药的全名叫‘多黏菌素 B’，香港、澳门可以买到，1000 元一支，一盒 10 支，10000 元一盒。我们这里有上一次病人未用完的，可以先借来用，你们去香港买回来再还给他，也可以把他这盒买了。优惠价 9000 元一盒，便宜 1000 元。我先讲清楚，这个操作不合规，但你情我愿，你要在上面签字不是医院推荐的药物，自愿承担一切风险。只要治好了你母亲的病，就是我们的共同愿望。你说呢？”

即使在合规的情况下，这种推荐也是缺乏透明度的。德国医生尤格 · 布雷希在《无效的医疗》一书中揭示，对抗疗法几乎已经成了现代医疗的代名词。而早在1979年，世界卫生组织就指出，21世纪全球人类必将发展的四大医学包括：自然疗法、传统医学、顺势疗法和对抗医学。全世界25000种医疗刊物，每年发表超过200万篇论文，其中五到七成的研究结果没有公之于众——因为它们反映了现代医疗负面或有害的一面。

“你母亲的病还是很重，虽然会诊心脏的结果还好，肺比原来也干净多了。不过，肺水很高，脱不了机，抗生素已经调整了，但这个药也可以同时上。当然，这个药还有一种叫‘多黏菌素E’，雾化吸入，但它没有静脉输入效果快和好。我们要想尽一切办法尽快让她的肺好起来，争取脱机，撤出重症监护室，你说呢？”

我没有接蒙主任的话，我不知道该怎么接她这个话。作为病人的家属，作为母亲的女儿，此刻医生说什么好，我们就听从、执行，依然无法选择。

为了谨慎起见，我们决定先不采用“多黏菌素B”，而是采用“多黏菌素E”雾化。女儿当天从香港紧急购买到“多黏菌素E”，通过女婿和侄女三站接力，于当天晚上10点左右送达医院重症监护室。

母亲用上了这种推荐的特殊药物。然而，几天过去了，“多黏菌素E”并没有明显效果。

母亲被抢救的第21天，进入S医院第14天，蒙主任第三次找我们谈话，还是建议我们采用静物注射的“多黏菌素B”。“因为你母亲对B药物有敏感，”蒙主任继续推荐，“也是想着对你母亲有用，想办法让她尽快好转。之前已经讲过，是一个前面病人家属买的，你们自愿接受转让。你要先付款，才能使用。我们医院不经手，不要说我们向你推荐的。”然后蒙主任的助理拿出了一张预先准备好的《患方自备药物使用声明书》：“11 病号，经考虑，我决定在医院使用我自备的药物，名称为多黏菌素 B，在此声明：1. 该药物不是由院方供给，而是我方自己在院外获得；2. 我方对该药物的来源、疗效和安全等负责，该药物使用所发生的一切不良反应和后果，均由我方自己承担，与医院无关。”

再加一份谈话记录：“多黏菌素 B 静脉给药可能加重肾脏负担，引起肾功能不全进一步加重，患者家属同意今日加入该药，及了解药物毒副作用及可能引发的不良后果。请签字如下……”

我可以不签字吗?

我没有跟上帝掷骰子的能力，也没有面对对抗性治疗方案的任何“底牌”。

但是……

生命在徘徊

危殆的母亲不过是一株蒲公英，是自然界最脆弱的生命；但她仍然是一株会思考的、奋斗中的蒲公英。

用不着动用整个世界的力量来毁灭她，当她步入重症监护室中时，一口气、一滴水就足以带走她。

然而，纵使世界毁灭了她，母亲仍比夺走她生命的东西高贵得多。因为她知道自己终会告别，世界比她更强大，而那些置她于死地的细菌却对此一无所知。

所以，人活着全部的尊严就在于还能思考。这便是屈原写的："亦余心之所善兮，虽九死其犹未悔。"

我后悔自己当年没有学医

2018年1月15日，主治医生告诉了我们几条信息：第一，母亲的心脏功能、肾脏功能越来越不好，"储备不够"；第二，消炎药已经用到顶级了，医院规定抗生素只能用三种，现在已经同时使用四种了；第三，刚刚又换了一种新药，观察两天，如果仍不退烧，炎症得不到控制，治疗就到了尴尬的阶段，医生无从下手。

在后来整理资料时，我了解到“鲍曼不动杆菌”的主要来源，是院内感染，最多发的地点是重症监护室，其次为呼吸内科。感染的病人多是老年患者、危重疾病及机体抵抗力弱的患者，以及使用各种侵入性操作和长期使用广谱抗生素治疗的患者。因为抗生素的滥用，导致鲍曼不动杆菌产生抗药性，变成“多重抗药性鲍曼不动杆菌”。我国的绝大多数菌株对亚胺培南、美罗培南、头孢派酮 / 舒巴坦和多黏菌素 B 保持敏感，但在呼吸道感染的治疗中效果较差。

“炎症从哪里来？除了肺部的痰，还有其他吗？风湿？药物反应？或者根本不是来自她自身的？”实习医生讲漏嘴了。“细菌、真菌、杆菌，都在培养，不断寻找。但是都不敏感，迟迟没有培养结果出来。也可能都有，也可能又不旺盛，不敏感，显示不明显。四种抗生素药物可以大包围，完全可以覆盖了。”年轻实诚的实习医生继续说。

我想起一位朋友说过的话：“拿一个原子弹去炸一个蚊子，蚊子死了，但全身的器官也给摧毁了。”

母亲 86 岁了，这部“机器”一直在维修。注意保养、呵护，机器仍可以运行。一旦有个什么诱因，引爆了她的某个零件，整台机器就咔嚓停运了。

母亲这台老机器能够经受得了这么超剂量的冲击波吗？

“目前血压靠升压器维持，肺可以一直使用呼吸机给氧，最怕的就是心脏。现在出现了心律失常、房颤，随时有可能休克。心不工作了，没有人造心脏，这是最致命的。”

“今天发现消化道也出血了，暂不知道下一步其他器官会不会进一步损坏。所以，我们医生也应该跟你说实话，你们要有心理准备，不一定能好得过来。如果烧不退，感染加重，生命体征往下滑会加速，线条很陡，多米诺骨牌效应，兵败如山倒……”我的手在发抖，心跳加速，呼吸要停止了。我第一次感到“死亡”两个字的降临，而且正一步一步向母亲迫近。

我后悔当初没有选择学医。我想起了父亲一辈子强烈地希望家中有一个懂医学的人，不管是女婿还是儿媳妇。他能想到老来的时候，或许他或母亲身边需要这么一个人，一个能够给予他们晚年安全和保障的人。假如我学医，我在这时会怎么判断？在保守和激进的方案中怎么选择？我是否真的清楚患者家属此刻的需要？我能否在专业基础上准确清晰地告诉他们，让他们能更好地决定？

每一秒都在生死关口

那天晚上我做了一个梦，梦见我和母亲又去了一次红树林公园，我们还坐在上次那张长凳上，看着对面的香港元朗，看着海上的渔排船只，看着来来往往的人流。这一次，我拉着母亲的手，让她靠着我，我能感受到她的体温，时不时侧着看她红润红润的脸。接着，给她戴上帽子，戴上眼镜，看那大红的太阳一点儿一点儿西落。没有人的时候，我伸出臂，紧紧地把母亲抱着，拥在怀里，不愿意放开……

2018 年 1 月 16 日，医生护士都比较高兴："今天阿婆精神好得很。太好了，还跟我们主动交流，表情很丰富。体温也在下降。"

"但是，监测器上的指标都不好，而且还严重了……这种病人表象和监测数据不一致的时候，我们医生也特别警惕。我们需要观察一两天，我们十分担心是不是'回光返照'。"

每个人在生命长河中起伏、回旋，即便到最后阶段，体征也随内心和意识的水流搏击，在正反和阴阳之间向着光明努力。人之相与，俯仰一世，知或不知老之将至，况修短随化，终归于期，这是王羲之在曲水流觞时的生命感慨。有时候，在大限之前，出现意想不到的反转，就像在最后漂流徘徊中的生命挽歌。

管床医生说最后一句话的时候，我的心又被揪了起来，喉咙很紧，好像有什么堵在那里，情绪立马从高点跌到低点。就像昨晚梦中幸福的微笑，如果是现实就继续笑下去；如果是梦，我宁可自己不要醒来。

第二天，女儿倩倩和女婿来看外婆。"傻外婆，疼外孙，长大了胳膊往外拐。"母亲想倩倩的时候，时不时会哼这个小调。倩倩是外婆带大的，她知道外孙女长大了会飞走的，越成功飞得越远，但仍是那么坚定地不由自主地爱她，为她做一切。那种爱就像我现在爱着我的外孙一样，一代又一代，外婆的"傻"爱无药可救。

探访带来转院以来最好的消息。医生说："老人体温继续在下降，只有 37 度，炎症指标也在下降，呼吸机的参数也在下降，鼻喉科气管插入术做得非常好，几乎不出血。这一次，是真的指标向好了，改善了。"

多日的揪心可以轻轻放松一下了，我坐在长排椅子上，长长地舒了一口气。看来一切都没有白费，所有的努力都有了结果。

我们也开始休整，在医院饭堂里买了一碗牛腩粉，可没吃几口，突然姐姐接到了管床医生的电话："你们家属马上来一下。"我和姐姐飞奔上二楼。"刚刚你妈又出现紧急的状态，呼吸机管子松了，掉下来了，呼吸马上急促，差一点儿……"医生没有说下去了。

"天呀！"我们吓得一跳。怎么会出现这么低级的错误呢？一个堂堂的名扬五省的医院，怎么可能在它的重症监护室，生命垂危的病人身上，一条插得好好的管子，说掉就掉下来呢？

"后来呢？"

"立即通知耳鼻喉科的医生过来，重新接了一条新管子。"

"怎么会出现这种事故呢？"

"可能是老人插管口松了，也可能护士帮她翻身，碰到了还是压到了。哎呀，无法说得清楚。我们医院过去用的都是进口的，非常好用，用了十多年了，很少出现这种状况。国产的产品质量比较差，软软的，松松垮垮，经常出现这种情况，医生用得胆战心惊。"医生很无奈地解释。

越想越后怕。好在发现得及时，医生及时赶过来了，若是运气没那么好，母亲是不是就出大事了，停止呼吸了？然后医生用早已签好的同意书上任何一条：治疗无效，抢救不成功，病人死亡……给我们发一份通知书？

阿图 · 葛文德在《清单革命》一书中提到，人的身体会以13000多种不同的方式出问题，医生手中有6000多种药物、4000多种治疗手段可选择。在重症监护室，每位病人平均24小时要接受178项护理操作，而且每项操作都有风险。医院的操作规范一点儿也不亚于飞行员对飞机的驾驶要求，因为他们同样面对的是生命。

我们强烈要求更换进口的管子，但医生说："整个医院都没有这个进口管子了，听说进口批文过期了，全部不给进口了，有钱也买不到。现在全医院只有这一种国产的管子，没有选择。"

在医院，有了钱，也不是万能的，有些器材多贵你也买不到。而作为重症监护室患者，每一秒都在生死的关口徘徊。

碎钞机

没有经历过重症监护室，就不能完全懂得生命无价的现实含义。重症监护室每天的住院费用高昂，自费的白蛋白、丙种球蛋白，从每天两瓶加到四瓶，每天下午四点去医院指定的门店交现金，自行购买。

钱不够了，我去自动柜员机取钱。这辈子没有在自动柜员机上取过这么多的钱，取到最高上限了，再也取不出来了。我回深圳取现金，因为那时没有开通手机银行转账。心想，只要有足够的钱，母亲的治疗就不会受阻，一切才有保障。

后来我才知道，足够的钱，只是救母亲的保障之一，但并不是必然结果。

推进去的病人都是躺着的。醒着的都是痛苦的，醒不来的都是被别人支配的。这里的病人开销最大，一天要两三万，而且一床难求。

人病了，在医院里花钱就像碎钞，重症监护室就像是一台高效的碎钞机。所有进来的家属都已经不知所措，医生说什么，你就做什么，无价可议。但仍前赴后继，无怨无悔。“你不搏怎么知道会不会有机会呢？”这是一个病人家属说过的话。

不治，几乎就是零概率。赌的不是生意，而是一条人命。

有没有人认真想过临终关怀（缓和医疗）以及怎么让生命最后一程走得有尊严？

世界卫生组织提出的缓和医疗原则有三个：重视生命并承认死亡是一种正常过程；既不加速，也不延后死亡；提供解除临终痛苦和不适的办法。

终于等到管床医生出来。“‘鲍曼不动’现在检查已经没有了，消灭了，”但是，医生接着说，“体温仍然在波动，37 至 39 度之间，考虑还是有感染。一直在全力查找原因，是药物或者其他因素引发，用排除法一个一个抓坏蛋。”医生仍然很耐心地向我们介绍情况。不知道是疲劳的原因还是其他原因，他的目光无神，甚至不敢正面看我们。“今天本来计划要推出去做一次检查，但生命体征不够稳定，风险比较大，为了把指标收集得更全面，明天安排六个部门来会诊。”医生停顿了一会儿，继续说：“肝功能不太好了，真的不太好了。总胆红素继续往高走，比常人高一倍。转氨酶也开始增高了，这是个大事，凝血功能不好，会影响肝功能。”

管床医生说：“心脏指标仍然不好，血压又出现了问题。现在怀疑脑部、消化道可能有出血。病情不稳，不敢推出去做 CT，没有 CT 检查结果，就无法准确下药。多黏菌素 B 已经用了三天，现在停了，又换回多黏菌素 E，老人对 E 反应很大，每次治疗，额头大量出汗……”

但我在想，如果没有医生推荐的多黏菌素 B 和 E，母亲的病情会是怎么样？好一点儿？坏一点儿？那些停了的多黏菌素 B、E，后来都到哪里去了？

医生这些专业的解释，就算我多年后反复整理，依然一知半解。一位朋友看完后归纳集中在这几方面：体征、指标、不明原因，对细菌培养有敏感性药物反复使用依然无效。我们作为家属做到了不惜一切代价——金钱，人力，物力——依然无效。

蒙主任第四次跟我们谈话。

“听说你不签病危通知书？”蒙主任的表情有些异样，“治疗在继续，医生会诊后调整了治疗方案。目前治疗很矛盾了。积极治疗，液体补多了心受不了，心衰。液体补少了，血压掉下来，肾又不好。许多药用上去没有效果，有些药不敢用。治疗上再次进入了复杂的胶着状态。保了心，肺不好；肺好一点儿，心又不够力。你焦急，她无动于衷，你给力，她不接力。或许这次病就是她的一个诱因，就是要走下坡路了……当初接你们过来，只是尽力去做，没有人敢打包票，包你治好的，对不对？机会已经不大了。你们如果不信任我们，你们可以看看哪个科室、哪个医院合适，可以转去那里治疗的。”

我开始气短，喘不上来。蒙主任见我没有说话，好像预先已经准备好了对所有病人家属宣读的版本，继续说：“有许多病人最后都要回家，放弃治疗的。你们如果有这个想法，我们医院会配合你们办出院手续……”

我心在翻滚了，不仅仅是气短，好像有人在戳我的心窝。治疗到了今天这个地步，仿佛是母亲的错，母亲“不够力”。对一个躺在重症监护室已经没有意识、奄奄一息的老人，这难道是她的责任吗？

母亲不重症，我们进重症监护室干吗？我们不信任你们医院，我们送母亲来这里干什么？现在让我们转科室转医院？你让我们转到哪个科室去？撤到哪个医院去？母亲被治成这个样子了，我们还能撤吗？

拔管出院，送回家？

回家，回哪个家？湛江家吗？父亲已经不在湛江了。回廉江老家吗？那个老屋已经无法居住了。回春花墩吗？母亲 13 岁参加革命，出生入死，四海为家，外公外婆早已不在了，她回哪个家?

我们绝不放弃，万一母亲本可以醒过来，我们却在母亲醒来之前放手了，那我三生都不得安宁。我必须守着母亲，一步也不离开。坚持在这里，无论结果如何，我要与母亲在一起。谁劝也没有用。

“妈，我们一起赌下去。我绝不放弃你！”

当年生我，你不就是这样跟医生赌博的吗？你赌赢了，你的老二活了下来，有了后来的一切。现在老二跟你一起赌下去。你把她带到这个世界来，她不能让你从她手上离开这个世界！永远别让我离去，永远别离我而去。

极度的痛苦，让我否认当时现实的一切，尽管别离可能是最后的选项。一个人可以选择不相信发生了可怕的事，从而避免痛苦。一旦事情严重的证据越来越难以否认，情况就变得比较棘手，所带来的创伤后应激障碍（PTSD）就会越严重。在随后的几年，我依然没有摆脱这种伤害。

在南方凛冬，顽强地支撑

“逝者如斯夫，不舍昼夜。”孔子曾站在滚滚的河岸边发出这样的感叹。是的，失去的时光是如此宝贵。在生命最后的这一段，如果是无法避免的，重症监护室留给逝去的母亲和我们的最大伤害，不仅有生死的沉重，还有那种不舍昼夜渐渐逝去的生命之轻；是母亲在各种仪器药物下失去的尊严；是我们无法将最后的陪伴送到身边，而只能每天十分钟隔着屏幕呼唤，经过麦克风、电线、音箱，渐渐冷却的希望。

在这希望尚未完全破灭、心中尚存侥幸之时，我陪她走完最后一段路。只是，那时候还不知道这就是最后一次。

医生决定冒险将母亲推出重症监护室，再做一次 CT 和 B 超，获取更准确的数据。母亲身上插着各种管子，四个医护人员，两个人推车，一个人拎着氧气瓶，一个人监视着床上的血压和心脏脉搏机。我拥上前去，一边问“妈，妈，你好点了吗”，一边忍不住用手去捂住她的额头。外面风大，怕母亲着凉。

母亲没有反应，输液瓶中缓慢升起的气泡，因微弱破灭了；再升起，再破灭……在希望升起和破灭之间，输液管是我唯一能感觉到母亲有生命体征的地方。母亲发黄的脸，被固定胶布摩擦破损的嘴角，不忍直视。

CT、B 超分别在 A 号楼三层和七层，从 E 号楼地面穿过 C 号楼才能到达 A 号楼的地下电梯。

电梯里人头攒动，水泄不通。一个推车病床几乎占了一个电梯的空间，几次来回，都推不进去。医生急了，叫起来：“让一让，让一让，这个病人很重，大家照顾一下。”没有人会照顾，也没有人会让位：来这里的要不就是病人，要不就是心急如焚的病人家属。

没办法了，我急中生智：“这个病人有传染病，大家注意一下。”瞬间，电梯里的人同时往外逃，像躲瘟疫一样。电梯空了，母亲终于上到七楼的B超室。

CT室在三楼，母亲从电梯里推出来的时候，整层楼熙熙攘攘，不断有人咳嗽。在重症监护室躺了30多天的母亲手臂全肿了，到处是针眼，还有一块块瘀青发黑的地方。医生找血管打显影剂，拍一拍，没有，再拍一拍，换一个地方，针终于扎了进去。

“妈，你身上还有一块好的地方吗？是不是全身都扎过针了？看你如此受罪，我却不能为你分担，女儿多么不孝啊。为了治疗，我们坚持一下，再坚持一下。好吗？”

躺在CT床上，母亲身上的被子被拿开了。妈，你一定很冷吧？

“为什么不给被子盖着呢？”

“被子上有棉花，影响CT清晰度。”

“盖上，盖上，一条小被单也好。”我好像听到了母亲的声音。每一次我写报告、写单位总结，累了，在沙发上躺小半会儿，母亲就会凑近我，把一张小被单放在我的肚子上：“别着凉了啊。”

这一天，我们有足足两个小时待在一起，这是我30多天来最充实的一天，也是最后陪伴。

B超和CT结果没有医生判断的那么重，排除了脑部大面积梗塞和出血，排除了消化道出血。药物调整后，凝血功能好像也改善了，但肝胆红素继续走高。“她心脏很不好，很多强心药都用不上，毕竟不是一颗18岁的心，是80多岁的心脏了。二尖瓣膜钙化，狭窄，关闭不全。流输送梗堵。知道什么意思吗？”

管床医生看我们皱着眉头，疑惑不解，继续解释："钙化就是硬了，长成骨头了。本来软软的，像肉，一扩就行了。现在药物一扩，就积在心脏里，受不了，就会爆炸了。明白不？这是一个手术适应征，如果感染被控制住了，外科医生是愿意给我们做手术治疗的。可现在的情况是，输 300 毫升都受不了，心衰了，强心针不能打了，效果不好。为什么这两天把白蛋白、丙种球蛋白减量了呢？就是心脏负荷太重了。如果是一个年轻人的心脏，营养足够，很快就好起来了……"医生似乎一直想告诉我们，治疗效果不好，是母亲的问题，不是医生的问题。

"肺部没有想象中那么坏，也没有大面积脑梗，就是心脏不好。整体情况不好了，懂了吗？"

望着医生的脸，看着她嘴巴不停在动，我有点儿恍惚。我紧紧捂住心脏，告诉自己："深呼吸，深呼吸。"

吸进肺里的，是这个异常寒冷和漫长的冬天。越过南岭山脉的寒流裹挟着北方的雪，在粤北上空犹豫了一下，变成大雨落下来，把广州的温度扯到只有 4℃。这是广州多年来最冷的一天。也是我生命中最冰冷的冬天。从深圳过来，没有带上厚衣服，穿了两双袜子，仍冷得咬牙打战。

"你怎么会冷成这个样子？身体太弱了。"姐姐说。昨天她把母亲十多年前做给她的厚棉花被让给我了，她盖得被比我更薄。我不敢说话，身体哆嗦着，在屋里走来走去。

下午去医院，雨，打湿了衣服，冻麻了手指，我和姐姐一路无语。

按键——响铃——等待——11床——镜头切换到母亲。

“妈，妈，你好点儿没有？你睁开眼睛看看我们，我们每天都来陪你，给你力量。妈是棒棒的，永远是我们学习的榜样，永远是我们厉害的妈。”镜头里，母亲吸着氧气，身体有起伏。“妈在呢。”姐姐叫了一声。母亲慢慢睁开眼睛，往声音的方向寻找我们，眼球上下转，用眼睛跟我们交流。

“妈醒了，妈在找我们。”弟弟大叫起来，兴奋得不得了。“妈今天有精神呢。”姐姐也自言自语地说。

医生在边上帮母亲换管子，她迅速地把头转向医生的方向，非常敏捷，乖乖地等医生操作。这么长时间第一次见她这个样子。“妈真的好起来了！”我们齐欢呼雀跃。

一个躺了32天重症监护室的86岁的老人，在大家都以为不行了、一步一步滑向深渊的时候，凭着她超人的意志和毅力，终于挺过来了。她战胜了所有的“敌人”，这是多么伟大又神奇的事情。

主管医生出来了：“阿婆从昨天后半夜开始就退烧了，血压也比较稳定，总胆红素在下降，白细胞也渐渐减少，各项循环指标在改善……”

医生今天的心情也大好，手舞足蹈在描述母亲如何配合她治疗的细节。“阿婆的变化令我们都很意外。周末回来一看，完全像换了一个人似的，护士都不太相信。”医生特别兴奋。

事实证明，上周的坚持是多么正确，多么值得。我们终于守住了妈，妈终于醒过来了。母亲在最黑暗的时刻，在医生的绝望中，在大家的绝望中醒来了，彻底地醒来了。

这一夜，我安心睡着了，姐姐却兴奋得一夜没睡。她甩掉了台面上的写了一半的母亲的悼念词。

生命以不同的轨迹走向消亡。最初，精力只是逐年下滑，然后逐月下滑，最后是一周不如一周。到了生命最后的阶段，则一天不及一天，这种情况通常表明，生命之光的时间不多了。

但有时，在最后的阶段，情况会出现意外的反转，这就像夜莺的歌声，也像日落之前折射向天穹的晚霞，光芒万丈。发生这种情况有时难以解释，偶尔也有明确的原因，不过此时，出现这种好转的情形可谓喜忧参半。

血源血缘

如果母亲没有这么多的子女，像我们这一代，一家只有一个孩子，遇到这么大的事件，谁来照顾？如果生命最后会这样安排我的命运，我会不会要求我的女儿像我守候我的母亲那样，坚守到现在，为了治疗抢救我，不惜一切代价？

在母亲病情恶化那几天

早上，弟弟带回好消息，母亲的情况继续好转。我们再次确信，这次母亲真的是好转了，逆转了。姐姐开始找人，大家开始讨论母亲撤出重症监护室后转科的事情。

下午去探视的路上，姐姐不断打电话，向医生朋友咨询意见，是继续治疗呼吸系统先稳定情况，还是先做心脏手术？不管上哪个科室都行，重要的是我们可以每天贴身陪着母亲、照顾母亲，这样就比待在重症监护室安全多了，至少空气也会好许多。

走进重症监护室，楼梯里就有人跟上我们，问：“你母亲什么时候搬出来？”这些病人家属跟我们当初的心情一样急切。

轮到我们探视，铃响了很久，无人接听。今天又有几个新病人进来，家属们很紧张，在谈话室里，像我们第一天那样，签各式各样的同意书。我们已经司空见惯了，弟弟甚至凑上去热心地指导这些新人如何操作。我看着，心想：这一切很快就跟我们没有关系了。

终于接通了。“我们探视 11 床。”我很轻松地说。

“正在治疗，请稍等一下。”话筒里随即传来医生的声音。

退出了探视室，我的心又像被人抓了一下：正在治疗？母亲此刻还在治疗中？莫非母亲今天又发生了什么新情况？

“别急别急。你们就是太急了。医生说了忙，大家就等一下吧。”姐姐劝大家少安毋躁。

我有点儿紧张，不仅仅是急。不知道为什么，我总是比较敏感，似乎什么事情都一样。等待中，焦急和不安的情绪尤为明显。

半个小时之后，管床医生传来了不好的消息：“你母亲上午还好好的，许多指标继续转好，总胆红素从昨天 70 降至 30，接近正常人了，白细胞也从 26000 降到 15000，也接近正常人了，我们医生在写转科报告。但下午 3 点开始，突然血压掉下来了，高压跌到 80 多，循环系统开始转差，马上用回了升压药，现在发烧，身体发抖，很快指标又进入阳性。我们正在找原因，CT、B 超没有大出血，哪里来的血？新的感染又开始了？”

我的心继续抽紧，呼吸加快。昨天还好好的，怎么会一下子变得这么坏呢？是什么原因导致母亲的病情加重？

我们急迫、毫不客气地追问：医生是怎样工作的？怎么治疗母亲的？每天都是谁在治疗，谁在操作仪器？是新手还是熟手？是技术高还是技术低的人？每一个医生护士都严格按照流程做了吗？有没有违规操作的？有没有遗漏了消毒防护？

后来，我在全部住院病历中，看到了治疗失败的记录，并且发现，就在母亲病情恶化那几天，缺了几张记录表——这样的结果，要不就是没有护士记录，要不就是没有医嘱记录。难道这是偶然的吗？是档案室工作人员的疏忽？

“你母亲血色素指标掉到70多了。我们已经开始申领‘红细胞’，但血库缺血，没有领到。你们可以发动亲人去献血，叫‘互助献血’。因为机制是一对一，只要献血了，就能够保证你母亲需要的时候及时使用。”

我突然想起了大姐家的二儿子，他说他有献血证，可以第一个站出来。

“过去献过血的亲人算数吗？”

“不算，要现在开始。”

“深圳献过血的亲人算数吗？”

“不算，要广州的献血站。”

关于什么是互助献血并没有统一的官方定义，一般认为当无偿献血人严重匮乏时，可以动员与患者有直接关系的家人、亲戚、朋友、同事，或者有间接社会关系的人员进行无偿献血，然后由血液中心调配互助献血等量的血液制品给患者使用。

互助献血看上去缓解了一直存在的用血紧张问题，也催生了一批以互助献血为生的人，俗称“血托”或“血头”，他们以低价招募社会人员假扮病人亲友去互助献血，然后将用血指标高价卖给需要的病人，从中赚取差价，使无偿献血变为了有偿献血。因此国家卫健委（原卫计委）2017 年 9 月就发出通知，要求各地在 2018 年 3 月底前停止“互助献血”。

我们的生活基地在深圳，几十年了，仓促之间，上哪找广州的亲人?

“抽我的吧，我是 O 型血，跟我母亲同血型。”姐姐伸出了手，好像马上要抽血的动作。我第一次知道姐姐跟我的血型不一样。她随了母，我却随了父。

“你今年多大了？”

“60 多岁。”

“抽了血，可能你身体会虚弱，建议找年轻人吧。”医生很理性地说。

幸好姐姐单位正组织 2018 年春季献血活动，时间安排在 2 月 7 号、8 号。“可不可以提前选一两个人先献血呢? 我妈妈急需。”

“行。”工会领导很热情，也很支持。

姐姐单位的同事先去医院取申请表，到重症监护室盖了章、交医院血液科确认，再赶去血站献血，然后再把血本送回医院。再然后，就是我们等医院通知。

如果没有姐姐，没有她在广州的事业生活基础，先不说我们兄弟姐妹加上下一代，前后十多个人轮流值守这30多天的吃住生活问题，就现在这“互助献血”的生命门槛，我们该怎么面对？心疼姐姐。才60岁的人，背驼了，腰椎、颈椎同时出现了许多问题。姐姐头上的白发，仿佛一夜之间就长到了耳根。姐说：“妈在，不敢老啊！”

如果母亲没有这么多的子女，像我们这一代，一家只有一个孩子，遇到这么大的事件，谁来照顾？如果生命最后会这样安排我的命运，我会不会要求我的女儿像我守候我的母亲那样，坚守到现在，为了治疗抢救我，不惜一切代价？又或选择当下一些人坦然的做法：坚决不插管，让生命自然消逝？像表妹说过的：“过着这样没有质量甚至痛苦的日子，是不是一件很残酷的事情？你问过她同意不同意吗？”

人总是要走到那一步才回头看

即便如此费尽周折，甚至动用组织的力量获得了血源，在母亲生命倒数的那几天，还是出现了重症监护室发出用血申请书，但血液科却说找不到母亲一对一献血的单据的事故。互助献血手续非常清晰、严谨，一对一，每一个献血者名字、互助患者的名字都清楚写在一张表上，怎么会找不到呢？

重症监护室给血液科打电话，没有结果，血液科坚决回绝：就是找不到单据，不给供血。两个部门你一句我一句，最后血液科摔下了电话。当时姐姐非常生气，跟他们吵了起来，惊动了院长办公室。15 分钟后，重症监护室再次打入电话，血液科口气完全变了，说，刚刚又翻了一遍全部单据，终于找到了母亲的名字了，是医生交接班时漏掉了……

一个掌握着全院重要的血液资源供应权、掌握了全院所有病患续命血脉的部门，如此轻易地漏掉了重症监护室病患的名字……让人不敢细想。

在第三次回深圳取钱的高铁上，朋友洪姐打电话来关心母亲的情况。

我一口气把母亲的治疗全过程介绍了。她叹一口气说："真是太不容易了。老人家在里头受苦，你们子女在外面受累。走到今天这个地步，进退两难。或许老人家适应了重症监护室的环境，这也就意味着，同时她又很难再走出来了。谁遇到这样的事情都很煎熬，也很难决定啊。"

"当初你的父亲、母亲遇到这样的情况，你是怎么过来的？"我问。

洪姐也有一段很艰难的日子。她父亲在 75 岁时因为一场意外，高位瘫痪了，15 年都在轮椅上度过，无数次进入重症监护室抢救，又无数次撤出了重症监护室，每一次的拔管撤离，都是她拿主意。医生让她一次又一次在风险书上面签上了字，直到父亲 91 岁那年安然离世。

2017 年底，她母亲检查出到了肺癌晚期，而且已经全身扩散。尽管如此，老人家还是只在广州医院住了 6 天，就回家了。

“医生说，手术了，有一年多的时间。不手术，也有一年多的时间。我的答案就出来了。马上回家，一刻也不停留在医院里。为什么呢？你试想一下，手术给老人带来巨大的痛苦和伤害，身体恢复会很漫长，因为机能损坏了，元气无法恢复。接着，放疗、化疗，无尽的治疗，无尽的痛苦，多么遭罪啊。看了那么多做手术治疗出来的人，每一天都在水深火热之中，头发全掉光了。我就想，我的妈妈最后的日子不能这样过。所以，接回来了，请了一个阿姨，每天精心照料。吃好，睡好，玩好，生活极其有规律。每天还唱歌、画画，从此什么检查都不做了，现在一切都好好的。已经5年过去了，一切仍然是好好的。”

“是不是医院当时的检查结果是错误的呢？”

“就当医院的结果是错的吧，我们至今也没有再去复查，大家都把这件事情忘掉了。”

洪姐有着过人的胆量和定力。她的父亲在最后那一年，也曾因为肺部感染，插管住在重症监护室7天，她咨询了一些专家意见后，在指标参数不具备拔管条件的情况下，再一次果断拔管，最后一次撤离了重症监护室。当时她的父亲还在昏迷状态，医生要她承担一切的风险。

真的需要非凡的决策力。

“如果不撤离，到了时间窗口，马上会发生互相感染，再也拔不了管子了，”洪姐心有余悸地说，“老人一定要有亲情的呼唤，要每天在她身边跟她交流说话，每天补充营养，要喝粥喝汤，才能更快恢复。”

我难过到极点。当初为什么不多打几个电话，多听几个人的意见，吸取更多的经验呢？如果我掌握了更全面的信息，有了更丰富的经验，我或许就会在母亲进重症室第七天的时候，果断地要求拔管、撤离，母亲或许就得救了。

当时怎么能够知道？

人总是要走到那一步才回头看，或许会是这样又或许不会是那样。世界上没有后悔药卖，多少钱也买不到。

回想当时，在深圳，重症室的胥主任倒是计划拔管来着，说冒一下风险，我应该果断签字，承担风险。但这个时候偏偏来了一个上级医院的专家，会诊了，说参数不够，不可以拔管呀，拔早了万一不行，再送进来插管风险就更大了……

人在危难时刻、非常时期，越亲越近的人，越没有决策之力，越爱得深，越不能自拔。

生命的意义，在于有尊严地活着。生命的美好，是让我们健康快乐地前行。如果在肉体消亡之前，就把这些全部拿走，而且在很短时间内，迅速地剥离，只留下躯壳，让意识在生命监护仪和呼吸机的波动下困守，到底是幸运还是不幸？

几天前，母亲病情好转时候，我去帮她买衣服，准备她转普通科室或出院时候穿。那天，在广州书城，我看到一对母子。

“宝贝，快穿衣服，外面冷呀，着凉感冒了，就得打针呀，打针很痛呀……”年轻的妈妈拿着一件棉外衣，追着一个3岁的小男孩满地跑。小男孩在书架与书架之间来回穿行，看着年轻的妈妈追不上，露出非常得意的样子。我的视线有些模糊，仿佛是妈在叫我起床："起床先穿上一件衣服，一大早脖子最怕凉，凉到了你的过敏性鼻炎又要犯了。"

母亲一直这样喊着我们长大，从她年轻时期喊到老年时期，喊到我出嫁做了别人的母亲。她就是这样操劳，操劳完一个孩子又一个孩子，操劳完一代又一代。直到她生病前一个月，女儿去看外婆，她还追着女儿叫："穿裙子一定要穿裤袜呀，今后会腿痛呀……"女儿扭过头来，笑眯眯地回敬她："那是外婆的冷，不是我的冷啦。"

我想起了曾在周国平的某本书中看到的一句话："别走得太快，脚步放慢一点儿，等一等你的灵魂……"

经过 E 号楼的芸芸众生

在佛教里面，众生又名有情。众生本无自性，从缘而生，机缘合和，浮光掠影。重症监护室，生命的关隘，芸芸众生，匆匆聚散。这就是杜甫写的：“死别已吞声，生别常恻恻。”

一切都是为了活下去

周末，重症监护室里有 16 个病人、两个医生，但依然人来人往，送饭的、送花的、送快递的、送衣服的、送药的，形形色色的人从重症监护室的走道上穿过，忙碌又急速。

世界从不缺热闹，重症监护室门前也一样。墙上贴着各式各样的广告，什么上门服务、健身保健、康复器材、24 小时护理……应有尽有。洗手间的门上，还贴着代育、代孕小广告，“包你成功”，“保生男孩”。

生活在继续，各式各样的人在奔波，在求生存。一批又一批病人在重症监护室不断进出。坐在我旁边跟我一样焦急的一个中年男人，戴着厚实的口罩，露出两只大眼睛，眼睛里充满痛苦和忧伤。

“你母亲好点儿了吗？”我主动问。男人摇了摇头。

“你母亲好点儿了吗？”我也摇了摇头。

二楼死一般的寂静。

男人的母亲在东莞一家医院做了一个微创胃穿孔手术，术后他的医生朋友好心建议：“老人年纪大了，最好进入 ICU 观察一两天，医生照顾得也周到一点儿。”有孝心的儿子照做了。怎知道，老人家在那里感染了超级细菌，睡过去再也没有醒过来。几经周折，通过关系，好不容易才住进这家医院。“来了 5 天都没有针对性用药，一直等化验结果出来才下医嘱。”男人接着说。

我心口隐隐作痛，又是一个不幸者。

“当初我要是不听这个医生朋友的建议，我妈手术后直接回到普通的病房，或许就躲过了。”中年男人失声痛哭起来。

过了两个多星期，我又碰到了他，手上拿着一沓单据。我打了个招呼：“你母亲醒来了吗？”男人摇摇头：“刚刚走了。”他低下头，哽咽。

我的心仿佛被人重重地敲击了一下。“坚强一点儿，坚强一点儿。”我想上前去握一下他的手，甚至想靠前安抚他一下。这个时候，他应该特别需要有人安抚吧？

我们本不认识，相遇在这个重症监护室，同是高危病人家属，里面躺着的是一样 80 多岁的母亲，共同做了 20 多天的患难家属，似乎命运与共。

我再次想上前握住他的手，跟他说几句安慰的话，尽管我仍不知道他姓什么，住在哪里。但姐姐按住了我："淡定一点儿，淡定一点儿。"

我目送着他走出重症监护室的过道，直到转弯看不见了。

"坚强一点儿，坚强一点儿。"我何尝不是在这样对自己说呢？下一刻，这个悲痛欲绝的人会不会是我呢？

男人陪他母亲走到头了，撕心裂肺后终于可以放下了，释然了。而门口那对夫妇是不是仍在歇斯底里地挣扎之后，选择了继续煎熬？而我，将去向何方？

电梯里走出一位没见来过的男人，低着头，一只手拿着一张纸条，一只手拿着手机，想把这张纸条上的内容拍下来……不小心纸条滑掉下来了，我赶快伸手帮他把纸条接住。

"谢谢。"他说。

"不谢。你是看母亲吗？"

"不，是我父亲。"

"得的是什么病？"

"脑梗。大面积梗死了。"

"哦，是刚住进来的？"

"不，住了 5 个月了。"

"虽然希望不大，但还不想放弃。"

"是呀，我也这么想。我心不甘。就是要搏下去，再搏下去，说不定会有奇迹出现呢？"

是的，这位病人家属的想法，跟我们的想法一模一样。或许天底下所有的子女面对这样的情况时，想法都一模一样。

“你不搏，怎么知道有没有机会呢？”每一个人心目中都希望那个创造奇迹的人是自己，是自己的父母。我也一样。

入住重症监护室的人都没有“岗前培训”，更没有“风险总监”，更像为了活下去的赌博者。

又来了一位母亲，这个母亲在外面，女儿在里面。27 岁的女儿得了红斑狼疮，治疗花了几十万，好了；与朋友郊游回来感冒了，旧病复发，昏迷了 15 天未醒，父母心如刀绞。

“囡囡，你醒一醒呀，看看妈妈，看看爸爸，你十多天未睁开眼了，别吓着我们。我们好心痛，你醒一醒呀，看一眼我们，我们心里会好受一点儿。我们就你一个孩子，我们都 60 多岁了，我们就你一个宝贝女儿，没有你的日子今后我们怎么过？大家都叫我放弃了，我怎么放得下你？我们卖掉了一套房子了，我们还要去卖掉一套房子，我们倾家荡产也要救你呀，听得到吗，亲爱的囡囡？”

这个母亲双腿跪地，两手合十，头磕在地面上，已经泣不成声了。

中年丧失子女，是一生中最大的灾难。尤其对于一个独生子女家庭，就是灭顶之灾。

人世间，最沉重、最悲痛、最绝望的，莫过于你的亲人住在这个重症监护室里了。

不幸的，幸运的；天灾的，人祸的；自然的，人为的……在这里经历过的家属，三生发怵。每一个病人背后的家庭成员经历的苦难，都是不堪回首的。

就在这些病友进进出出的间隙，刚刚进来的一位75岁的病人，也是感冒引起的炎症，在被抢救了半个小时之后，走了。

死，虽然是自然规律，却是一种来自别人的经验，我们只能经历别人的死亡。重症监护室和产房一样，在生命的两端。人生真正的幸福，可能就是朋友说的那样“来得容易，去得快”。

亲情试炼场

重症监护室也是亲情试炼场。人生的“善回”往往在这里都能看到。母亲一生助人，积善，无论大小，不分疏近。就像母亲的挚友，莲姐的儿子小方，毅然表态说：“需要献血，抽我的。”

母亲的娘家来人了，来了一拨又来了一拨。母亲在北海的101岁高龄的大姐夫坚持要坐高铁来探望她，被他的子女做工作劝服了。他的孩子，也就是我的表妹，受大姨丈的委托，全家从千里迢迢的广西赶来了。

母亲是她大姐的媒人。我的大姨妈前半生很苦，被卖做童养媳。1949年后政府解除旧婚姻，她抱着出生不久的女儿回了娘家。这一年，外婆也生下了她第十个孩子。那时的贫穷，现在的年轻人无法想象，一家近十口人每天靠挖野菜也吃不饱。大姨妈再抱回了一个小孩，每天的口粮又要增加两个人了。这一家子人，迟早是会被饿死的。为了保住大姨妈这个孩子，外婆流着泪，半夜里偷偷把自己亲生的、最小的那个孩子又放尿缸淹死了。这一悲壮的决定，让大姨妈哭了三天三夜。

要活下来，一切都为了活下来。母亲给大姨妈介绍了一个对象，这个人是她的老同事。小伙子老实、本分、厚道、勤奋，很快他们就结婚了，生下了一女二男。大姨丈视大姨妈之前生的孩子如己出，深爱有加，一家人过着幸福美满的生活。大表姐长大了，母亲又做媒，在当时的湛江地区邮电局给她介绍了一个机要员，后来俩人结为夫妻，生了两个女儿。不久，大表姐全家从北海农场迁回了湛江市。所以，母亲是大姨妈这家人两代的媒人，与他们有着亲上加亲的特殊关系。

大姨妈跟母亲长相很相似，脸圆，人矮，皮肤白皙。大姨妈手艺高超，是织布能手，“大跃进”时期，曾经在廉江县织布大比武中获得第一名的好成绩。外婆教出来的四个女儿，个个都是织布能手，而且心善，人好，喜欢助人。

母亲在她的回忆录里，这样介绍她的大姐：

> 大姐人可好了，到哪都被人夸奖。她总是先为别人，后为自己。困难时期，什么好吃的都舍不得吃，总是留给子女和丈夫。有一次，赶圩回来，买了一些糖果，想着给家中的几个孩子作手信。进入农场后，一路上不停有小孩叫阿姨，她就见一个分一个，一路上分着手中的糖果。终于回到家里了，手中的糖果也全部分光了，一颗也没有留下来。总有人向大姐借钱，每一次她都没有让人空手回去。大约是 1972

年，有个邻居找她借30元，说想买一台缝纫机，不够钱，如果有台缝纫机，一家大小就有衣服穿了。大姐最看不得别人有困难，尽管她自己家穷得叮当响，孩子们下学期的学费都没凑够，还是二话没说就借出去了。几十年后，邻居搬家了，生活好了，但那30元钱一直没有还给她。子女问大姐：“借出去的时候，你有没有想过她不会还你钱？”没想到大姐这样回答她的子女：“帮她是你心里想帮，还不还是她的心意。即使不还了，我们现在的生活也好多了。就当是做好事吧……”

母亲大姐说的话，多么像母亲说过的话。她们不但相貌相似，三观也如此相似，都遗传着外婆外公的基因。

大姨丈非常感激母亲，让他这么穷的小子，也能娶上老婆，一生有人疼有人爱。几十年间，家里有好吃的，如大红鱼干，总给母亲寄过来。尤其知道父亲有病后，听说“沙虫”能起到辅助治疗作用，每年渔民丰收季节，大姨丈就到海边挨家挨户收购，然后用旧衣服扯下的布片，缝成一个小布袋，装上满满的沙虫，给父亲寄来。那时候的沙虫也不便宜，每一次几乎都用完大姨丈一个月的工资。

这些发生在很久很久以前的事情，我至今依然记得很清楚。

大姨丈高寿，是因为他有良好的生活习惯，更重要的，是他优良的品德和许多人学都学不来的东西。母亲一有空就给我们介绍、分享大姨丈的经典词句。在母亲的回忆录里，还记载了下面这段文字：

> 大姐夫认为，一个人不要有太多的贪念，包括贪财、贪情、贪小便宜，这样我们就少犯错误，人生顺遂；一个人不要去讲别人的短处；一个人要学会爱自己，自身好了才能去帮助别人；一个人不要跟别人比高低、争第一，一切稍加努力，就是顺其自然；人要懂得感恩，懂得知足，常怀乐观心态。

谁能想到，同样没有读过书的大姨丈，能如此深刻地总结人生、理解社会、解释宇宙，深入浅出地道出这些道理？像母亲那样，这一代人，身上都发着闪亮的光芒，照亮了自己，也照亮了他人、照亮了社会。这些朴素的道理，不一定来自学校课堂，只要处处用心，在社会这所大学校里，一定会有所收获。大姨丈在母亲去世后的第三年走了，享年 103 岁。

“阿姨，我是阿萍，北海的阿萍。我们一家来看你啦，你好点了吗？你要坚强，争取尽快康复，我们在外面等着你。阿姨，阿姨……”表妹贴着对讲机，生怕母亲听不见她的声声呼唤，也把我的回忆叫了回来。

舅舅的大儿子一家也来了。舅舅家贴着“母亲娘家”这个重要的标签，母亲用了一生的力量在捍卫这个家庭的地位。

舅舅早逝，母亲把舅舅家的儿女视同己出。每一年假期，她都邀请侄子来探望她，给他做好吃的，给他买新衣服。侄子成家有孩子后，母亲对他们更是照顾有加。尤其是他们工作遭遇不顺、生活极其困难的时候，为了保证侄孙正常上学，母亲主动给侄孙子交学费、书杂费，一交就是十年，直到侄孙子长大参了军。

由于做生意决策失误，侄子欠了一些债务，母亲东拼西凑，每月都把节省下来的钱悄悄寄给他们，接济他们的生活，鼓励他们不要泄气，寻找机会东山再起。直到最后，侄子的贷款还不上，舅舅家的房屋将被银行拍卖的时候，80 多岁的母亲再度出手，找到给侄子贷款的银行，跟银行展开谈判。

“求你们给一条生路。只要梁家有人在，这笔贷款我们一定能分批还上的。如果你们断了他们的后路，把唯一的一套房屋拍卖了，赶他们出去，流浪街头，那就真是家破人亡了，再也没有希望了。谁来还你的贷款呢？”母亲有谋有勇，临危不乱。一个 80 岁的老人，思路非常清晰，接着跟银行谈社会的维稳问题，“如果你们把他们赶向绝路，造成社会问题，那事情就更复杂了……”银行被母亲的精神和决心感动，最后重新修改了还贷方案，贷款进行展期了，母亲竟在贷款合同上“担保人”一栏签上了自己的名字。

而这还只是故事的开始。后来侄媳妇的进出口贸易受国外市场销售等因素的影响，步步陷入艰难的地步，婚姻也走到了崩溃的边缘。舅舅家要散了，母亲的娘家要彻底完了，母亲心急如焚，把侄媳妇单独找来，关门谈了一天一夜。

“女人就是家，没有女人的家就成不了家了。”母亲与侄媳妇促膝谈心，给她讲梁家的家史，“经历了艰苦岁月，经历了‘文化大革命’，经历了社会主义经济建设，经历了改革开放，一切都来得那么不容易，一切都应该珍惜。人的一生相知相遇是多么需要缘分，结为夫妻是共修来的船。在这条船上，两个人要航行万里，同呼吸，共命运。无论遇到什么风浪，也不能让这条船搁浅了。是不是这个道理呢？”

后来我在母亲的回忆录里看她这样写道：

> 人一生很长，总是会犯这样那样的错误，要允许他犯错，并给他回头，这才是一个女人博大的胸怀。当年你姑丈跟我结婚时，也是没有及时告诉我他有一个孩子。后来，我们在几十年的相处中，两个人的感情都长成一块肉了，分都分不开了。村里人说“忍字不如让字好，让字不如忍字高”，事情总会过去，人总会熬出头……

后来随着城市发展，政府把春花墩全村土地征用了，春花墩村民个个都有了一笔相当可观的收入。加之侄媳妇的生意外部经营环境也发生了重大变化，他们很快甩掉了包袱，还完了银行贷款，日子像芝麻开花节节高。

母亲的娘家守住了，娘家的香火得以延续。

母亲永远有了回家的路。

母亲也是父亲老家的镇基石。从奶奶开始，到叔叔姑姑和他们的儿女、孙辈，代代受母亲的关怀生活着。叔叔建房，儿子娶媳妇，孙子读书、就业，甚至做生意、打官司，没有不来找母亲的。前些年，四叔外孙女考上湛江一个中专，寄住在我们家里。母亲为这个事跟父亲唠叨了好一阵子，说80多岁了，照顾不动了。但说完话，母亲仍然用自己微薄的退休工资给她交学费，给她做一日三餐。三叔的外孙子大学毕业在东莞打工，母亲让我找熟人帮忙，来了深圳一家科技公司做了正式的设计工程师。母亲住院前还念着帮他介绍女朋友，说："老大不小了，该成个家了。"

"妈，你真操心。"我说。

"你不是也很操心吗？"母亲反驳我。

"谁让我像你呢。"

"你不像我还能像谁呀？"

母亲是我的来源，我和她的像不仅仅是基因和外表，不仅仅是容貌和仪态，也表现在实际为人的言行上。

"妈，我是你的仔呀。"轮到弟弟呼叫了。弟弟朝视频机伸长脖子，生怕母亲看不到他。

"你知道吗，这次回来，妈不叫我的名字了，叫我仔。"弟弟很深情地说。

知道，知道，母亲就你一个儿子。谁都知道。自从有了这个儿子之后，妈走路都挺胸抬头，扬眉吐气。

轮到弟媳呼叫了，她未说话先流泪："妈，你说你这次回来特别开心，看着我们新装修的房子说，好漂亮，好漂亮。坐在大厅的沙发上，答应这次住长久一点儿……妈你要出来啊，深圳市政府又给老人优惠政策了……深圳地铁、公交、公园全部免费了。不骗你，真的真的。”

前几天，大姐的三个孩子各自带着他们全家来探望你了，你知道吗？

但是大姐没有来。

严格地说，这三个外孙跟母亲你没有血缘关系。当年为了这个突然冒出来的大姐，你曾经上吊过，想以结束自己生命的方式，来维护你的尊严，来对抗这件事情。可后来的几十年生活中，你视大姐为己出，在经济极其困难的时期，每月还给大姐寄去学费、生活费。大姐长大后你给她争取了当兵的指标，她却要求上山下乡，你还为上山下乡回来的大姐安排工作，为后来的大姐夫转业留城工作四处求人，对他们的小家给予了极大的帮助和关怀。

大姐先后生了二男一女，在落后和贫困的小镇长大。当孩子们 18 岁以后，各自都寻找前途，希望求学和工作有人指引、帮助的时候，你出手了，四处托人，找老战友的子女推荐，找弟弟的同学帮忙，把这三个外孙安排在深圳工作。三个外孙都很争气，后来都在深圳成了家，有了深圳户口，有了自己的住房，有的还开了公司，成为真正的深圳人，并让你早早做了太外婆。

这是母亲的福气。

这件事情对我是有触动的，“善有善报”的道理，很长时间影响着我的为人处世观。

我常想起母亲说过的话：“孩子们都年轻，有些道理他们今后会慢慢懂。如果他们能够来到大城市发展，来到深圳工作，今后的前途比在家乡要大。尤其他们的子女能在深圳读书、成长，成为深圳人，这个家族就更有希望、更兴旺发达。这是你父亲的心愿，也是我的心愿。”

每年母亲来深圳，这三个外孙必带着家人一同来探望，买上菜，亲自下厨，给母亲烧菜做饭。平时，一听到外婆有什么需要，一家大小立即赶到帮忙。后来母亲治疗需要输血，大姐的二儿子站出来，递上他献血证书，说他一直献血，可以优先亲属。

妈，我真的懂得你说过的，人终有回报，不是不报，是时候未到。一生坚定这个信念，念念不忘，必有回响。

母亲像大雾岭高山上的一棵大树，为我们张开繁茂的枝叶，遮挡着四面的风雨。母亲又像湛江湾深阔的海水，接纳了我们所有的孩子，不管是优秀的，还是不够优秀的；不管是她亲生的，还是非亲生的。但母亲的举止，为她迎来了更丰富多彩的人生，也为她赢得了更多人的尊敬。

人者，忍也，就是说人能安忍各种苦乐之境而存活。佛陀曾从地上抓起一把土对弟子说，能得人身的众生就像手中的土一样少，不能得人身的众生就像大地上的土一样多。

惠施及软言，利人多所益，
同利等彼己，所有与人共。
利人益彼亲，同事齐己亲。
此亲乃可亲，智者所附近，
亲中无等亲，如慈母亲子。
若欲亲可亲，当亲坚固亲，

亲者戒具足，如火光照人。

《长阿含经》卷十《善生经》

母亲在重症监护室将一生慈爱入骨彻髓，于人，于己，于众生。

离别是一场无法练习的哀痛

在生死离别面前，我们都是笨拙的。失去心爱之人的痛苦远超一切，我们就算事先思量过无数次，也不能想到它是如此艰辛。

燕南路和重症监护室的对话

一大早，姐姐说：“去燕南路看看吧，妈要是万一不行了，也有个准备。”我跟着姐姐走。

那条街，有一段全是的卖阴人的用品。

的士转了好一会，把我们放在一间商店门口，我与姐姐一起走进去。这家店铺面不大，临街。一进去有一股味道，我有点儿反胃，想吐。店主向姐姐介绍套餐的价格：“799，999，1380，1680，任你选，应有尽有。小厅、中厅、大厅；薄被、厚被；绸缎的，全棉的；红的，紫色……骨缸样板也很多，大理石的，应有尽有，一条龙服务。”姐姐在认真记录，我走出了商店，在大街上大口吸气。

“姐姐累了吧，进来喝口水。进来喝口水。”声音好像从另一个商店传出来的，未见人先听声。是一位年轻的姑娘，长得很秀气，声音甜甜的，还很温柔。我上下打量了一下这个姑娘，有点儿诧异，漂漂亮亮的样子，怎么会干这个行当呢？姑娘好像看出了我的心思，上前把一杯水递给了我。“坐。姐姐坐一下，买不买东西不要紧。”姑娘去沏茶，不由我的意见，她尽管去做她想做的事。

“是家里老人吗？”

“是。”我点点头。

“到哪个阶段了？已经准备了什么，还缺什么？你尽管吩咐，我来帮你配。”

我没有回她话，我关心的不是她的产品，而是她这个人。

“你对我干这行有点儿好奇？有点儿不习惯是吗？”姑娘大大方方地说，“干哪行不都要人吗？干什么也是干。我挺习惯的，别看我年轻，我已经干了10年，从我父母那一代开始，我在这个商店长大，现在为人父母了，有了一对子女。”

“开饭了，开饭了。”里屋有人在叫，可能是她先生在催她吃饭。

“你们先吃，我这有客人。”

“做这行是积德。谁会躲得过这一关。无论你活着多么风光，多么有钱，多么功成名就，最终总是会到这一天来。是不是？我们就是你们悲痛欲绝、不知所措时，给你们拿主意的人。从病危开始，重症监护室、太平间、火葬场、告别会，穿的、用的、戴的、摆的，样样齐备。你们尽管交给我们好了。”

我跟姐姐说，就订这一家吧，我连价格也不问。人到了这一刻，价格已经不敏感，服务细节很重要。责任心、善心、良心，很重要。贴心、细心，备至关怀，很重要。同样是面对生死关口的行业，医院和做身后事的差异为什么这么大？人性的关怀，人性的共情在两个地方令人感受截然不同。

母亲在重症监护室一天的费用就是两万多元。这是送一个人的一生。无价可议啊！

回到重症监护室，管床医生例行介绍情况：“‘鲍曼不动’是一直都控制了，但今天新查找到了沙雷菌和铜绿假单胞菌。”

每一次医生都讲得很专业，很生僻。讲了“鲍曼”很长时间，现在又来了“沙雷”和“铜绿”。我的心情就像坐在摩天轮上，一会翻转到天上一会翻转在地上。

“我们重症监护室一直都有‘铜绿’的，长期与我们共存，一般人都传染不到，因为我们自身有免疫力。可是你母亲一直大量在用抗生素，她完全没有自身免疫力，抵挡不了各式各样的细菌入侵，目前又不能拔管，离不开重症监护室。谁知道这些细菌从哪来？重症监护室里每一个病人都很重，外面天天装修污染，空气从空调进入又从空调排出，这里的细菌都是超级的，任何一种可能都有啊。”医生又重复了之前说过的话。

“你们不要太焦虑了。不管你母亲感染了什么，都交给我们来处理吧。你们是一个很无助的群体，你不知道医生要做什么或怎么做。对吗？我的妈妈前几天突发急病，送往北京大医院救治，医生说心脏要紧急放支架，我们就回家拿钱做配合，结果今天又说没有那么迫切，可以观察一下再考虑放支架。我们除了听医生意见，什么忙也帮不上。尽管我是做医生的，不是一科，不在现场，什么也帮不上。跟你们一样。”今天的管床医生比往日更耐心，不知道是这会儿不特别忙，还是其他原因。

“其实你们已经做了许多了。你们兄弟姐妹每天都准时来，自购的白蛋白、丙种球蛋白一次也不落。你母亲要用的纸尿布、湿纸巾、一次性免洗头罩，样样备足。你们已经很孝顺了，我们医生都看到了，我们也很感动。院长也来看了，还专门吩咐要多关照。我们不管你打不打招呼，有没有找人，救人治病是我们的职责。进来的每一个人都是一条生命，都要认真对待和救治。所以，你们放宽心，该吃饭吃饭，该睡觉睡觉，这样你们才能保证自己的身体健康。这样你母亲好了，出来了，你才能照顾她，对不对呢？你母亲真的坚强，真的够坚强了。40天了，一般年轻人都扛不到这个时候。所以上午我帮她清肺的时候，我伸出了两个大拇指，表扬她顶呱呱。她还对我笑了。真的。”管床医生的表情舒展，还微微笑了，口罩摘下来的时候，露出挺好看的小脸儿。管床医生是个山西人，在重症监护室工作了20年，45岁。不说还看不出来。平时只见到一双水灵灵的眼睛，姐姐总叫她姑娘医生。

管床医生的话，微微温暖了我一会儿。医生除了要有高明的医术，还要有高的情商，善于与家属、病人沟通，讲安慰的话，做温暖的事。尤其在重症监护室，能够把大问题化小，小问题化无。医疗中出现的小失误不被你抓住，用错的药不会让你找到原因，甚至激化的矛盾会迅速得到缓解，这也是一种能力。跟我们在单位里协调解决各类问题一个道理，能维持平衡永远代表管理中最高的水平。

“医院很重视，蒙主任也很重视。每天上午讨论你母亲的病情很久，6 个科室会诊来了两次了。但是，你母亲年纪在这里，基础病在这里，这次感染又很重。所以，一方面要有思想准备，一方面要相信我们、理解我们，继续支持我们的工作。”

管床医生把什么话都说完了，说得合情合理，滴水不漏。我不得不佩服医院，有强大的团队，除了精湛的医术，还有这么高明的谈话医生。佩服之余，我就想，母亲在他们手里，还能有重生的机会吗？

燕南路这些商家是重症监护室里大部分病人的下一站，在人情与共情上，燕南路的小姑娘似乎更像临终的关怀者，而重症监护室医生更像生命的执行者。一个在生者的感受上安排逝者的前路，另一个在逝者离去前恪尽职守，但求无过。

痛失所爱

从未有人告诉我，离别是一场无法练习的哀痛，哪怕你在重症监护室外守护了 40 多天，依然无法熟练地告别。在生死离别面前，我们都是笨拙的。失去心爱之人的痛苦远超一切，我们就算思量过无数次，也没想到它是如此艰辛。

晚上 9 点多，姐姐一边推我往重症监护室里面走，一边塞给我一次性的衣服和帽子，低声、压抑、又神秘地在我耳边说：“今天蒙主任特批，准许我们进来看看妈。”

40 多天，我第一次走进这个神秘的，令人恐惧的，却住着我亲爱的母亲，让我日思夜想、辗转反侧又肝肠寸断的空间。40 多天，它就在探视屏幕的后面，母亲躺在它的第二个独立空间里，躺在半斜的一张小床上，编号 11。她被几台大机器包围着，挂满了各式各样的瓶子，伸出不同颜色的管子左右伸进了母亲的身体里，从口腔，到脖子，到腹部，到小腿，每条管子上标示着用途、禁用等标签，白色、绿色、红色，布满身上，让人眼花缭乱。母亲就在这样的环境里整整睡了 40 多天，这里只有冰冷的白墙，冰冷的各种器材，还有穿着白色大褂的永远看不到他们脸部的医务人员，但却没有母亲最应该有的亲人，没有身边的亲情呼唤。

隐私，是人的尊严的核心。所有最疼痛、最敏感、最贴近内心的事情，我们都是避着众人的眼光做的：比如，找一个安静的地方哭泣，在关起来不透光的房间里心碎。临终，则是最疼痛、最敏感、最隐私的事。

而我的母亲在一个最没有隐私、没有敬意的地方，做她人生中最脆弱、最敏感、最疼痛的一件事——她的临终。

“妈，我是老二呀，豆米老二呀。”我拼命喊，高声喊，40 多天想妈的感情像喷泉一样，无法阻挡。但护士抓住了我，不让我凑上去。我被护士和姐姐死死地抓住。我靠不近我的母亲。

母亲没有反应，任我怎么喊怎么叫也没有反应，静静地躺在那里，非常疲惫的样子。这个小小的身躯里，藏着多少往事、记忆、爱和忧愁，藏着多少痛苦、挣扎和不舍。

我心如刀绞。

回家后，我在手机上给母亲发微信，给母亲报告今天的新闻和明天的天气预报。母亲生病前，她每一天都这样发给我。而母亲住院后，每天都是我这样发给母亲。

做完这一切，母亲就知道了，她就安心了，我心里就可以好一点儿了。

姐姐邻居家在“炸油角”，香味从窗外飘了进来，这是“年”的味道。

“炸油角”，是我们儿时记忆最深刻的味道。过去，年二十开始，母亲开始张罗各种年货，拿粮票去买面粉，搓好的面裹着花生、椰蓉、冬瓜条，捏出花边后往锅里放，很快锅里就叭叭响，那个味道从里面的厨房飘进房间，穿过厅房，到了走廊，进入了邻居家，引来了邻居家的孩子。我家灶台旁围着许多人，母亲麻利地用筷子继续一个一个往油锅里放。油角在油锅里翻滚，慢慢蓬松开，漂浮在锅里，透出无限的魔力，紧紧吸住了孩子们的眼光。母亲踮着脚，小心地把锅里炸好的油角捞起来，凑近用嘴吹了吹。不烫的时候，放进盘子里，让邻居的孩子拿回家。往往这个时候，我会趁机伸手抓一个，母亲见了，轻轻打一下我的手掌，说：“过年再吃，过年再吃。”那时候，家里穷，母亲的油角总是要在初一初二有客人来拜年的时候才会拿出来，我们一口气可以吃七八个。

母亲晚年也特别爱吃炸油角。早些年还有一些牙齿时，咬得啪啪响。“好香啦，好香啦……”母亲慢慢成了我们小时候的样子。

有人说：“老人年关难过。这个节骨眼儿，每天都送走了不少人。”每次听到这些话，我的心就像有万箭穿过。

母亲在重症监护室，每一天都不知道有没有明天。我期盼着明天的到来，带来母亲好转的消息；又害怕明天的到来，会把母亲带走。

我知道，母亲一旦走了，家就没了，兄弟姐妹就散了。

我竭尽全力紧紧抓住这最后的希望。我希望有家，希望留住母亲，留住了母亲就留住了家，我在世上就还有去处，我就不是孤儿。

我不知道别的世界是什么样子，我只知道在这个人间，我喜欢母亲做的一切，我喜欢眼下拥有的这一切。或者说，我恐惧未知的一切。希望年迈的母亲依然如我幼时一样，张开双臂替我们抵挡来自世间的一切风浪。我们总希望自己内心深处的那个孩子能回到妈妈的身边，可是，眼下，母亲已经奄奄一息了，不能自由呼吸，她怎能张开双臂拥抱我们？现在，应该是我们紧紧地拥抱着母亲，竭尽全力为她阻挡风雨，就像她曾经为我们做的那样。

这一夜，我做了一个梦，母亲回来了，有人开车护送她回来。母亲走下车，身上插着各种管子，说医生让她回来过年。我伸手抓住母亲的手，果真的，是母亲，好好的，手很有力。我上前拥抱了母亲，我说："妈，我们炸好油角了，等你回来吃。屋子卫生都搞好了，对联也贴好了。"我去拿新买的四件毛衣，杏色、白色、红色、黑色。母亲说喜欢，好看。母亲选了一件大红色的让我给她穿上。我把母亲爱吃的扣肉梅菜煲和白切鸡端上台，一家三代吃年夜饭。母亲说："齐了，一共 15 个人。妈一年就盼这一天到来。"然后一桌人有说有笑，讲着四面八方的新闻。

突然间，一阵大风吹过来，母亲不见了。上屋不在，下屋也不在，阳台和厨房都没有母亲的身影。

妈，你在哪里？别吓我，我们不捉迷藏，你快快出来吧。

醒了，我的手脚像抽筋似的，不能动弹，许久才缓过来。母亲不在家，母亲在重症监护室里。每天漫长的昏睡中，母亲会梦到自己的童年、父母兄弟姐妹吗？会记得她自己幼时依偎在父母怀中撒娇的样子吗？

母亲心目中最温暖的记忆是什么呢？

我们总以为，我们足以占据母亲的心，我们是她生活的全部的内容和意义。我们尽可以大胆远行，展开另一种生活，母亲却永远留在家里，想念我们，等待我们，我们充满着她的人生。

但事实不是这样的。母亲有一个独立的、属于她自己的完整的人生。母亲故事的开始、生命的诞生、成长的经历，我们不尽了解。她的大部分故事，她的喜怒哀乐，她的爱与恨，我们并不完全知道。我们只是她生命里的插曲，最多只是一个次要的旋律。母亲自己才是她生活的主角。

医院传来了非常不好的消息，母亲身上查到了“球菌”，而且叫不醒了。白细胞又开始升高，各项指标不断向坏。“没有办法每天保证供血、透析了。医院资源有限，我们抢救的原则是优先年轻生命，优先获生最大概率的病人。”医生向我们宣布了他们的决定.

医生开始减药。母亲之前每天两瓶丙种球蛋白和两瓶白蛋白，共计 4 瓶，但现在却只开两瓶了。弟弟说：“每天少交了许多钱，心里有些慌。”

我立即警惕起来。这是一个重要的信号。钱都不需要使用了，母亲又是什么情况了？莫非母亲真的自己做出了断、舍、离……

“消化道也出血了，输液都输不进去了。你们有什么要求尽管向蒙主任提……”

北海的表妹一家第三次来医院看母亲。劝我：“不管最后怎么样，你们都尽力了，我们都看到了。不要再责备自己。人有天命，或许阿姨知道这次就是过不了了。”

我们坚守了 46 天，似乎是向所有的人展示我们的孝道，洗刷了自己的罪恶，救赎自己的灵魂。

姐姐说：“医院医生都尽力了，这些日子他们都很辛苦，我们明天去买两个果篮送过来，谢谢他们。”

我想起了泰戈尔的诗：“世界以痛吻我，我要报之以歌……”

妈妈，女儿的天没了

白居易曾写道："不动者厚地，不息者高天。无穷者日月，长在者山川。松柏与龟鹤，其寿皆千年。嗟嗟群物中，而人独不然。"

我找不到妈妈，四处漆黑，双眼好像突然被什么东西蒙住了，看不见路。母亲被推出来了，我听到声音，哐当哐当地响，声音很大，震动着整个重症监护室，也震动了天、震动了地。我拼命地挣扎着，试图甩掉两边紧抓住我手臂的人，但我没有力气，全身软软的，我感觉到呼吸要停止，我开始往下坠，往下坠，速度很快，一会儿就坠到万丈深渊的谷底了。我隐隐约约听到上面姐姐在说话："抱住她，我们去帮母亲穿衣服。不要让她的眼泪掉到母亲的衣服上，母亲会走得不放心……"

"翳翳逾月阴，沉沉连日雨。开帘望天色，黄云暗如土……借问今何在，一去亦不还。我无不死药，万万随化迁。"

不知道过了多长时间，我好像看见许多人的脸朝着我，许多眼睛像一只一只照明灯在我的上方。可我看不见母亲，哪里都看不见母亲了。我挣脱了身边的人，往太平间走去，前面黑洞洞，越往里走越黑洞洞的。我拼命叫，拼命喊，我的哭声如雷，震动了太平间的走道，震开了太平间的每一扇门。

母亲在哪里？母亲在哪一间？哪一个位置？我不能让他们就这样把母亲带走。母亲还有气，我昨天还听到了她的呼吸。母亲还活着，母亲当然还活着，母亲在重症监护室活了46天，母亲仍然会在重症监护室继续活下去……他们都在骗我，没有人跟我说真话。怕我哭，怕我闹，所以一起联手瞒着我。是不是？是不是？

我冲出了医院。瞬间我被马路上的汽车和人群紧紧包围着。我狂奔，像疯子一样，冲出人群，冲撞了一片一片的路人。

街上人头攒动，熙熙攘攘，我叫妈的声音被驶过的汽车和路人吵闹声覆盖了。

妈，你知不知道，离春节只有两天了。对的，只有两天，两天后就是春节。我一只手一直紧紧地握着你，另一只手也伸出去了，想最快抓到它。我以为我们可以抓到它，因为我听到了脚步声，它已经在路上了，夜以继日，加速前行。很快，很快我们就能握住它了。

突然，天撕开了一个口，地裂了。我抓不住你了，妈，你在黎明前，对的，黎明前，松开了我们的手……

死亡的残忍之处在于，它带来终结时真正的痛，但却没有带来终结。生死永诀，这意味着我和母亲之间所有未曾实现的愿望都不可能实现，从此只有我独自回家，回到没有母亲，也没有父亲的家。

世界上那个疼我爱我的，每时每刻都放不下我的母亲走了。

我成了这个世界上的孤儿。

母亲逝去，我却醒着。

尾声

母亲，信宜的竹与玉

我再一次看到，当年那个骑着自行车，从武装部山顶像山鹰一样，沿着小路盘旋飞翔而下，来到山脚，穿过县府、电影院小广场、灯光球场、邮电局，经过竹山桥出城，去松香厂上班的母亲。在竹山公社的竹林间，母亲停下来，看着稻田尽头的路，用手拭去额头的汗，捋捋被风吹散的短发，把它们别到耳后。

再次出发，盘旋而上……

竹是信宜的竹，中通外直，挺拔有节。母亲在海边出生来到信宜，她是海与山的女儿，谦虚，正直，刚毅。不求溢美，独留清凉在人间。

玉是信宜的玉，母亲就像留给我的南玉项链，“仁、智、义、行、洁、勇、精、容、辞”九德齐备：温润光泽的仁德；清澈纹理彰显智力；坚硬的义气；清正而不伤人的品行；鲜明而不染垢污的纯洁，可折而不可屈的勇气；缺点和优点都日月可鉴的精诚，华美与光泽互透又互敬的宽容；清扬远播的名声……是女儿心中最美的瑰宝。

我看到那个用玉料铺路，为后人行方便的母亲；在梅流岗湾寻找贪玩忘记回家的女儿的母亲；沿着河流往上找，遇到熟人、老师、同学就焦急询问女儿去向的母亲……我看到母亲一直在急匆匆行走，直到县城旧街尽头，直到竹山公社桥头，又掉头沿着河流往下，直到梅流岗湾尾的县木材厂。

我想回忆全部跟母亲相关的细节，一分一秒，一丝一毫，一点一滴都不遗忘，就像那穿过竹林的风声，就像那从南玉项链上折射出的光芒。

这是母亲的声音，母亲的光芒。

在这声音和光芒中，我听到母亲说："往大路走，往多人行的地方去。"

后记

《奔流不息》出版，恰逢母亲去世五周年。这两千多个“没妈”的日子，我无时无刻不在怀她忆她，想她念她。她生命度过的每一寸时间，足履遍及的每一处空间，点点滴滴，丝丝缕缕，无不激出心头电石火光，脑中翻江倒海。在逐字逐句读母亲写在纸片上、记在小本本里的日记时，我时而大哭，哭她生命遭遇的那些苦难，不绝如缕；我时而又大笑，欢喜她内心大光明，在生命的旅途中，永不凝滞。

于是我想，完成母亲的回忆录吧，这本书必然是儿女们送给天堂母亲的最好纪念！在我看来，母亲的回忆文字里闪耀着她朴素人生的智慧与光辉。我想母亲的光芒，不仅能抚慰我们儿女们的思念之痛，也当照亮天下更多儿女心路。

母亲离世后，我多次回到家乡，在她生命不同阶段身处的城市居留、徘徊，信宜，廉江，湛江……我在她出生长大、成亲生子、工作生活的城乡，处处寻觅她生活过的痕迹，听各路亲朋好友纷纷讲述她的故事。这些故事让她在我心中越发丰满生动起来，书成笔落时，我才恍觉真正懂了母亲从小教诲我们“往大路走，往多人行的地方去”的真意，我也终于从深深思念慈亲的万般不舍和久久抱憾中振作开去，继续去走我的人生路。母亲便是这样，在离开之后还籍一本书的因由，最后一次教会我，母爱永在，生命之树长青。

感谢母亲的好友莲姐、李姐、炳乔及众多的朋友给予母亲生前的极大关怀和帮助。感谢叶尚、林戈、邓木有、黄锵宇等好友提供的珍贵历史资料和照片。感谢出版社的工作人员为本书出版付出的心血。我想母亲的生命之光，照亮每个人。

母亲的名字最早叫卓仙，是外公起的。

后来她要求进步，自己把名字改成了卓先。

谨以此书献给母亲。